浮世映清辉

杨霄鹏 —— 著

陕西新华出版

太白文艺出版社·西安

图书在版编目（CIP）数据

浮世映清辉 / 杨霄鹏著. -- 西安：太白文艺出版社，2024.1

ISBN 978-7-5513-2566-0

Ⅰ.①浮… Ⅱ.①杨… Ⅲ.①长篇小说 - 中国 - 当代 Ⅳ.①I247.5

中国国家版本馆CIP数据核字（2024）第011616号

浮世映清辉
FUSHI YING QINGHUI

作　　者　杨霄鹏
责任编辑　张　瑶　刘　琪
装帧设计　辉汉文化
出版发行　太白文艺出版社
经　　销　新华书店
印　　刷　成都勤德印务有限公司
开　　本　880mm×1230mm　1/32
字　　数　200千字
印　　张　8.25
版　　次　2024年1月第1版
印　　次　2024年1月第1次印刷
书　　号　ISBN 978-7-5513-2566-0
定　　价　58.00元

▼

1

　　张明辉在路边接到一份装帧精美的宣传册，封面标题是"国际时尚风采 今日盛情绽放"，翻开册子映入眼帘的是：世界五百强企业引来无限人潮……国际时尚，今日开始……

　　"张经理，走吧，上车再看。"张明辉回头一看，是五个月前自己任业务经理的那家公司老总——卢朝阳。

　　身材颀长、相貌英俊的卢朝阳正扶着一辆崭新黑色轿车的车门打招呼。这个昔日的上司在喜欢看《三国演义》的张明辉眼里，无论是外貌或是做派，都有一点吕布之风。但张明辉认为自己的老总多少比吕奉先懂一点用人之道，因此他和老总的关系除了上下级以外，还有一点朋友的味道。

　　两人在轿车的前排落座。

　　"老张，半年没见面了吧？"

　　"差不多。"

　　"最近公司比较忙，也没问你的情况，伯父的病情……"

　　"我父亲已过世，今天是头七。我送父亲单位领导一行走后，路过这里，发现新建了一处购物步行街……"

　　"老张啊！你要节哀，代我向伯母问安！注意身体……老张，今后有啥打算，还回公司吗？"

"卢总，是这样，还有一些父亲的身后事要办，等这一切事都办完，我就回公司报到！"

"正好我办事路过市中心医院，咱们开车过去吧！"

轿车像一道黑色闪电向市中心医院疾驰而去。

卢朝阳在驾驶座位上娴熟地操作着，他仿佛不是在驾驶汽车，而是在玩一个令人愉悦的游戏。

张明辉看在眼里思在心里：卢总几年前还是某国营单位领导的司机，如今已有自己的公司……

"老张啊，想啥呢？刚才你看到的那条新步行街，咱公司在那块儿有业务。等你上班以后，我把新步行街的业务交给你，由你管理、发展，但是……哦，市中心医院到啦！回头我们在公司详细商议，再见！"

张明辉进了市中心医院，他对这里一草一木、一砖一石的熟悉程度甚至超过了自家小区，五个多月以来，每天二十四个小时，有二十个小时他都泡在这里。路过草坪上洁白的白求恩塑像，张明辉向遇到的几个病友及家属点头打过招呼，就来到了外科大楼一楼大厅。大厅里依旧那么慌张忙乱，仿佛不远处就是激战正酣的火线，而这个大厅则是火线旁边的伤员临时处置所。张明辉不由自主地随着一台病人转运床进了电梯——这个病人太像他刚刚过世的父亲啦！张明辉刚要按神经外科所在的八楼电梯按钮，病人家属抢先按了。电梯徐徐上升，发出一阵特殊的声波，张明辉感觉好像进入了时间隧道——他一下子回到了五个多月以前……

2

这是一个秋高气爽的上午，张明辉正在公司上班，快下班的时候，突然接到母亲郝淑君的电话："明辉，你赶快请假往市中心医院赶！你爸爸一个人在外面，不知何故突然摔倒，不省人事，现在已被好心人送到市中心医院……"

"妈，您不要着急，我马上就到！"

张明辉顾不得多想，立马请了假，骑上摩托车就往市中心医院赶。

进了市中心医院大门，张明辉正要去急诊部，忽见门诊大楼的高台阶上有人在招手，定睛一看，妹妹张丽辉、妹夫高强已在那里等候。

"咱爸在哪里?"张明辉急忙问。

"哥，咱爸现在不在急诊部，已转入外科大楼八楼神经外科。"妹妹张丽辉答。

"那咱们赶紧去吧！"张明辉又连忙说。

"甭慌！你先把摩托车存一下。"妹夫高强提醒道。

张明辉这才想起自己是骑摩托车来的。

"咱们现在去吧！"张明辉存了摩托车回来又说。

"刚才咱妈打电话说马上就到，等会儿咱们一块儿过去。"妹夫高强解释道。

时间在一分钟一分钟地过，张明辉却感觉像在一世纪一世纪地过。他真想一个人先去，又感觉不妥，正在犹豫间，忽见一道绿影闪过，接着一阵刺耳的汽车刹车声打破了寂静。

郝淑君背着一个咖啡色皮包，手拉着孙女张璞玉慌慌张张下了出租车，她首先看到站在高台阶上的女婿高强，正要开口询问，高强先说："妈，您过来啦，我和丽辉来了一会儿了，后来我哥骑着摩托车也过来了。"

郝淑君这才发现儿子张明辉已到，慌张的神态稍显平缓，但马上又问："你爸人在哪里？""在外科大楼八楼。"高强答。

郝淑君不再细问，于是，一行五人向外科大楼走去。

来到八楼，郝淑君向护士站的护士询问："请问，一个新来的病人，叫张择瑞，在哪个病房？"

"没有这个名字，不过，刚才送来一个病人，还不知道姓名，看看是不是你们要找的人。"值班护士查了一下记录回答。

"现在人在哪里？"张明辉急忙问。

"在前面，走廊尽头拐角处的临时处置室。"值班护士回答。

张明辉领头疾步走过去，见一个房间门开着，并没有挂"临时处置室"牌子。走进房间，外间靠门口有一台病人转运床，床上躺着一人，张明辉一看，正是自己的父亲。他见父亲已不省人事，头部条件反射似的随着呼吸不停地抖动，而穿着白大褂的医务人员却正在内间与几个小伙子交涉什么事情，并没有对外间的病人进行救治，也没有给病人插氧气管……

"为什么不救治外面的病人？！"张明辉进里间质问医务人员。

"啊！您是病人家属吧！是这样，他们刚刚把病人送来，正在登记，马上开始救治。"医务人员连忙回答。

"入院手续怎么办理？"郝淑君在里间门口焦急地问。

"前面护士站有导医台。"医务人员平静地回答。

"谢谢。"郝淑君道了声谢就往外走，一边走一边吩咐儿孙们，"你们在这儿看护好他，我去办入院手续。"走到外间门口，她悄然无声地抹去眼角的泪珠。

"妈，我陪您去。"女儿张丽辉跟在后面说。

"奶奶，我也去！"孙女张璞玉飞快地跑过去挽着奶奶说。

张明辉和送父亲来医院的好心人一一握手道谢，要求对方留下姓名和联系方式，对方不肯，他感动得眼圈都红了……见母亲、妹妹、女儿她们已办好住院手续过来了，好心人们也就此告别，张明辉要送，被婉言谢绝。

郝淑君和家人在"临时处置室"门前等候诊断结果。

很快，值班大夫通知郝淑君他们到病人家属接待室开会。

郝淑君和家人来到接待室，见值班大夫和一班医务人员已在长会议桌对面坐好，表情严肃。值班大夫示意郝淑君他们在长会议桌另一侧坐下，然后郑重其事地问："家属都到齐了吗？"

郝淑君说："大夫，有事请讲，我是病人妻子，我能做主。"

值班大夫说："那好，病人张择瑞情况是这样，经我们会诊，诊断为突发性脑出血，病情严重，若不马上手术，会有生命危险。但是，做这样的开颅手术也有很大风险，请你们慎重考虑。"

郝淑君问："不做手术，保守治疗，能不能挽救生命？"

值班大夫说："这个不能保证，我们的建议是尽快做手术，耽误一分钟，就增加一分钟的风险。"

郝淑君说："那就做手术。"

值班大夫拿出一份材料说："如果你们同意手术，请在这上面签字。"

高强起身离座，走过来说："妈，要不要给光辉打个电话，问他走到哪儿了，听听他的意见？咱们到外面打个电话再签字不迟。"

张明辉着急道："妈，咱还等啥，医生说立刻做就立刻做，还等光辉干啥！"

郝淑君稍加思索后，果决地在大夫的单子上签了字，之后和家人在手术室外等候。随后，张明辉给弟弟打了个电话，叫他赶紧赶回来。

3

下午两点钟左右，小儿子张光辉及小儿媳卓文娟由省城赶回本城市中心医院。刚满三十岁的小儿子张光辉已是省城重点大学的教授，曾在中国科学院攻读博士学位，并前往荷兰、英国进行了一年多的学术访问。归国后，导师建议他留在中国科学院工作，但当时在省城重点大学攻读博士学位的女友卓文娟认为，回到省城更有利于造福家乡人民。

"你们俩吃饭了没有？"郝淑君问小儿子、小儿媳。

"我们俩在火车上吃过了，您和大家都吃饭了没有？"小儿子张光辉反问母亲。

郝淑君这才想起大家都还没有吃中午饭，便吩咐小儿子、小儿媳暂时在手术室外等候，自己带领大家去医院内部食堂吃饭。很快，又和小儿子他们会合于手术室外。

大家在手术室外等候，这时，有一个五十多岁的患者家属来和郝淑君攀谈。于是大家知道了她叫王素芹，丈夫因车祸做了脑外科手术，一个多礼拜了还没有苏醒。

"你们给主刀大夫红包没有？"王素芹问。

"这个还真没有想到。"郝淑君很失落地回答。

"哎呀！老姐姐您当了一辈子人民教师，竟不知道给了红包对咱病人有好处。"王素芹说。

"没关系，等会儿主刀大夫出来，我给他。"张光辉说。

"咦！做完手术咱就不用给他红包啦！你就是给，大夫也不一定收……你今天来晚啦？"王素芹说。

"我叔叔是教授，很忙的，在外地工作。"初中生张璞玉自豪地解释。

王素芹看了一眼张光辉，然后对郝淑君说："这是……"

郝淑君说："这是我小儿子，在外地大学教书。"

王素芹说："我看您这小儿子强壮威猛，不像个教书的；倒是您大儿子白白净净、戴副眼镜，像个老师。"

郝淑君沉默片刻，惋惜道："大儿明辉，本来也……他爸也曾说，这孩子是耽误啦！"

张光辉说："我确实不像教授。以前读博士时，坐火车去北京，有一次和一群进京打工的民工坐在一块儿，其中有个民工对我说：'看来，你在北京找的活不错。'我反问：'你咋知道？'对方说：'我一看你手就知道。你看我的手磨成啥啦！你那一双手，好好的，没有一点老茧。'我笑而不答，一直到下火车，他们都认为我也是进京打工的民工，不过是'在北京找的活不错'而已。我大哥文质彬彬，又遗传我妈的自来卷，确实比我更文气……"

大家正在闲聊，忽然，手术室的门开了，出来一位疲惫不堪的大夫。

王素芹说："这就是神经外科主任，外科第一刀，主任医师郭医正。"

张光辉连忙悄声问："王阿姨，以前您家里人的手术是他做的不是？"

王素芹说："我们当时没有这运气，是别的大夫做的。"

张光辉又问："那你们当时给大夫红包没有？"

王素芹说："我们没有钱，没打算给红包。只能听天由命。"

张光辉不再细问，紧走几步，赶到就要下楼的郭医正前面说："郭大夫辛苦啦！这是我们病人家属的一点心意，请您务必收下！"他一边说着话，一边拿出一沓人民币，恭恭敬敬地递过去。

郭主任一脸严肃地说："不辛苦，这是我们应该做的。您的心意我们领了，钱请收回。"

张光辉再三请对方把钱收下，对方推辞不收，张光辉只好把钱收回。

老大张明辉赶到前面问："郭大夫，我爸情况咋样？"

郭主任说："病人张择瑞已脱离生命危险，但还不能马上转入普通病房，接下来一个星期时间，要在危重病房进行特级护理，你们病人家属要配合好医护人员的监护工作！"

郭主任说完话，微笑着点了个头，顺着楼梯走了。

张明辉看着郭主任因劳累过度而步履蹒跚的背影，心想：我们的医院还是有好大夫，我们的社会风气还是好。

主刀大夫走后不久，手术室的两扇门打开，从手术室里缓缓推出一台病人转运床，床上病人的头部包扎得严严实实，看不清面孔。经过张明辉一行人，转运床并未停留，直接推进了危重病房。张明辉他们想跟进去，却被告知这里只允许一个人进来陪护。于是，众人决定让郝淑君进去。

危重病房里，医护人员熟练地把张择瑞安置在三号病床上，郝淑君站在丈夫病床前喊了声："择瑞！"见人还没有苏醒，一下子不知该做什么。

"郝姐，病床下有小凳子，你先拉出来坐一会儿，等一会儿就该扎针输液啦！"郝淑君回头一看，是二号病床陪护王素芹在说话，她感到很亲切，一下子心安了许多，就拉出一个小凳子坐下了。安顿停当后，王素芹继续搭话："郝姐真有福！儿子已成教授啦！孩儿他爸在哪儿上班？"

郝淑君说："退休啦，退休前在一家杂志社做编辑工作。"

王素芹说："真好，都是文化人！儿媳妇也好，高高挑挑、清清秀秀……咋没有看到您大儿媳妇过来？"

郝淑君说："老话说，家丑不可外扬，但大妹子是个厚道人，有些事我也不用瞒你。我们家看着好像很不错，实际上我对这三个孩子的培养，并不是非常成功。当时社会上流行一种说法叫作'学好数理化，走遍天下都不怕'，我和孩子他爸也受到这种风气的影响，在三个孩子分文理科时，都要求报理科。多年后我们才醒悟，不因材施教就是违背教育学规律。大儿子、二女儿更适合学文科，结果在我们的盲目干涉下，只考上了普通技校。二女儿丽辉技校毕业后，分配到工厂做天车工，国营企业，活儿也不累，要说也是一份很不错的工作。但二女儿喜欢从事文化领域的工作，后来就停薪留职到外面当代课教师，再后来工厂分流裁员，二女儿就下岗了。不过最近二女儿代课教师做得好，有可能转为正式教师，这总算让人心里稍有安慰。大儿子明辉的情况更为曲折，他是先做了两年代课教师，后来考上技校，就到外地一家省国营工厂做操作工，四年后调回本市一家国营企业，但效益不好，就办了停薪停职手续。失业后，因明辉从小喜爱看书，于是开始做图书生意。他先做旧书生意，等积累了一点本钱，才开始做新书生意。后来，明辉在家里的资助下买了一套新房子，也就是在这时候，明辉因积劳成疾病倒了……之后，大儿媳妇撇下明辉和刚满九岁的女儿离婚走了。"

王素芹说："唉，真是贵人多磨难啊！那后来呢？"

郝淑君说："后来，大儿子在家里休养了整整一冬才恢复了。第二年开春，大儿子在家闲不住啦！但由于刚买了房子，再加上生病花钱，已没有资金继续做图书生意，大儿子就买了一辆摩托车去送纯净水。后来，就到纯净水厂工作，不久就被提拔为车间主任，后来又晋升为业务经理……"

危重病房外，郝淑君的儿孙们也正准备召开一次家庭联席扩大会议。

小儿子张光辉说："咱们这么多人也别在这走廊上滞留了，别影响他人就医。咱们到前面候医大厅坐一会儿，商量一下接下来怎么安排。"

来到候医大厅，张明辉安排大家落座后，说："咱爸接下来肯定得安排长期护理，我是这样考虑的，光辉、文娟两人都刚参加工作，单位又在外地，不适合长期请假；丽辉要转为正式教师了，在这个节骨眼上也不适合请假；高强刚调整了工作，这时候也不适合请假，就由我请长假来护理咱爸——我没问题，我和我们公司老总关系不错，我请多长时间假都没问题！"

张光辉不忍哥哥这么辛苦，便接话道："我再找个护工配合你！另外，我姐他们星期天也会来医院帮忙的。过一阵，等大学那边的事情安排好，我就又回来了。大哥，这段时间就辛苦你啦！"

张璞玉问爸爸："我怎么安排？"

张光辉笑了笑说："安排你好好学习，星期天做完作业可以到医院来！"

4

于是，张明辉开始在医院护理父亲。刚开始的时候，他护理得并不顺手，但在护工的帮助下，他很快掌握了基本的护理技能。无论是喂食、喂药、吸痰，还是翻身、按摩、擦身，每个护理环节，张明辉都认认真真，一丝不苟，就像以前当车间主任时，对待纯净水生产的每个环节一样。公司老总正是因为欣赏他这股子认真劲儿，才把他由普通工人提拔为车间主任。就这样，在张明辉精心护理了三个月以后，他的父亲终于睁开了双眼。

这一天是元旦假期，弟弟张光辉、妹妹张丽辉都到医院来看望父亲。大家看到父亲终于睁开了双眼，都非常高兴，争先恐后地喊"爸爸"，跟他说这说那。

郝淑君遗憾地说："你们爸爸现在只能睁开双眼，还不能说话，身体其他部位都没有知觉，也不能动弹。只有一次，你们爸爸多年未见的老友刘雷叔叔来看他，喊了他的名字，他才在睁开双眼的同时，头部极其缓慢，也极其艰难地转向对方。就这一个微小的动作，你们爸爸脸已涨得通红，浓痰堵塞了喉咙，郭主任亲自过来处理，这才让他脱离了危险……"

大家正说着话，张明辉忽然看着父亲说："不好！"

大家几乎是异口同声地问："爸怎么了?!"

看到大家都很紧张，张明辉连忙说："没什么，该给爸按摩了。"

明辉、光辉兄弟二人几乎同时过去给父亲按摩。

明辉忽然惊喜地说："太好啦，爸有知觉啦！"

众人喜出望外："真的?!"

明辉解释说："爸刚才在我手背上掐了一下！"

光辉笑着说："不是咱爸，是我……"

明辉皱了皱眉头说："原来是你这家伙。你看你，上面把我手掐了一下，下面又把我脚趾踩了一下，我说光辉，你还是帮咱爸干点儿别的事情吧！这个活，你干不了。"

二妹张丽辉说："大哥，你也别把话说绝啦！光辉可是正规的生物学博士，这点儿活还能干不了？这一次你和护工都歇着，我和光辉给咱爸按摩。"

5

元旦假后半个月，大夫通知张明辉，其父张择瑞所有的治疗方案全部实施完毕，接下来就是保守治疗，如果想出院的话就可以出院，想继续住院也可以。当天，同病房的王素芹家也接到类似的通知，下通知的第二天，王素芹家就办了手续，回家了。

张明辉望着与自己为邻三个月的王素芹家使用过的空病床，不由得心中感叹：一人、一家的命运不仅受到生理、心理、家庭等因素的影响，而且取决于经济状况这个"终极因素"。

郝淑君和全家商议后决定：继续住院。

张明辉的父亲住院满四个月，也就是刚过春节的时候，郝淑君在医院里悄悄告诉明辉："璞玉她妈回家来看璞玉啦！这次不像以前那样打电话叫璞玉出去，而是拎了一箱奶直接到家里去了，说话也和气，只是你外婆问：'要不带上璞玉到医院看看？'她顿了一下说：'先不去吧……'"

张明辉听完母亲的叙述，一时竟不知该说些什么，只是在心里想着，不来也好，看到她只能勾起以往辛酸的记忆。

张明辉的个人问题，比他的工作、学习更为曲折。

仅从外表看，张明辉这个人给人的第一印象是：英俊、洒脱、时尚、浪漫。这一点张明辉自己也是清楚的，他偶尔到商场买点什么东西，总要受到异性目光的打量。哪怕是结婚后多年，女儿都上初中了，张明辉因办事路过某条陌生的小巷，冷不丁还听到下面一段对话：

"哎，要不把您闺女介绍给这位，您看怎么样？"

"行，你去介绍吧！"

"咦，看把您美的！就是您同意，人家还不一定同意呢！"

然而，张明辉的熟人和朋友都知道，他是一个性格极其内向，思想传统，甚至保守（只是在对待异性情感方面，而在其他方面，譬如工作、学习等则刚好相反）的人。

早在中学时代，张明辉在班里也是不乏追求者的，甚至有一个叫林晓红的班干部，曾借班委"公事"之便到家里找过张明辉。但由于张明辉的性格和其所受的家庭教育，在整个中学时代，张明辉始终没有接触真正意义上的爱情。

中学毕业后，如果此时命运安排张明辉进入大学学习，他也许会像后来他的博士弟弟那样，在大学里接触到爱情，有情人也能终成眷属。

然而，命运却安排张明辉到乡村当了两年代课教师。匆匆两年，张明辉刚把工作干顺，还没来得及考虑爱情问题，又被命运卷入外地一家化工厂，一干就是四年。按道理讲，在这四年当中张明辉应该是有时间接触爱情的。然而，就在张明辉刚刚进入化工厂不久，他们家整体搬迁到小县城附近一个较大的中原城市了。城市生活的诱惑使张明辉不愿在这个县级小山城里恋爱、结婚、生子，了此一生。所以，在这四年化工厂生活中，张明辉只在文学名著上接触过爱情，他的情感世界仍然是对外封闭的。四年后，当张明辉终于如愿以偿地调回家所在的大城市时，却发现：

梦里见他千百度，

蓦然回首,

那人却化灯火阑珊处。

6

张明辉回城后,猛然发现自己不再年轻(而立之年将至)了。原来化工厂的同事、早先中学时代的同学分别从各地写信给张明辉,告诉他这些年的变化和他们的恋爱、婚姻、家庭……字里行间都洋溢着世外桃源般的幸福与快乐。而张明辉回到自己的家后,在这个陌生的城市里,既无同学也无朋友,再加上单位效益不好,张明辉感觉自己就像鲁滨逊一样,漂流到了一座寂寞的荒岛。如果说在经济上张明辉勉强还算过得去的话,那么在爱情方面,他简直就是"乞丐"了。造成这种状况的原因很多,首先是他内向的性格,其次是他曲折多变的命运,但最重要的原因应该是张明辉对待人和事物的态度——他太崇尚理想(完美)主义了。做人过于理想化,往往就要扼杀天性,因为计划跟不上世事的变化。

鉴于以上这些原因,张明辉没法按部就班、从从容容经过自由恋爱阶段,最后水到渠成进入婚姻殿堂。

于是,张明辉的父母、同事以及一切和张家有关系的人,纷纷开始给张明辉介绍对象。

介绍了一个又一个,不是张明辉觉得不合适,就是对方觉得不合适。张明辉觉得不合适的理由不尽相同,而对方觉得不合适的理由却大致一样:张明辉虽然人不错,但单位效益太差,另外学历也不高,等等。正当张明辉及其全家人焦急万分的时候,一件意想不到的事情使张明辉重新燃起对生活的热情。

7

这一天是农历腊月二十三，下午不太忙，车间就通知提前下班了。张明辉回到家（传达室和仓库合并改造的临时住所），正锁车子的时候，听到屋内有熟悉的女生说话声。

"阿姨，要不我们不等啦，麻烦您转告他好了。"

"别急！他马上就下班……那不是，他回来了。"这是母亲的声音。

张明辉掀帘进屋，见有两位女生来访，其中一位端庄文静的女生，张明辉一眼就认出是中学时代的同学尤思敏，因腿有微疾，人称"折翼天使"；而另一位，多么熟悉的秀丽脸庞，多么明亮的大大的眼睛，此时身着戎装。张明辉一时愣在那里。

"怎么，不认识啦?!"现役女军官莞尔一笑说。

"怎么会呢，快请坐！"张明辉猛地一下子反应过来：这就是自己从初中到高中一直心仪而未曾表白的中学班干部，"白月光"林晓红。

大家重新落座，共叙别后情景。张明辉得知林晓红中学毕业后，投笔从戎，现已升为少尉。因其所在部队隶属于国防科工委，急需计算机人才，林晓红被部队选派至北京怀柔学习。春节期间学校放假，林晓红回家探亲时，原高中毕业班的同学不断来访，大家一致要求原班委春节期间组织老同学聚会，聚会时间定在农历正月初六晚上八点，地点就在原高中毕业班教室。

8

农历正月初六中午，张明辉吃过午饭，犹豫了一下，然后从衣柜里翻出一件人字呢灰色西装。

这件苏州产的双排扣西装是张明辉以前在外地化工厂上班时，和同事们一块儿旅游时买的。张明辉穿上后，同事们都说很有派头。同事们这么一说，低调的张明辉平时就没有再穿过了。

这日中午，张明辉穿上西装后，首先表态的是弟弟张光辉："哥，你真帅！这才像个帅哥，你平时为什么不穿？"

张明辉听弟弟如此说，欲脱了西装重新放回衣柜，大家都劝他说：春节期间走动走动，穿穿也没什么。

最后，父亲开口说："好了，别脱啦！春节要有春节的气氛嘛！这次你回县里先到你刘叔叔家去，把这封信交给你刘叔叔。"

父亲把一封信递给张明辉，接着又说："县文化馆——你刘叔叔单位想买一幅临摹的《清明上河图》，他和馆里的同志来市文物市场几趟了，始终没有遇到合适的，最后托我在市里多留点心。正好，最近我在市文物市场看到了一幅，品相还不错，已经买回来，那边我写字台上放着的就是，你去拿过来，我告诉你拆装的方法……现在不要拆开，你只需要把拆装的方法告诉你刘叔叔就可以了，信中我已经说明，你再口头讲述一遍……"

张明辉带着书信和画，带着父命和自己的希望，乘车回到了阔别已久的故乡县城。

下车的一瞬间，张明辉忽觉心潮波动了一下，他搞不清楚心里流动的是欢乐的小溪还是辛酸的泪水，总之是一种复杂的感觉。张明辉马上又责怪起自己：男子汉大丈夫怎么忽然变得多愁善感起来！他赶紧调整心态，又想到，刘叔叔的儿子——自己以前化工厂的同事、高中时的同学——刘延赟，现在的情况也不知怎么样？另外还有一位父母都在县电影院工作的高中老同学、好哥们儿——穆松涛，这次见面后也一定要好好攀谈攀谈！张明辉这么想着，不觉已到了刘叔叔家门口，看见刘延赟正推着自行车出大门。

　　"哟，明辉你回来啦！我正打算去汽车站接你呢！"刘延赟边说边把自行车推回院中。两人正开心地叙旧，这时，一个声音传来。

　　"有朋自远方来，不亦乐乎？哈哈哈！明辉，你爸身体还好吧？"刘叔叔站在院子当中笑呵呵地说。

　　"多谢叔叔惦记，我爸最近身体还可以！"张明辉连忙上前答话。

　　"你爸血压偏高，你平时要多注意他的饮食起居……你这次把《清明上河图》带来啦？"刘叔叔问。

　　"我爸说这是一幅临摹的。"张明辉边说边把书信和画递过去。

　　刘叔叔接过书信和画说："肯定是临摹的，真迹只有一幅，现存北京故宫博物院。除非你父亲不是张择瑞，是北宋画家张择端，那他就可以再画一幅真迹给我啦！哈哈哈！好！回屋再谈吧……"

9

吃罢晚饭，还不到七点，离同学聚会时间还早，张明辉就在刘延赟的房间问起同学们的情况。

刘延赟说："我和穆松涛都不是你们的同班同学，我们两个都不好意思参加你们班的聚会，如果你真的想跟林晓红发展一下，只有你自己在聚会上见机行事了。据说林晓红在参军前曾和你们班的班长万飞天谈过一段时间，后来参了军就不谈了，有同学推测是在部队另外又谈了。估计这次聚会有同学要帮助万飞天再追求林晓红。但还有一个情况，就是你们班委这次筹备聚会本不打算通知你，说你离得远，可林晓红力主通知你，并且亲自去了。由此可见，你也不是没有希望。"

面对目前复杂的局面，张明辉忐忑不安地来到原高中毕业班教室。教室里早已张灯结彩，很有个晚会的模样。张明辉和万飞天等班委打了招呼，签了到，然后就随便找了个位置坐下了。

接下来的局面就非常微妙了。教室里不断有同学进来，签到后，有的同学坐在张明辉周围攀谈，有的同学坐在万飞天周围攀谈，渐渐形成两个阵营。张明辉感到好笑，心想：这是干什么？至于吗？

时间已是晚上八点二十，同学们也来得差不多了，但晚会还没有开始的迹象。有同学就开始起哄，问班委道："为什么不开始？大家时间都这么紧！"

班委有人解释道："有几个同学还未到，请大家稍等。"

有同学又说："不能因为个别人耽误大家时间！"

此言一出，教室里更乱了。

张明辉连忙对坐在自己周围的同学们说："大家等一等也好，可以多聊一会儿。要不这么乱下去，也影响大家欢乐聚会的气氛。"

张明辉周围的同学停止了起哄，整个教室的声音小了一半有余，就像一架天平突然间失去了平衡。为了维持平衡，教室里其他的声音也渐渐小了。

窗外，树梢忽然动了一下，似乎是又起了凉风。片刻后，一道雪光从校园路灯下飞过，宛如一柄银色的长剑要把孤单的路灯砍断。

教室的门开了，进来两位同学，一位是大家熟悉的"折翼天使"尤思敏，另一位就是大家正等的"白月光"林晓红。

林晓红扶着尤思敏，两人在签到处签了到，然后找了一个非常有意思的位置坐下了。

现在，如果将林晓红、张明辉、万飞天三人的位置连线的话，大致会形成一个等边三角形。两个阵营里不断有同学走过去坐在林晓红的周围，渐渐形成第三个阵营，三个阵营形成"品"字形结构，俨然一出现代微缩版的"新三国演义"。

晚上八点三十分，晚会终于开始了。

晚会的节目安排，不过是诗歌朗诵、猜谜、答智力题等，当然不会有舞会安排，因为张明辉的同学们很少有会跳舞的，但晚会的最后一个节目还是安排了一个叫盛国强的男同学，跳了一曲单人伦巴舞。节目结束后，尽管大部分同学都觉得这个舞蹈与同学聚会的气氛不太搭，但张明辉却认为，只有这一个节目带了一点儿时代的时尚特色。

同学们开始一个一个离开教室。张明辉觉得，在目前"新三国演义"的形势下，既获取不到任何关于林晓红的有价值的信息，也不能主动对林晓红采取任何行动。

张明辉正准备去和班委们打声招呼就离开教室，忽觉背后被人轻轻拍了一下，回头一看，惊喜地说："穆松涛！你什么时候来的？刚才怎么不进来？"

穆松涛笑着说："你们班聚会，外班人怎么好意思参加！我也是刚听刘延赟说你回来了……今晚刘延赟也来了，现在就在外面……"

张明辉瞬间明白了两人是来帮自己追求林晓红的，心里一阵感动，连忙说："这么冷的天！快请他进来暖和暖和！"

张明辉一边说一边走出教室，穆松涛也跟了出来。

见到刘延赟后，张明辉又说："你们什么时候来的？先进去暖和暖和再说！"

刘延赟说："不冷。你说吧，今晚我们俩该怎么帮你？"

张明辉想了一会儿，还是决定今晚先不行动，便对二人说："咱们走吧！今晚你们俩已经帮了我了。"

刘延赟问："现在就走？那你今晚不是白来了吗？"

张明辉说："没有白来。对了，明天还得请二位帮帮忙。"

穆松涛问："明天？"

张明辉说："松涛，明天上午你在家等着，我和延赟去找你，不见不散啊！"

10

一夜无话，第二天早上，吃罢早饭后，刘延赟问张明辉："明辉，今天你准备怎么行动？"

张明辉问："延赟，你知道林晓红家住在哪儿吗？"

刘延赟说:"知道。你怎么连这也不知道……你准备直接到家里找?"

张明辉解释道:"是这样,春节前,林晓红和尤思敏曾亲自到我家邀请我参加聚会,今天,咱礼尚往来——到她家邀请她出去旅游怎么样?"

刘延赟:"真有你的!正好咱们邻县的熊耳山北麓新建了一个风景区,据说不错,过罢十五就要正式收费营业了。现在去正好,咱们带个相机去拍几张照片……"

两人一拍即合,带上相机,朝林晓红家赶去。来到林晓红家楼下后,张明辉说:"延赟,你带着相机先在下面等一会儿,我上去看一下她在不在家,如果不在家,咱就不打搅了。"

张明辉忐忑地上了楼,生怕林晓红不在家。在林晓红家门前思虑良久之后,他终于鼓起勇气,按响了门铃,好在,来开门的正是林晓红。

这是个客厅极小的老式单元楼,主人正在大房间里热热闹闹地招待着客人。张明辉和林晓红刚在小客厅落座,林晓红的父母就从大房间里走出来,要请张明辉进里屋坐。

张明辉连忙站起说:"谢谢叔叔阿姨!你们忙吧!我是晓红的同学,听说她放假回来了,过来聊聊天儿。没事儿!我们就在外面坐一会儿,叔叔阿姨,你们忙吧!"

林晓红的父母这才又回大房间里继续招待客人。

张明辉小心翼翼地对林晓红说:"家里有客人,要不咱们出去走走?"

林晓红点点头说:"好吧。"

两人下楼见到刘延赟后,张明辉就向林晓红发出了出游邀请。

"还有谁去?"林晓红语气里透着意外,显然没有思想准备。

怕林晓红拒绝，刘延赟连忙解释说："还有穆松涛，大家一块儿去。主要是明辉和你吧，平常也没时间回来，刚好趁现在大家都在，今天天气还不错。我建议，大家一块儿出去，散散步，你看……"

张明辉心里一阵感动，心想：像刘延赟这个急性子的人，今天能够为朋友，慢条斯理地说出这一大番话语，真是难为他了！

林晓红想了想说："那去吧……今天跑得远，我先跟爸妈说一声。"

林晓红上楼以后，张明辉由衷地对刘延赟说了声谢谢。

刘延赟正在专心致志地摆弄相机，无所谓地摇了摇头。

当林晓红再一次走下楼来，站在张明辉的身旁，准备和大家一起去找穆松涛的时候，张明辉此时此刻的心情，只能用杜甫《闻官军收河南河北》的后四句来形容：

白日放歌须纵酒，青春作伴好还乡。
即从巴峡穿巫峡，便下襄阳向洛阳。

11

张明辉、林晓红、刘延赟三人在县电影院后院住宅区找到了穆松涛。

张明辉为活跃气氛，半开玩笑地问："大家都认识不认识？"

穆松涛先是一愣，随后笑着说："大家从初中到高中都是同学，还能不认识？"

此言一出，四人俱乐。

寒暄后，穆松涛得知大家想去神灵寨旅游，提议说："这个没问题，我去准备两辆自行车，再准备一些干粮和饮品，中午我们就不用回来啦！"

张明辉这才想到，自己连什么东西都没有准备，只顾着担心林晓红不愿出游了。他心中不由得升起一丝感激：还是老同学想得周到。

万事俱备，整装待发。

出发时，林晓红犹豫了一下，坐上了穆松涛骑的自行车，张明辉也就坐上了刘延赟骑的自行车。一路上大家畅叙多年同学情，不觉已到了神灵寨山门前。

大家存了自行车后发现，由于是新开发的国家地质公园，还没有开始卖票营业，所以并不像大多数景区那样游人如织。纵然如此，既然来了，大家还是要在这已号称是国家 AAAA 级的风景区内游览一番的。

张明辉一行四人进入山门，开始全程游览。他们过小桥、走栈道、踏石阶、登云梯，有清风伴唱，可怀古思今，穿云破雾，正好极目天际。从表面上看，他们这一行人在自然景观的衬托下，似乎其乐无穷，达到了人与自然的和谐统一。但实际上，张明辉醉翁之意不在酒，游人之意不在途。他的心思早已"神灵飞渡"，飞出景观之外了。

当大家在"神灵游园"时，刘延赟开玩笑说："林晓红，你怎么走这么慢呢？还是革命军人呢！"

林晓红说："我腿短啊！在部队，战友们都说我不长个儿。"

大家竟无言以对。

当大家游览到"神灵秀水"景点时，穆松涛感叹山水的秀美，林晓红却说："是啊！山水秀美，你们看着也还年轻，而我，同学们都说我变老了，快成老太婆啦……"

林晓红说完还"咯咯咯"地笑了两声,可大家只是做了个笑的姿态,却没有笑出来。

大家继续前行,来到"神灵名山"景点,驻足在"石瀑群"前面,见那石瀑如江河倾泻、银河倒卷,波澜壮阔,蔚为壮观。于是大家在这里休息、拍照,停留了很久。

当刘延赟和穆松涛已整理好相机和行装向下一个景点进发时,张明辉发现林晓红仍然站在石瀑前,目光似乎穿透石瀑,正在憧憬石瀑以外的图景。

张明辉走上前去,轻声对林晓红说:"晓红,咱们该出发了……你好像在观察石瀑以外的景象?"

林晓红若有所思地说:"哦!从这个方位望过去,正好是我们部队所在的方向。"

张明辉恍然大悟,笑着说:"晓红,你真是人在家乡,心在部队啊!"

张明辉刚笑了一半,忽然想到之前听说晓红在部队谈对象的事,一时又笑不下去了。

为了打破尴尬的局面,林晓红说:"咱们也出发吧!赶上他们两个!"

在最后一个游览区——"神灵古刹"聚齐时,大家都太累了,决定坐下来休息会儿。

休息时,刘延赟向林晓红问起部队的情况:"现在部队的义务兵怎样才能转成志愿兵?"

林晓红答道:"志愿兵嘛!一般是服役五年以上就有机会转成志愿兵了。"

穆松涛接着问:"像你这情况,多长时间才能从部队转业回来?"

林晓红说:"我目前刚由部队派出代培学习,学完后还要在部队继续服役。这样的话，从现在算起……至少九年才能从部队转业回来。"

张明辉心想：别说九年，只要能心想事成，多少年我都愿意等下去！

下山时，大家仍然像上山时那样，把林晓红作为"重点保护对象"保护着。然而，俗话说"上山容易下山难"，张明辉下山时的心情，只有白居易《过永宁》中的两句诗可以形容：

村杏野桃繁似雪，行人不醉为谁开。

12

大家下到山脚，在山门存车处推出自行车，林晓红仍然坐了穆松涛骑的自行车，张明辉仍旧坐了刘延赟骑的自行车。

夕阳下，两辆自行车快速原路返回。

快到县城时，大家商量着是从前街走，还是从后街走。

张明辉建议从前街走，理由是大家的母校在前街。刘延赟当然赞同，因为他家所在的县文化馆住宅区——张明辉全家从县城搬走前也住在这里——就在前街。

穆松涛的意见是，前街后街都差不了多少，不过自家所在的县电影院住宅区在后街，如果大家走后街，自己就可以在家里好好招待大家。

张明辉听穆松涛如此说，就力主走前街了——毕竟自己和穆松涛没有那么熟，不好意思让他款待。

林晓红这时表态说，自己也主张走后街。

张明辉想了想说："要不这样，我和刘延赟走前街，你和穆松涛走后街。"

林晓红又问："能不能大家都走后街？"

张明辉想了想说："还是分开吧……或者大家都走前街怎么样？"

林晓红回头对穆松涛说："走后街。"

穆松涛回头对刘延赟说："延赟，改日你把车子骑过来，车子是在电影院那边借的。"

两辆自行车在进县城时，分道扬镳，左右而入。

刘延赟骑车带着张明辉走前街从高中母校门前经过，快到下一个十字路口时，刘延赟悄悄告诉张明辉："你们班长万飞天在路口站着呢！"

张明辉感觉不能不打招呼就从自己昔日的班长面前扬长而去。于是，自行车到十字路口时，张明辉对刘延赟说："停一下！停一下！"

刘延赟很不情愿地把自行车停在万飞天所在路口的对面，很不理解地问："你……干啥？"

张明辉说："你稍等一下，我跟班长打个招呼去！"

张明辉下车后感觉腿有点麻木，就跺了几下脚，左右看了一下，正好马路上没有汽车经过，就快速穿过马路向对面的万飞天走去。

万飞天此时并没有留意到快速走过来的张明辉，而是扭头顺着马路回望着张明辉他们骑车过来的方向。张明辉走到跟前，万飞天惊慌地往后退了好几步，口中不自然地说："怎么？！"

张明辉心想：昔日的班长肯定是误会了。

看目前情形，再多解释也无益，张明辉只好微笑着点了一下头，转身向刘延赟走去。

刘延赟一脸疑惑地问："怎么……"

张明辉一脸无奈地示意：上车再说！

自行车行驶正常后，张明辉说："我总觉得自己对不起万飞天，这好像是在抢人家的女朋友！"

刘延赟说："怎么会是'人家的'？俗话说，一家女，百家求嘛！这没什么。"

两人在行驶的自行车上说着话，张明辉忽然明白林晓红为什么一定要走后街而不走前街了。张明辉发现自己或许正处于一个事件的旋涡之中，他在心中暗暗对自己说：不管事态向何处发展，都要把这个事件进行到底！只有这样才能对大家——当然也对自己——有个交代。

吃罢晚饭，张明辉和刘延赟一起在院子里散步，望着星光璀璨的夜空，张明辉陷入深思。

13

张明辉和刘延赟正在院子里散步，忽然起了凉风，顷刻间乌云布满大半个夜空。回屋坐了一会儿，张明辉说想一个人出去走走。

刘延赟就说："那你穿好外套，起风了！"

张明辉一个人在大街上散步，不觉又走到了林晓红家楼下——在潜意识的引导下，他也不可能走到别处——张明辉心想：既然来了，就上去找她！

于是，张明辉又一次按响了林晓红家的门铃，开门的仍然是林晓红。

家里应该是停电了，因为狭小的客厅里正燃着一支将尽的蜡烛。张明辉和林晓红刚在小客厅里坐下，林晓红的父母就从大房间里出来邀请张明辉到里屋坐。

林晓红说："爸，妈！你们在里面招待客人吧，我们就坐这儿。"

林晓红的父母刚进里屋，家里就来电了，林晓红的大眼睛忽闪了一下，然后对张明辉说："咱们出去走走。"

由于说得突然，张明辉没有思想准备，下意识地反问道："出去?"

林晓红用一种就像《青春之歌》中林道静将要投身于革命时的坚定语气说："出去!"

出门前，张明辉吹灭了桌上那支燃着的残烛。

大街上，乌云似乎笼罩了整个夜空，林晓红家门前这段路上的路灯还没有亮，只有街两旁的住宅楼里透出几点稀疏的灯光。

张明辉试探着问道："咱们去哪儿?"

林晓红只说道："走吧!"

在人行道上走了一会儿，张明辉隐隐感觉有些不对劲：这是自己第一次和心仪的姑娘散步，自己怎么没有感受到任何心动呢，没有通常情况下电影、小说所描绘的那种"月上柳梢头，人约黄昏后"的浪漫情调。到底是哪里出问题了？是自己的问题，还是对方的问题？要么是天气的问题？抑或是整个世界出了问题？

张明辉正苦思冥想，想说点儿什么打破这古怪的气氛，林晓红先开口了："明辉，高中同班时，你怎么从来不和我交往呢?"

张明辉不好意思地答道："可能是因为那时的我有点儿自卑吧。实际上，早在初中时，我就很想和你交往!"

张明辉说完，不由得想起初中时代的情景……

张明辉刚上初一的时候，由于母亲工作调动，他随母亲由乡村学校转入县城学校读书。之后，全家就住在父亲当时的工作单位——县文化馆。那里离学校很近，只隔着一条马路。

张明辉的母亲在新学校教初一数学，在安排张明辉的班级时，她特意安排张明辉进了不是自己任课的初一（4）班，以免影响正常上课纪律。

一天下午，课间活动时，张明辉被一个外班的女同学叫住："张明辉，郝老师找你呢！"

张明辉的心一阵狂跳，这个从小在乡村长大的孩子，还是第一次被这么漂亮的县城女孩儿当众叫住，怎能不会有如此强烈的反应?!

张明辉连忙问道："她在哪儿?"

漂亮女同学回答："郝老师在办公室呢!"

后来，张明辉四处打听，得知这个漂亮女同学是初一（1）班的班干部林晓红。从此，张明辉的心里埋下了一粒爱的种子，但他却始终没有勇气与林晓红进一步交往，怕惊扰了自己心中的白月光。高中时，张明辉和林晓红成为同班同学，可他依然没有勇气和林晓红有更多的交流。

刚上高一的那年冬天，影院正热映革命影片《在烈火中永生》，剧中主要人物江姐给张明辉留下了深刻的印象。

一天下午，张明辉放学回到家属院大门口时，发现林晓红就走在前面，她正朝前面不远的县文化馆门前的半圆形广场——这个广场在当时大致是县城的中心——走去。当时林晓红身穿一件浅蓝色外套，围一条红色围巾，在广场积雪的映衬下，太像电影中的江姐了。张明辉忘记了回家，不由自主地跟着"江姐"向广场走去。

然而，张明辉却没有勇气走上去和"江姐"交谈，而是始终保持着一定的距离。"江姐"走得慢，他也走慢；"江姐"走得快，他也走快。一直到把"江姐""护送"出广场后，张明辉才转身，踏着广场边的"碎琼乱玉"回家了……

14

收回凌乱的思绪，张明辉和林晓红继续在昏暗的大街上散步。眼看前面就到十字路口了，张明辉又问道："咱们去哪儿？"

林晓红仍然答："走吧！"

到十字路口时，林晓红左转沿主干道西行。这一段主干道虽然也没有来电，但前面西边的县文化馆广场却一片光明——那里已经送电，倒是个好去处——在张明辉的内心深处也慢慢开始出现一线光亮。

然而，他没想到的是，林晓红并没有打算去县文化馆广场，而是拐进了主干道旁边的县人民医院。

进了医院大门，面前的门诊楼兼行政大楼一片漆黑。大楼大门与医院大门正对，也是敞开着的，依稀可见大楼后面住院部和急诊处的灯光。

林晓红说："咱们走西边门。"

张明辉记得大楼西边是有一个能开进救护车的大门，两人来到大楼西边大门口时，发现大铁门已经锁上了。

张明辉说道："这里门已经锁了，要不我们还是从正门进。"

林晓红指着大楼西山墙开的一个小门说："不用，从这里也能进。"

这幢大楼是老式"工"字楼，张明辉记得从这个小门进去是一条长长的走廊。这样走的话，应该是比原路返回近一些的！

进了小门，张明辉下意识地说了一句："这里面挺黑的。"

林晓红说："你视力不好，要不要我扶着你？"

张明辉连忙说："不用！不用！"

走了几步，走廊里更黑了，张明辉连忙改口道："你扶一下也好！"

林晓红伸手捏住张明辉外套袖口上一粒扣子，两人就像革命年代的战友，在黑暗里"携手"前行。

黑暗中的张明辉暗暗思索着：林晓红为什么要选择走这条路？难道是要试探一下多年的老同学的品行和节操吗？对了！刚才在自己说"这里面挺黑的"这句话的同时，林晓红隐隐约约地对空气说："唉！不能这样！"这又是什么意思？难道也是试探吗？唉，我只想一生一世拥有你，并不想仅仅一时一刻拥有你！

终于走到了走廊尽头，住院部和急诊处的灯光从右面透了过来，两人都松了一口气。林晓红放开张明辉外套袖口的扣子后，两人都自然了许多。接着两人右转，向灯光处走去。

穿过住院部和急诊处继续向后面走，张明辉才发现，原来这里是医务人员的家属楼。

上了二楼，林晓红按响了正对楼梯口那家的门铃。门开了，张明辉发现来开门的竟是"折翼天使"尤思敏。

进屋大家坐下寒暄了一阵后，尤思敏拉着林晓红进了房间。她先用新奇而略带陌生的眼神瞥了一眼张明辉，然后用疑问、探询的眼神望着林晓红。

张明辉这时注意到，窗外，在住院部和急诊处的灯光映照下，雪花慢慢地飘落着。他内心深处有一股暖流在暗暗涌动……

15

过了一会儿，林晓红帮尤思敏整理好了房间，对张明辉说："下雪啦，等会儿你怎么走？"

张明辉反问："你不走吗？"

林晓红说："啊！你已经完成任务啦！今晚我和思敏要彻夜畅谈！"

张明辉愣了片刻，反应过来后，匆匆与林晓红和尤思敏告了别。来到大街上，他发现路灯已全部亮了，大街上一片光明。套着老式灯罩的路灯下，闪着银光的瑞雪簌簌降落，犹如满天星斗化作无数珍珠，慷慨地散落人间。

张明辉猛吸了一口带着雪气的清新空气，仰天而叹时心想：明天该向林晓红摊牌了，绝不再犹豫！

一夜无话，第二天早上，吃罢早饭后，张明辉向刘叔叔和刘延赟告别，感谢他们的热情款待和鼎力帮助。

刘延赟送张明辉出去时悄悄问道："那个事儿怎么样啦？"

张明辉说："现在还定不下来。延赟，不管事儿成与不成，我都真心地感谢你和松涛。回头你见到松涛帮我道声谢，我现在就不向他告别啦！"

刘延赟说："这没问题，大家都是朋友嘛，好说！以后多联系啊，再见！"

张明辉告别刘延赟，来到一个十字路口，从这里向左走可到长途汽车站，向右走可到林晓红的家。

张明辉站在十字路口的人行道上，望着天空，心中默想：今天应该是向林晓红摊牌的时候了，不能再像以前那样，总是

"雾里看花"，不管结果如何，一定要让这个结果像这天空一样，彻底明朗化！

于是，张明辉迈步向右走去，前去"明朗"这个结果。

张明辉第三次邀请林晓红从家里出来，在楼前大街的人行道上，张明辉犹豫良久，才开口说道："晓红，今天我要回市里去了。我想邀请你一块儿去游览一下市里的各大景区，行吗？"

林晓红几乎没有思考，马上回答说："不行！昨天咱们已经游览一天了，今天，万飞天他们肯定也会来找我。"

林晓红刚说完，又马上惊慌地看了一眼张明辉，似乎忽然间变成了能被轻易看透的玻璃人。

然而，张明辉却像什么都没有看出来一样，微笑着说："那好吧！那我以后可以给你写信吗？"

林晓红说："可以。"

于是，两人在路边小商店借了纸笔，相互留了通信地址。之后，张明辉笑着道别："我要走了。你回去吧！"

林晓红说："我送你到长途汽车站。"

张明辉连忙拒绝道："不用，我先不坐车，我到别处还有事，你先回吧！"

林晓红还是坚持说："我还是送送你吧！"

张明辉安慰她似的笑了笑说："没事儿！你回吧！"

林晓红很认真地盯着张明辉，问道："你还好吧？"

张明辉答："没事儿，没事儿！你回吧！"

林晓红只得作罢，说："那你慢点儿！"

林晓红转身上楼后，张明辉感觉自己像终于解开了一道难解的数学题一样，心中涌现出一丝得到答案的轻松。

张明辉带着这种轻松心情向长途汽车站走去，刚到十字路口，就看见一辆回市的长途公共汽车迎面开来。张明辉连忙招手，待长途车在路边停稳，车门刚一打开，他便轻快地上了汽车。

长途公共汽车起步、加速，很快驶出县城城区。张明辉望着车窗外熟悉的田园远山，这一切……一切都以不同的态势向后飞去……张明辉的内心深处也慢慢开始出现一缕怅然若失的伤感，这伤感随着车窗外景物的飞逝，一点一点地加深。在张明辉的潜意识里，他真希望这疾驰的长途车能够马上停下来，从而使车窗外飞逝的景物定格……

16

张明辉这么想着，五分钟后，长途车竟奇迹般地停了下来——原来是长途车抛锚了！

车上乘客大都很气愤，埋怨道："车怎么会在这前不着村后不着店的地方抛锚呢？大过节的！公交公司是怎么维护车辆的？"

张明辉却感到惊喜，发生的这一切在张明辉看来正是对自己受伤心灵的保护，他由衷地感谢造物主对自己无微不至的关怀和爱护！他看着司机和乘务人员正紧张地抢修着汽车，觉得他们似乎不是在抢修汽车，而是像医院里的大夫和护士那样，正紧张地抢救着张明辉。

四个小时后，汽车发动机终于在一声轰鸣中点火启动、正常运行了。

之前坐在张明辉旁边的乘客——一位中年胖大哥急忙上了车，坐下后他拍着张明辉的肩膀说："小兄弟，你真有定力！四个小时没有下过一次车！"

张明辉微笑着说："存住气，不少打粮食！"

中年胖大哥坐下说："唉！大过节的，饭也没得吃，还打粮食?!"

长途公共汽车继续前行，张明辉到站下车时看了一下表，已经将近下午四点了。

张明辉来到自家街区，老远看见斜阳草树下，寻常巷陌中，父亲正行色匆匆，要外出的样子。

明辉快步上前，跟父亲打招呼道："爸，您要出去？"

父亲应道："啊！你回来了！"

明辉向父亲汇报道："刘叔叔看了《清明上河图》说品相不错，另外说您血压偏高，平常要多注意身体。"

父亲说："好好！哎！你眼角那里怎么了？"

做父亲的认真端详儿子良久，然后说："好了！你先回去吧！回头咱们再谈！"

到底是"知子莫若父"——做父亲的已经看出儿子此行并不愉快。

张明辉回市一个礼拜后的一个下午，车间里照顾职工过元宵节，提前下班了。

张明辉到家正锁自行车的时候，听到背后有人打招呼："哎！你好！"

张明辉回头看了来人一眼，发现自己并不认识，于是问道："你好！你是？"

来人回答："不认识啦？咱们是同学。"

张明辉又仔细回忆了一下，还是没想起来此人是谁。只好反问："同学？"

来人又答："我不是你们那个班的，咱们是同级不同班的同学！万飞天不就是你们班的班长吗？"

张明辉明白了，说："哦！你跟万飞天一块儿来的！他人呢？"

来人说："他去他亲戚家啦！"

张明辉说："那咱们去家里聊吧。"

来人说："不啦！就站这儿说几句话。"

张明辉说："那多不好，到家门口不进家门，我也太没礼貌啦！"

来人连忙笑着说："没关系，没关系！不必介意！"

张明辉也没有再坚持，说："哎，对了，还没有请教尊姓大名呢！"

来人答道："这个不重要——你最近还忙吧？"

张明辉说："一般吧——听说万飞天以前和林晓红谈过一段时间？"

来人说："以前谈过，不过听说林晓红在部队另外又谈啦。本来大家打算趁林晓红这次回家探亲，再撮合撮合她和万飞天。没想到你又从中插一杠子！"

张明辉疑惑道："我怎么是'从中插一杠子'，大家都是同学呀，万飞天和她不也是同学吗？"

来人说："他们当然是同学。"

张明辉说："那就对了。要论起来，我和林晓红早在上初中时就已经是同学了，而万飞天仅是我们上高中时的同学。"

来人说："这么说你们在初中时就开始谈了？"

张明辉说："那倒没有。"

来人说："为什么？是不是考虑着将来全家要搬到大城市……才没有……"

张明辉解释说："也不是。我上初中时，我们全家谁也不知道将来要搬到大城市，主要是我自己当时太内向了，不会跟女生相处……"

来人说:"原来是这样……那么你现在不再内向了?"

张明辉说:"俗话说,山河易改,本性难移,我现在也只是在交往方式上稍有变通,而内在性情依然未变,可能这一辈子也不会再变了。"

来人说:"既然你们以前没有正式谈,那不然就算了!你在市里再谈一个不好吗?"

张明辉诧异地说:"怎么能那不然就算了?常言说,衣服是新的好,人是旧的好。"

来人说:"这样的话,我代表万飞天祝你们幸福!"

张明辉说:"这话说得还为时过早,我们也不一定能谈成。"

来人说:"也不一定成?还挺复杂呢!"

张明辉感叹道:"是啊!我现在忽然发现,世界上最难猜透的是女人的心。"

来人说:"假如说有这样的情况,林晓红最终没有选择你们两人中的任何一个,而是在部队上找了别人,你要怎么办?"

张明辉想了想,才慎重地说:"真要是这样,那也没什么,恋爱自由嘛!人家也不欠咱的,为什么一定要和咱们两家中的其中一家谈呢?"

来人说:"你倒是挺开明的!不过,我有个建议,你看能不能采纳。假如她真的忽悠咱们两家,那咱们两家就联合起来,狠狠地整她一下子!你看如何?"

张明辉皱了皱眉头,说:"这个大可不必。首先,这样做不符合道义,难道说两个大男人,要联合起来整一个弱女子吗?再者,这样做,法律也是不允许的。国家法律优先保护军婚,假如林晓红真的像你说的那样,最后在部队上谈对象,那他们将组成双军家庭。你想,破坏军婚家庭已经是违法了,而破坏双军家庭，那将受到法律怎样的惩处呢?"

来人说:"照老兄这么说，咱们只有放弃啦?"

张明辉挥了挥手，笑笑说:"革命尚未成功，同志仍须努力，咱们两家仍可各自继续努力，成事在天，谋事在人嘛!"

来人说:"老兄说得好!那我就告辞了……"

张明辉突然又想起了什么，叫住来人说:"请稍等!有一件事不知你听说过没有?是这样，上初中时，我们学校南边，老电影院后面的南山崖上，有一个年轻小伙子为情跳崖自杀。当时，我们个别同学当面说那女子是'变相杀人犯'，可这么说又有什么用?人死不能复生。所以，咱们两家即使最后都没有成功，也都不要学那个年轻小伙子。好男儿志在四方!岂能为一个小小的'儿女情长'就葬送此生!"

来人感叹道:"真是听君一席话，胜读十年书。好!我一定把老兄的话转告万飞天，他一定会感谢老兄的劝告。老兄请留步!那我就告辞了!"

张明辉说:"跟我回家吃饭吧!今天是元宵节，晚上在市里赏灯多好!"

来人说:"多谢老兄好意!但我和万飞天还有别的事情，就不打搅了，再见!"

17

元宵节过后，张明辉按照林晓红留的通信地址，给她写了一封信。张明辉除了日常问候以外，还试探着问了一下林晓红目前的感情状况。

一个星期后，张明辉接到了回信。张明辉在回信的字里行间看到了结果：林晓红确实在部队里谈对象了。

这是个意料之中的结果，然而，张明辉看到这个结果后仍然受到了不小的打击。在元宵节那天下午对万飞天的"使者"发表的一通慷慨激昂的演说，现在对张明辉自己并没有任何安慰的作用。接到回信的一段时间里，张明辉的同事、亲友忽然发现他像霜打的茄子一样，萎靡不振。

张明辉的父亲实在看不下去了，于是就抽时间，对大儿子进行了一番语重心长的开导："明儿啊，实际上，你并没有失去什么。这等于说是你还没开始和这个女同学谈就结束了。这样也好，长痛不如短痛嘛！另外，你这个女同学这样做，如果我们从更高的层次上来看，不仅不是坏事，而且是好事！为什么这么说呢？一个国家的富强需要强大的国防，而强大的国防需要众多技术人员的参与，更需要女性技术人员的参与。这样一来，她会更安心地在部队工作……"

在老父亲的开导下，张明辉在心中开始慢慢放下这份感情，尽管偶尔在街上遇见女性军人时，仍然会心痛。但时间是最好的大夫，张明辉心灵的伤口开始慢慢愈合……

大家发现了张明辉的变化，于是，张明辉的同事、亲友以及一切与张家有关系的人，又纷纷开始频牵红线，给他介绍对象了。

这是一个星期天的早上，张明辉吃罢早饭，找了自行车钥匙，准备去厂里加班——这是极少有的事，因为小厂子一直效益不好，今天是特例——走过客厅时，他发现父亲已和棋友铺开围棋盘，准备开战了。

张明辉就打招呼说："爸，我去上班啦！"

父亲还未曾开口，棋友倒先抬头问："星期天还上班？"

棋友一边问，一边端详起张明辉来。这种郑重其事的认真样儿，搞得张明辉有点儿不好意思了。

做父亲的连忙介绍说："这是你陈叔叔。"

张明辉连忙解释："陈叔叔好！今天我们厂临时加班。"

棋友站起来说："好！小伙子有前途，来！握个手。"

张明辉走后，棋友对张择瑞说："张老兄，这是你家大儿子吧？从外地调回来啦？这下可好啦！"

张择瑞说："唉！提起他这工作调动，真是没少让人为难。好单位咱进不去，最后还是托我上小学时一个同学的关系，才进了一个效益不太好的单位……"

棋友说："小学时的同学，谁啊？"

张择瑞说："你认识，李铁鑫。"

棋友说："啊……就是刚参加工作时，爱好拉二胡的那个高大壮实的李铁鑫吧？你们俩倒是趣味相投，你的《二泉映月》拉得也不错嘛！哎，对了！你家大儿子有对象了吗？"

张择瑞说："工作刚刚安顿好，对象还没有定下来。"

棋友说："我这里倒有一个合适的人选，你先听听家庭条件。女孩儿的爷爷就是咱们县的老领导，原县委书记韩林，现在，韩书记退休后搬到市里老城区居住了。女孩儿的父亲韩子良，你应该也很熟悉，他现在也在市里上班，全家都搬到市里住了。这个女孩儿……"棋友抬头望了一眼向客厅走来的女主人，又接着说："哦！郝老师！我今天又来打搅了！这个女孩儿，郝老师应该很熟悉，她叫韩秀云，上初中时是郝老师的学生，女孩儿比咱明辉小三岁……"

郝淑君说："哦……我想起来了，以前在县里时，是教过一个叫韩秀云的学生，她在班里的学习成绩不算太好，也不算太坏，中等成绩……"

18

张明辉的父亲住院满四个月，也就是刚过春节的时候，张明辉从母亲那里得知：璞玉的妈妈——自己的前妻韩秀云回家了一趟。

这个消息就像一颗炸弹，在张明辉的内心深处炸开了。尽管内心翻江倒海，但喜欢看《三国演义》的张明辉却能像刘备那样喜怒不形于色，护理父亲的工作还是像往常一样，按部就班，一丝不苟。

这天傍晚，又到了父亲"进晚餐"的时间，张明辉先吩咐护工老王——一个高大壮实的东北汉子——去医院营养师那里取配好的营养晚餐，然后自己从床头柜里小心取出大号玻璃注射器和其他器皿。他先在一个空器皿里倒了少量开水，然后另拿一个空器皿，将两个器皿相互倒来倒去，使水温稍降。之后，他再把玻璃注射器放在温开水里，小心地把里外清洗干净，又在另一个干净的空器皿里倒少许开水，晃动器皿，使开水在器皿里旋转以降水温。接着，他用清洗过的玻璃注射器吸了二十毫升干净的温开水，先拿注射器对着自己的手腕推出几滴水以试水温，然后用温开水先清洗了父亲鼻管（大夫从父亲鼻孔插入，直通食道的一条长橡胶管）的管头，再把注射器的前玻璃端头插入父亲鼻孔中橡胶管的管头。

张明辉把自己的脸贴在注射器温水部分的管壁上，最后一次试了水温，然后把温水缓慢推入父亲的胃里。

父亲眨了眨眼睛，动了一下嘴唇，意思是说：我已经"喝到"了，水温正好！

　　张明辉站在父亲的病床前，等待老王把营养晚餐取回来。这时，来查房的林护士长看到等餐的张明辉，问道："刚才她们没给三床送营养晚餐？"

　　张明辉生怕护士长追责，连忙解释说："我提前给营养师打了招呼，我们自己取，这样又新鲜又热乎！"

　　林护士长说："啊，你挺细心的。咱们三床晚上经常发烧，如果夜里有状况，就到护士站找我，今晚我值班。"

　　张明辉说："多谢林护士长！"

　　林护士长走后，同病房的病友、家属都赞叹林护士长对工作的耐心和负责。四个月以来，张明辉每次见到林护士长都有一种亲切感，并且认为她很像自己的某个熟人，但就是想不起来这个熟人是谁。

　　啊！张明辉眼前一亮，原来这个熟人就是很久很久以前，自己上中学时的一个名叫林晓红的班干部……

　　张明辉正这么想着，老王已把营养晚餐（一种绿色糊状物）取回来了，还是热的。张明辉用温开水稀释了营养晚餐，然后用推水的方法，把营养晚餐缓慢推入父亲的胃里。"饭后"，张明辉又往父亲的胃里推了二十毫升温开水，父亲在简单意识的支配下露出孩童般的微笑。这微笑让已经疲惫的张明辉感到一丝欣慰。

　　过了一会儿，老王倒垃圾回来了，张明辉体谅他的辛苦，便说："你先去吃饭吧！然后回来换我。"

　　半个多小时后，老王回来了。他对正在压碎药片的张明辉说："你赶紧去吃饭吧！回来再喂药。"

　　张明辉却说："不行，喂药时间到了，我先喂药。"

　　喂完药，张明辉又往父亲的胃里推了二十毫升温开水，才对老王说："王师傅，我去吃饭了，你注意输液时间，药快输完就喊护士。"

张明辉在医院内部食堂简单吃了点东西，很快又赶回外科大楼八楼神经外科，路过候医大厅时，见一些病人家属正在看电视。他不经意间看到电视里正在播放一则新闻，一所大学录取了一对特殊学生——母女学生，电视画面上，十八岁的女儿及其三十九岁的母亲正同桌读大一，这对特殊学生已和其他正常学生融为一体，似乎并没有什么不同……

19

在回父亲病房的路上，张明辉心想：真是世界之大，无奇不有——世界上竟会有这样的事！

张明辉这么想着，不知不觉已来到父亲病房门口，病房里传来女儿张璞玉的声音："爷爷，我来看您了，您睁开眼睛啊！"

听到女儿的声音，张明辉心中猛然生出一个念头：如果将来条件允许的话，自己可不可以和女儿同桌读大学？要真能这样的话，自己此生的"大学梦"也就可以圆了……

但张明辉心中另一个更强势的自我立刻开始嘲笑这个弱势自我的念头：刚刚自己还以"母女同桌"为世界之奇，如果自己将来再搞个"父女同读"，那情形简直难以想象！

张明辉带着这样矛盾的心情进了病房，立刻又藏起万千思绪，跟女儿打起了招呼："璞玉，你怎么在这儿？"

背着书包的张璞玉说："爸，我下学拐过来看爷爷，可爷爷怎么不睁眼呢？"

张明辉故意逗女儿说："爷爷嫌你不听话，不愿意搭理你！"

张璞玉连忙跑到爷爷病床前说："爷爷！我听话，您快睁开眼睛吧！"

老王适时提醒道："你爷爷刚用过晚餐，需要休息。"

张明辉一边干活一边劝女儿："璞玉，你快回去吧！回去晚了奶奶要着急的。"

张璞玉在爷爷的脸颊上亲了一下说："爷爷再见！"又用手里毽子上的羽毛，在正弯腰检查自动小便器的爸爸的耳朵里转了一下，然后调皮地说："爸爸再见！"

张明辉起身目送女儿出门。女儿已经走到病房门口了，她转身对护工老王说："王伯伯再见！"

张璞玉背着书包走后，老王对张明辉交代道："刚才护士来拔针时说今天的药水全部输完了，晚上不用再输了。"

张明辉说："好。你现在去开水房端一盆温水过来，又到擦澡时间了。"

老王端来温水后，张明辉换着使用两条毛巾，给父亲从头到脚通体擦了一遍，又给父亲翻身，使父亲侧身而卧，并让老王扶好，保持卧姿，然后用热毛巾把父亲的颈部、背部、腰部、臀部仔仔细细擦了一遍。

正要把父亲放平，一个给病人定时翻身的护士走过来说："翻身时间到了，先把原来垫在病人背部右侧的棉垫子拿开，然后把病人放平，再把棉垫子垫在病人背部左侧就可以了。"

张明辉照护士说的一一做了，最后给父亲盖好被子。

张明辉刚坐下不到十分钟，忽然发现父亲两眼圆睁，脸涨得通红，连脖子都是红的。张明辉知道，这是父亲要拉大便了，但大便干结排不出来。张明辉连忙给父亲翻身，使父亲右侧而卧，老王给父亲身下垫上卫生纸。之后，张明辉开始轻轻按摩父亲的腹部。给父亲擦干净后，张明辉先清理了所有的脏卫生纸，又垫上干净卫生纸，然后把父亲放平，盖好被子。

刚忙完这一切，护士就通知说：所有的病人家属及陪护人员马上离开病房，离开前一定要把病人的眼睛盖好——紫外线消毒时间到了。

在走廊上，张明辉隔着病房门上的玻璃看了一眼父亲，见给父亲遮挡紫外线用的白手帕没有盖好，就又冲进病房，把父亲的眼睛盖好。返回走廊后，把病房门关好，回头见老王站在旁边就说："王师傅，现在暂时没事儿，你休息吧！"

老王说："我刚上班，你倒是需要休息。你白天和璞玉的奶奶在医院，晚上又和我在医院，每天二十四小时连轴转。今天又特别忙，你赶紧在走廊上，把钢丝床支好，躺下合合眼吧！有事我叫你。"

说来也奇怪，老王说话前张明辉还是风风火火、精神抖擞的，老王此话一出，张明辉忽然觉得精疲力竭，好像一个世纪没有睡过觉一样。

张明辉连忙把钢丝床打开、支好，压抑着浪潮般袭来的困倦感，铺好床铺，在躺下的一瞬间，他的耳畔回荡着从候医大厅传来的电视剧《梁山伯与祝英台》的插曲……

20

张明辉和女儿张璞玉在火车站进站口下了出租车，把行李搬下来后，火车站广场大钟表正好在报时："北京时间，十九点三十分。"张明辉找出预先买好的两张火车票看了一下，发车时间是十九点五十五分。与此同时，车站广播员娴熟从容的声音响起："开往北京方向的 1364 次空调普快列车即将进站，进三站台四道，请各部门做好准备，买好车票的旅客，请携带好自己的行李物品，准备上车……"

站内服务人员立刻向旅客喊话："1364次，排队进站了！"

张明辉连忙装好车票，和璞玉带着行李物品，随着队列向进站口走去。刚踏上第三站台，一列火车就呼啸着进站了，列车渐渐减速，终于可以看清车厢上的区间牌"成都—北京西"。

列车上，璞玉对父亲说："爸，今年大一放寒假，咱们在北京过春节，不回来好吗？"

张明辉说："不行，春节得回来看你爷爷奶奶……哎，璞玉，我把你送到北京后，我就回来，你自己读大学好吗？"

张璞玉惊讶道："怎么！您要放弃这次读大学的机会吗?!"

张明辉说："爸爸年纪大了，不一定非要在正规大学里深造，在网上接受远程教育也是一样的嘛！"

张璞玉说："我知道了。爸，您还是放不下您的公司，对吧？不过我建议您先不要做决定，等到了学校后再做决定，好吗？"

张明辉无奈地说："那就这样吧。"

列车进了北京西站，张明辉看了一下手机，时间尚早，才五点五十。几分钟后列车停稳，张明辉和女儿下了火车。刚出火车站，见路边就是车站派出所，张明辉对女儿说："璞玉，你在这儿看好行李，爸去里面问个事。"

张璞玉疑惑地问："爸，您去车站派出所干什么？"

张明辉解释说："爸以前就来过一次北京，那会儿刚和你妈结婚，来北京旅游。当时我们下火车后就在大前门西侧一条小胡同里，找了一家很小的国营旅馆住下了——这样不仅便于游览故宫等各大景点，还经济实惠——我们每次出去游览，都是先到大前门，然后按照旅游图'按图索骥'去游览每个景点。回来时，先回到大前门，再按原路返回旅馆，这样不容易迷路。

来回次数多了，我们觉得没意思，想'另辟蹊径'一次。于是，有次游览结束后，我们决定不走大前门，直接返回所住的旅馆。可我们走进北京这些老胡同后，很快就迷路了。没办法，只好坐上人力三轮车回旅馆，骑三轮车的师傅问了旅馆的名字，就开始拉着我们在北京的老胡同里转呀转呀，转了老半天，最后我们车费花了几十元……"

张璞玉听得云里雾里："爸，那您现在去派出所干什么？"

张明辉笑笑说："爸以前让你读的《战国策·楚策》不是说'亡羊而补牢，未为迟也'。爸现在嫌公交车慢，想坐出租车直接到北京师范大学报到，可又不知道路程远近、车费多少，想到里面问一下再坐出租……"

张明辉和女儿在北京师范大学门口下了出租车，没想到这么早大学门口就已经车水马龙、人声鼎沸了。把行李从出租车上搬下来后，张明辉心想：自己现在要读大学完全是在女儿的鼓励下促成的，因为读大学对自己公司的商业运作几乎没有任何帮助，难道仅仅就为了圆自己儿时的梦想吗？

想到这里，张明辉对女儿说："璞玉啊，爸爸现在来读这个大学，这使爸爸忽然想起《吕氏春秋·察今》上讲的故事。故事说，楚国有一个人在乘船过江时，剑掉在水里，他就在船帮上刻上记号，标记出剑落的地方。等船靠岸停下来，再按船上的记号下水去找剑，结果自然找不到。璞玉啊，你看爸爸将要做的事，是不是和这个楚国人的故事有相似之处呢？如果爸爸现在真的去读大学，那不也是在'刻舟求剑'吗？"

张璞玉说："爸！这并不是一回事！孔子有'知其不可而为之'的思想，从义的观念，孔子推导出'无所为而为'的观念，孔子还说'知者不惑，仁者不忧，勇者不惧。'爸！您将要做的'父女同读'之事，如果仅从当下考虑，似乎并不可取，然而，从长远来看，您除了能提升自己以外，您的这种求学精神也能激励无数后来求学者……"

张明辉急忙打断女儿的长篇大论，生怕自己反悔："可爸爸并不想沽名钓誉啊！好了，别再说了，入校看情况再说吧！"

北京师范大学新生报到处的新生队列，排成了一条长龙，家长们随着各自的"主帅"秩序井然地向前推进。

张璞玉把成绩单、通知书等所有文件资料全部递进了报到处，工作人员在电脑上查了查说："张璞玉，成绩还不错嘛！有前途——这一份材料是谁的？"

张璞玉说："请稍等……爸！您快过来一下！"

听到女儿的呼喊声，张明辉摇了摇头，心想：抉择的时间到了！

张明辉眼一闭，心一横，下定了决心，快速向报到处走去，说："这是我的材料。"工作人员说："好！今天您这是第二例'两代同读'了。"

张明辉反问："前面也有人'两代同读'？"

工作人员说："刚报到不久，您看！"

张明辉在电脑屏幕上看到了"林晓红"等等一些文字，立刻心口一紧，但马上又安慰自己：世上同名同姓的人多得很。

张明辉并没在意关于"林晓红"等等一些文字的具体内容，就和女儿匆匆离开了报到处。

张璞玉问父亲："咱是先找校方办理住宿手续呢？还是先到系里领书上课呢？"

张明辉说："先领书上课吧！刚才报到处的工作人员不是说已经开课了嘛！"

张明辉和女儿张璞玉先到资料室领了书，然后在大讲堂里找好位置坐下。讲堂里同学很少，老师还没有到。刚坐下不久，张明辉忽然发现一个熟悉的身影走进教室……

真的是她！

就是自己中学时代的女同学！

就是林晓红！

可她怎么带着自己的女儿张璞玉来读大学？

张明辉连忙扭头一看，发现女儿张璞玉已不在身旁，正疑惑间，忽见面前的课桌在不停地摇动，似乎发生了地震……

21

护工老王急切地摇晃着张明辉正躺着的钢丝床，说："小张！快起来，老爷子又发烧了！"

张明辉醒来的第一句话是："课桌为什么在摇动？"

老王说："什么课桌？是钢丝床在摇动。"

张明辉猛地摇了摇头——原来自己做了个梦。

在张明辉摇头的同时，林护士长从钢丝床边经过，微笑着向张明辉点了个头，然后带着一名护士匆匆进了病房。张明辉也急忙起床，带着老王跟进了病房。

林护士长摸了一下张明辉父亲的额头说："好烫！"

然后对另一名护士说："你快去找值班的杨大夫。"

林护士长又对张明辉说："你们病人家属先用温水给病人擦一下，这样可以降温。我去库房取冰块儿，马上就回来。"

老王到开水房端了一盆温水过来，张明辉开始给父亲物理降温。这时，值班的杨大夫走过来说："温水擦身结束后，稍停一下，再用冰块儿降温。如果冰块儿能够把体温降下来，就不用打退烧针了。咱们三床打退烧针的次数太多了，这样对身体不好。告诉小林，冰块儿降温结束后，再量个体温报给我。"

温水擦身结束后，停了十五分钟，林护士长拿来六块带有塑料外包装的冰块，用六条毛巾包了，分别置于病人两腋、两腘和两大腿上，然后吩咐张明辉说："停十几分钟把冰块稍稍移开点位置，再停十几分钟，再把冰块儿放回原位，这样不会冻伤病人局部组织……"

这样折腾了两个多小时，可张明辉父亲的体温回落并不明显，值班的杨大夫只好又开了一剂退烧针，林护士长亲自来注射，这下总算把体温降到正常。黎明时分，大家暂时休息时，张明辉开始回想自己夜里的梦境，自己怎么会做如此离奇的梦？就像从未到过庐山的张大千，因百感交集而画了一幅《庐山图》……

张明辉的父亲住院满四个半月，也就是刚过元宵节的时候，病情开始恶化，每夜都发烧不止，即使打退烧针，也不能把体温降到正常。每日的进餐量也在逐渐减少。排便的情况是也不好，小便排得越来越少……

张明辉的父亲住院满五个月的时候，肠胃已不能吸收任何东西，大、小便全部断绝……

在住院五个月零二天的夜里，像往常一样，又开始高烧不止，打退烧针没有任何作用，输液身体也不再吸收了。唯一显示生命体征的是那双还能活动的眼睛，那眼睛时而快速转动、时而紧盯着输液吊瓶一动不动，似乎要用目光来阻止输液的进行……

最后，值班大夫只好决定：暂停输液，观察一下再说。

22

　　黎明时分，张明辉的父亲停止了输液，撤去了身上各种各样的管子，高烧的体温反而降了下来。张明辉忽然发现父亲的眼睛特别明亮，就像映在玻璃窗上的启明星。父亲的嘴唇在微张微合地慢慢嚅动，似有进餐欲望。张明辉连忙请护士重新插了鼻管，用开水冲了些营养品，再用注射器把营养品由鼻管推入父亲的胃里。然而，父亲依然眼睛明亮、嘴唇嚅动，张明辉就又冲了些营养品，再次推入父亲的胃里，当看到父亲仍有进餐欲望，张明辉就第三次给父亲的胃里推了营养品。

　　尽管看到父亲第三次进餐后仍有进餐欲望，张明辉还是决定先停停，观察一下再说。于是，张明辉对老王说："王师傅，你先去吃饭吧！吃完饭回来，我妈基本上也该来医院了，你就可以回去了。"

　　护工老王说："你先去吃饭吧！我等会儿回家吃饭。"

　　张明辉想了想说："也行。那你招呼好，我马上就回来。"

　　张明辉正在吃饭就接到母亲的电话："明儿快回来！你父亲病危！"

　　听到母亲急切的声音，张明辉急忙撂下饭碗就往回赶，在外科大楼八楼神经外科的候医大厅里，遇见了母亲。未等张明辉开口，母亲说："明儿啊！你父亲他刚刚走了……"

　　听到母亲的话语，张明辉打了个激灵，马上说："怎么可能？！我刚才下楼时还是好好的！王师傅呢？！"

　　母亲解释说："今天是礼拜天，你弟弟妹妹都来医院了。我们来时见你父亲眼睛明亮，精神很好，就让王师傅回去了。后来翻身时间到了，护士来给你父亲翻身，你父亲却突然一口气没上来……就走了……"

张明辉不再细问，急忙向父亲的病房走去。来到病房，见同病房的两床病人都已搬走，自己父亲的病床被蓝色隔帘罩住，弟弟和弟媳、妹妹和妹夫还有自己的女儿都在哭泣。张明辉这才相信父亲是真的走了，想到父亲从此离开大家，不由得放声大哭……

弟弟张光辉说："哥，你别这样，这是在医院里。咱妈刚刚好些，你别再……"

张明辉慢慢掀开蓝色隔帘，早春和煦的朝阳，带着融融暖意，照着父亲慈祥而略带微笑的脸庞。张明辉又难过又懊悔，却又不得又打起精神。父亲走了，自己就是家里的顶梁柱，后面还有很多事情需要自己操办。

接下来，张明辉开始通知父亲的原工作单位及亲朋好友，着手办理追悼会事宜。

下午三点钟，林护士长来到病房对张明辉他们说："咱们还有什么要帮忙的吗？"

疲惫的张明辉虚弱地说："已经通知了殡仪馆，车马上就到。能不能先请您找台病人转运床，等会儿好往一楼转运。"

林护士长说："这没问题！"

很快，林护士长亲手推了一台病人转运床来到病房，协助张明辉他们转移遗体……

市中心医院大院内整洁的道路上，张明辉在林护士长的协助下，推着父亲向太平间走去。

23

第二天上午，追悼会在殡仪馆举行。

中国科学院植物研究所发来唁电，勉励大家化悲痛为力量，为祖国多做贡献。

市委宣传部部长致悼词，总结了张择瑞笔耕不辍的一生，肯定张择瑞是党的好喉舌，人民的代言人，鼓舞大家继承并发扬优良传统，与时俱进、继往开来。

……

追悼会后半个月，张明辉办完一切关于父亲的善后事宜，当天晚上就给公司老总卢朝阳打了个电话，说自己明天就到公司报到，开始上班。

第二天一大早，张明辉把自己很久未骑的摩托车刷洗、擦拭一新。吃罢早饭，才刚刚七点一刻，张明辉想提前到公司报到，于是，跨上"坐骑"到公司上班去了。

张明辉现在所在的公司是一家大型国营企业的第三产业——巨龙纯水有限公司。巨龙公司的前身只是一个小小的纯净水厂，属于国营企业的劳动服务公司，生产目的主要是满足国营企业内部职工及内部办公用水需求，基本属于福利性质的三产企业。

由于小小的纯净水厂频繁调换领导，致使水厂内部管理混乱，最后面临濒于停产的局面。国营企业时任领导当即决定把纯净水厂交给内部职工承包，自负盈亏，业务对外开放。消息一经传出，国营企业内部人员纷纷托熟人、找路子争取承包，搞得沸沸扬扬。最后时任领导的公务车司机的卢朝阳，从众多的争取承包人员中脱颖而出，承包了企业的纯净水厂，并把水厂更名为"巨龙纯水有限公司"。

巨龙公司创建伊始，百废待兴，首先是资金和人员的匮乏——几无可用之兵。原水厂的职工，不是调走，就是在家休息。真正上班的人，只有两个接电话的女职工和一个看大门的老师傅。厂里的设备虽然是先进的"反渗透"水处理设备，但年久失修，不能正常运转。另外，原水厂的厂房要另作他用，巨龙公司必须在两年内搬迁至国企的城北仓库。

张明辉就是在巨龙公司大搬迁时，应聘加入卢朝阳团队的。张明辉来巨龙公司前是另外一家纯水公司的送水工，因公司老板月月拖欠工资，刚好巨龙公司发展要用人，张明辉就应聘过来了。

来到巨龙公司，张明辉本打算继续做送水工，但公司老总卢朝阳说："送水环节已经安排就绪，目前公司正在筹备大搬迁，你先到生产车间上班吧！"

24

于是，张明辉开始在纯净水生产车间上班。刚上班三天，公司果然开始大搬迁。在大搬迁中，张明辉发扬了他学生时代所看电影《英雄儿女》中王成的大无畏革命英雄主义精神，奋力拼搏、加班加点，最终获得公司老总卢朝阳的信赖，并与卢朝阳的团队骨干梁大山（车间主任）、王宏刚（车队队长兼机械师和要账员等）、任一帆（业务员）、王群会（技术骨干）等人结下深厚友谊。

大搬迁一个月后，公司举办庆功聚餐会。聚餐会上，公司老总卢朝阳邀请还是一般职工的张明辉坐在领导层一桌，并且要求张明辉紧挨自己，坐在车间主任梁大山的前面。

卢朝阳亲自给张明辉斟酒布菜，并对众人说："老张是可信赖之人！"

卢朝阳称张明辉"老张"是因为张明辉大自己一岁，当然也有尊重的意味。但自从公司老总称张明辉"老张"以后，公司所有的员工，不论年龄大小，只要和张明辉打交道，皆称其"老张"。这让张明辉有点不好意思，因为张明辉以前在国营企业里是一直被称为"小张"的。

况且，张明辉私下里想：自己真有那么"老"吗？公司老总称自己"老张"时，自己才刚刚三十八岁。亲朋好友在谈到年龄问题时曾说"明辉的'目视年龄'比'实际年龄'要年轻十三岁以上"，要按此算法，自己应当相当于二十五岁的年轻人，怎能称"老张"呢？不过，人家大多都是尊重的意思，自己就不应该再介了。

张明辉在公司兢兢业业，恪尽职守，工作做得又好又快。不久就升为质检员，后因工作认真负责，又晋升为车间副主任。后来又因岗位需要，调任业务经理……

这天上午七点半，张明辉骑着刷洗一新的摩托车来到巨龙纯水有限公司。张明辉感觉公司大白楼上方的蓝天似乎比五个多月前更新、更蓝，蓝天上的白云也好像比五个多月前更洁、更白。

张明辉在车棚停好摩托车，来到公司业务部，看见业务员王俊峰正在拖地板、搞卫生，就打招呼说："小王，来得挺早。"

王俊峰抬头一看，见是很久未看到的业务部张经理，连忙停下手中的活计说："张经理好！很久未见……挺那个啥的！"

业务员王俊峰是在张明辉五个多月前即将离开公司时，刚刚毕业应聘到公司当业务员的年轻小伙。当时，王俊峰的校友，早五届毕业的业务员任一帆对张明辉说："我这个校友办事，时而腼腆得就像一个大姑娘，时而又'青冈木做扁担——硬邦邦'，怎能当业务员呢？"

张明辉却不认同，说："青冈木怎么了？青冈木是雕刻图章的好材质，'玉不琢，不成器'。一个人的业务能力可以在具体工作中逐步提高，而一个人好的品质却是很难得的！"

任一帆说："好吧，你是经理，你说行就行。不过，将来如果他在工作中搞出什么乱子来，你可别说我没提醒你！"

25

张明辉之所以欣赏王俊峰，是因为他在小王身上看到了自己早年的影子。

张明辉在自己办公位置坐定，翻看着办公桌上的业务资料，正欲问业务员小王，门口忽然传来粗重的脚步声。张明辉一听就知道是车队队长王宏刚，而紧随其后，轻声细步的必是车间主任梁大山。

"老张，昨天晚上卢总打电话说你今天上班，今天果然来了！"身材粗壮矮胖，办事沉稳的王宏刚边走进办公室边说。

"老张啊！你早就该上班了！小王还没给你汇报吧？你刚请假不久，业务员小任也请假了，说是头晕、身体不舒服。后来，业务员小王发现小任在别的纯水公司上班，并且挖走咱们公司好多大客户。

"目前，咱们国企老大的房地产开发有限公司在市区黄金地段搞了个购物步行街，业态、规模相当可以。卢总先把步行街的物业经营机构发展成为咱们公司的客户，又通过步行街的物业经营公司，把步行街里林立的商户发展了很多，成为咱们公司的客户。就是在这时候，熟知咱们公司大量业务信息的任一帆却到别的纯水公司上班去了……"身材颀长，办事缜密的梁大山给张明辉大致介绍了一下公司的情况。

"老张啊！听说卢总这次要派你亲自坐镇步行街商业区，好稳住咱们公司的新业务。去步行街好啊！这样不仅对公司有好处，而且对个人也有好处！"王宏刚说完黠慧地向张明辉眨了眨眼。

"对个人有什么好处?!"张明辉听得一头雾水。

"现代城市人生活节奏快，压力大，易疲劳。步行街那里货卖堆山，美女如云，必能调节现代都市人的精神风貌，使大家都成为'劲都人'！（'劲都人'是一种服装品牌——作者注）"王宏刚说完又向张明辉眨了眨眼睛。

"确实是这样！以前建的步行街都是平面的，而咱们国企老大新建的这个步行街，从地下超市、地下停车场到地面公园式布局的休闲设施及商铺、地面停车场，再到中西合璧的主体建筑之间，飞桥连接如彩虹横空，整个形成了一个立体结构。地面人工湖中行着仿古楼船，而楼上停车场里偶尔闪现的高级轿车的身影会给人以天马行空的印象……"曾经在电视节目《梨园春》中演出过的车间主任梁大山说到精彩处，一亮身段，来了个兰花指造型。

"张经理，卢总那边有请。哟呵……梁大主任又在唱旦角啊！"办公室门口会计吴丽的喊声打断了张明辉他们的"班前小会"。

张明辉迅速起身，来到卢总办公室前，轻轻敲了敲门。

"请进！"办公室里传来张明辉熟悉的声音。

张明辉刚进卢总办公室，卢朝阳立刻起身说："快请坐！昨天晚上你打电话说今天上班，我还怕你有事缠身，来不了呢！"

寒暄了一阵子，二人言归正传。卢朝阳向张明辉介绍公司现状："目前，咱们公司的情况不太好。小任不干了，带走咱们公司不少业务，就连新建步行街这一块儿，他也常常来挖客户。小王年轻，业务经验不足，咱们公司在新建步行街这一块儿已失去一半以上的业务。现在你回来上班就好了！我想让你暂时主抓新建步行街的业务工作，公司的其他业务，如果小王不懂的话，我让他打电话问你，有电话里说不清的问题，我就让他直接到步行街找你……你刚上班，对新建步行街的情况不熟悉，第一个星期，我让小王也去步行街，协助你的工作。"

张明辉想了想其中的关键，问题："卢总，小任因为啥不干了？有没有办法补救，让他重新回来上班？"

卢朝阳答道："小任嘛！嫌咱公司业务提成低，到别处攀高枝去啦！当年他刚来咱公司当业务员时——那时你还没来咱公司上班——跑业务没有自行车，我就把我自己骑的摩托车给他骑，这是其他公司的业务员享受不到的，没想到现在有出息了，把我当'东郭先生'给涮了……算了！他是不可能再回来了，这个人的人品不行，他可不像你！"

张明辉说："小任虽说在个人修养方面欠佳，但人无完人，他还是有一点儿歪才的，用得好可以发挥一定作用。"

卢朝阳说："好了老张！不用再提了，我对他已经彻底失望了……"

26

张明辉在业务员小王的陪同下，来到了新建步行街，首先映入眼帘的是入口处几个醒目的大字"中州 CBD 首席购物公园"。进去后，第一个吸引张明辉注意力的是可口可乐公司与《哈利·波特》影视连带产品经销商共同开发的宣传设施——一列蒸汽火车。

张明辉和小王绕过蒸汽火车，看到的是一个人工大湖，湖面上行着仿古楼船。人工湖周围分布着休闲设施及商铺，高大的中西合璧型主体建筑配有双向手扶电梯，以及垂直升降的玻璃观光电梯。衣着绚丽的游客乘电梯或升或降，在空中咫尺相望，互为风景。一队队虎气生威的保安人员有序巡行，一批批保洁人员的保洁车按次回车运作，整个园区人气如山，游客如海。

眼前这一切，使五个多月以来一直蹲点医院的张明辉仿佛一下子进入了诗仙李白的诗境："青冥浩荡不见底，日月照耀金银台。霓为衣兮风为马，云之君兮纷纷而来下。虎鼓瑟兮鸾回车，仙之人兮列如麻。"

张明辉和小王继续前行，忽然发现一家即将开张的商铺正在装招牌字，已经装上的是"念奴娇"三个字，放在地面的是"美容院"三个字。

张明辉见状，只觉得机会来了。于是对小王说："小王，咱们进去问一下。这是新开张的商铺，正好给公司做业务。"

张明辉和小王正要走进筹建装修中的念奴娇美容院，迎面走出来两个手拿记事簿、身着物业经营公司制服的年轻女子，其中一个高挑婷婷的女子对小王说："小王，今天又过来发展业务？"

小王说："今天我们业务部张经理过来指导工作，我正在做现场汇报。"

高挑女子向小王和张明辉点了一下头，然后就和另一个稍显瘦小的女子拿着记事簿到别处去了。

小王对张明辉说："张经理，这两个女孩儿都是物业经营公司行政事务部的理事，高个子的叫梅佳静，另一个叫柳美琴。这两个人和咱们公司每月的业务转账都有关系，特别是那个梅佳静，她办事能力强，很受她们部长王弼和经营公司老总李隆盛的赏识，咱们今后就要常常和她打交道了……"

27

张明辉和小王进了念奴娇美容院，见装修工程已大致完工，回廊曲径通幽，雕梁画栋，豪华得就像一座皇宫。有个工程技术人员模样的人问小王："请问你们有什么事？"

小王说："我们是巨龙纯水有限公司的业务人员，想找贵店老板联系关于纯净水的业务。"

工程技术人员模样的人说："啊……是这样，老板正在大厅工段验收装修质量，我带你们过去。"

来到大厅入口，技术员对张明辉和小王说："你们在这里稍等，让我进去找一下老板。"

大厅这里好气氛稍显紧张，很多人在有序地跑来跑去，却几乎没有发出声响。忽然从另一条回廊里拥进一群"云想衣裳花想容"般的女子团队——她们将组成念奴娇美容院的主力团队——迅速在大厅中央聚齐，侧耳倾听着领队的讲话，似乎只要领队一声令下，她们马上就能开始跳《霓裳羽衣舞》。

技术员回到大厅入口处，然后对张明辉和小王说："老板请你们进去面谈。"

令张明辉和小王诧异的是，念奴娇美容院老板竟是一个高大威猛的壮年男子，看他顾盼指挥的架势，分明就是这个王国的国王。

老板得知张明辉他们的来意后，就对身边的人说："找大堂经理过来。"

张明辉注意到，大堂经理就是刚才女子团队的领队。

大堂经理问明情况后，板着脸对老板说："让他们走，我现在正忙着呢！纯净水我已经联系好了。"

张明辉一看，大堂经理与老板的年龄相当，并且用这样的口气和老板说话，有可能是老板的妻子。于是，张明辉平心静气地说："经理您好！来和您联系纯净水的业务员是不是姓任？"

大堂经理翻了一下名片夹说："您怎么知道？是姓任……任一帆。"

张明辉微微一笑，继续解释道："小任原来也是咱市龙头国营企业下属的巨龙纯水有限公司的业务员，后因在工作上起了矛盾，离开我们公司，到别的公司去了。小任现在所在公司的服务质量赶不上我们巨龙纯水有限公司，因为咱们巨龙公司和购物公园都是同一家国营企业的第三产业。俗话说'近水楼台先得月'，我们巨龙公司在购物公园这一块儿设有独家纯净水服务中心，这就是'中心'的服务质量高于其他公司的原因。"

大堂经理的脸色缓和了不少，最后对张明辉说："那么就请先生把名片留下，等我们正式开业时，好和先生联系！"

张明辉转身对小王说："小王，把你的名片给经理留下，我今天没带名片。"

小王一边把自己的名片递给大堂经理，一边解释说："这是我们业务部的张经理，今天第一次来购物公园指导我们的业务工作。"

大堂经理接过名片看了看，然后微笑着对张明辉说："请张经理也把电话写在这张名片上，有事的话，我们直接和张经理联系！"

张明辉从大堂经理手中接过名片和笔，写了自己的电话和姓名，然后还给对方。

大堂经理看着名片上的字迹说："张经理的笔迹真漂亮！"

张明辉和小王离开念奴娇美容院的接待大厅后，从二人背后传来女子团队议论纷纷的声音，其中有个声音清楚地传过来："这位帅哥连写字的姿势都很帅！"

28

张明辉和小王继续在购物公园查看业务情况，当他们走到一家巧克力设计制作——主客互动造型运作——全国连锁店时，发现巨龙公司的大个子送水员正和女店长发生纠纷。

"店里不用我们公司的水就算了，但不能把我们巨龙公司的水桶给别人，让别的公司的人拿走啊（一桶纯净水的价格是五元，而一个纯净水桶的价格是三十元左右——作者注）！"巨龙公司的送水员说。

"我没让别人拿走，是你们公司的任业务员拿走的，他说他不在巨龙公司干了，原来那个备用水桶要还给你们公司，所以我就叫他拿走了。"女店长说。

"可我们纯净水服务中心并没有收到这个桶啊！"巨龙公司的送水员说。

"是不是直接还给你们总公司了？"女店长问。

"没有。我已经问过总公司了，总公司说小任没有还桶。"送水员说。

"那我就不知道了！"女店长说。

大个子送水员正要发火，张明辉连忙制止说："'大个儿'！你过来一下。"

送水员看到张明辉，说："张经理，您上班了！"

张明辉点了一下头，以亦回应。然后对女店长说："店长您好，能不能麻烦您打电话联系一下，让当事人过来，咱们当面问问他？"

女店长说："那好吧！"

女店长正要打电话，张明辉又叮嘱道："请店长先不要说水桶的事好吗？您如果直接说水桶的事，他是不会来的……您可以先说别的事，比如说，您需要买水票，或需要修饮水机等。"

张明辉不说便罢，一说便说到了事情的关键点上。只见店长说："我们的饮水机是真的需要修理，已经好长时间不能加热了。我们和那个姓任的谈过多次，他总说'过一段时间再说'，另外他们的送水速度也不快……如果你们公司能修好我们的饮水机，我们就还用你们公司的纯净水。"

张明辉爽朗一笑，说："这个没问题，我们公司是全市龙头国企的大公司，技术力量雄厚，送水速度也快。购物公园这一块儿的独家纯净水服务中心就是我们公司设立的，等一会儿我就通知我们公司的技术人员来修饮水机。"

没过多久，任一帆匆匆来到巧克力店门口，当他看到小王身后的张明辉时，先是一愣，继而故作镇静地打招呼说："哟，老张上班了。"

张明辉点了一下头说:"你先办事,回头咱们谈谈。"

没多久,任一帆从巧克力店里出来,回头对店里说:"你那个水桶,我再来时还你就是了!修饮水机过一段时间再说。"正打算离开,就听见张明辉坐在不远处的一条长凳子上喊道:"小任,多日不见,坐过来歇会儿,咱们谈谈。"

任一帆做出一副无所谓的样子,也坐下来说:"歇会儿歇会儿!"

张明辉没有代表公司兴师问罪,而是站在前辈关心后辈的角度关心道:"小任,离开咱们公司后……工作还顺利吧?"

任一帆打了一个哈欠,然后说:"还可以吧,混口饭吃!"

张明辉忽然严肃了起来,说:"一帆哪,你可是咱们公司的元老,到咱公司的时间比我都早,怎能说走就走……卢总实际上还是希望你能回来……"

任一帆先是愣了一会儿神,然后打着哈哈说:"老张,这是你的意思吧。我和卢某人的关系已经结束了。我还有事,先走一步了!"

29

业务员小王和车队队长王宏刚修好饮水机,从巧克力店出来,看见张明辉一个人坐在长凳子上,二人走上前去,王宏刚问:"老张,和小任谈得怎么样?"

张明辉摇了摇头,然后对业务员小王说:"通知纯净水服务中心的所有人员,下午两点钟在'中心'开会,大家讨论一下今后的工作安排。"

下午两点钟，张明辉和业务员小王来到购物公园的纯净水服务中心。所谓"中心"就是由三个送水员和一间仓库组建的纯净水供应点。三个送水员中，张明辉上午见到的大个儿是服务组长，另外两个送水员，一个外号叫"小胖"，另一个外号叫"二黑"，他们便是组员了。

张明辉首先发言说："大家好！我今天第一天回公司上班，卢总安排我暂时主抓购物公园这一块儿的业务工作，希望大家支持我的工作。目前，咱们公司的运作形势大家都很清楚，小任走后，带走咱们公司不少业务，特别是购物公园这一块儿，咱们公司已失去一半以上的业务。大家讨论一下，如何才能扭转目前的局面？"

送水员小胖说："要我说，如果小任再敢来挖客户，咱们就找几个人狠狠揍他一顿！看他以后还敢不敢来？！"

张明辉摇摇头，用眼神安抚了一下小胖，说："打人是违法的。"

送水员二黑说："咱们可以和物业经营公司的保安部联系，让巡逻的保安人员把守住购物公园的各个入口，不让外公司的纯净水送进来！"

张明辉说："这属于不正当竞争，况且保安部也不会听我们的指挥。"

服务组长大个儿说："张经理，那您说咱该咋办？"

张明辉反问道："大个儿，咱们'中心'以前是怎样运作的？"

服务组长大个儿说："怎样运作？不就是小王去发展、联系业务，我们接到公司电话通知，然后去送水，就这么'运作'。"

张明辉分析道："这样的运作模式对于一些居民区的零星散户来说，那当然是合适的。对于像购物公园这样商户如此集中的地区，这样的运作模式就显得被动了。也就是说，咱们在购物公园这一块儿建立的独家纯净水服务中心，失去了与其他纯水公司竞争的优势！"

业务员小王说："张经理，您有什么指示，尽管说吧，我们都听您的！"

张明辉说："我建议，从现在开始，第一个星期咱们这样搞，把整个购物公园大致划分为三个区，一个送水员负责一个区。每天上班以后，不要等公司电话，各自用平板车推上几桶水，在各自的区域内进行地毯式排查服务，主动观察和询问各个商户的纯净水使用情况，并做记录，为第二天排查服务作参考。只要这样坚持下去，要不了多久，广大商户见我们服务周到，不仅能给他们带来方便，而且还能给他们省去不少电话费，他们一定会回来，重新使用咱们公司的纯净水。"

小胖听了，不由得感叹道："还是张经理的办法好啊！这下我就不愁送不出去水了！"

张明辉接着补充道："另外，第一个星期，我暂时跟着小胖，小王跟着二黑，现场处理业务方面的事情。如果大个儿遇到业务方面的问题，可随时打电话给我。"

30

张明辉接手工作的一个星期后，巨龙公司在购物公园建立的纯净水服务中心的业务大有好转，呈上升趋势。可是就在这时，工作人员有了变化。业务员小王按原定计划被调回了公司，服务组长大个儿也因家里有事请了长假，公司暂时也派不来人员接替大个儿的工作。为了不使之前的努力化为泡影，张明辉决定亲自接替大个儿的工作，同时也不间断自己发展业务的工作。

张明辉接替大个儿工作的第一天早上，首先处理了小胖和二黑两人业务方面的事务。他们各自推车出去后，张明辉也找来一架平板车，开始往车上装桶装纯净水。平板车的板面很低，几乎贴住地面，所以装桶装纯净水很方便，几分钟后平板车装满，刚好八桶水。

张明辉双手扶住扶手，试着推了一下，平板车启动后，单手就能维持正常前进，由于扶手下面的两个小轮带有万向装置，所以转弯也很灵活。

张明辉亲自体验了一下纯净水服务中心的"木牛流马"，乐观地想：大个儿就是请上十天半个月或更长时间的假，自己也能顶得下来！

张明辉锁了中心的大门，开始推着平板车在大个儿的服务区内开始排查服务。

大个儿平时的服务区主要是购物公园物业经营公司的办公区，以及办公区周围的一些商户，张明辉决定先到办公区看一下。他刚到办公区入口，就听身后有人打招呼："张经理，今天怎么亲自来给我们送水？"张明辉回头一看，原来是办公区行政事务部的理事梅佳静拿着记事簿从外面巡视回来。

"今后我就要长期来办公区送水了，因为我们的服务组长请了长假。"张明辉连忙回答。

"那太好了！"梅佳静说。

"有什么好的，这样一来，我是一个人干两个人的活。"张明辉边推着平板车边说。

"我不是这个意思……请等一下，让我先把门打开。"梅佳静紧跑几步，打开了办公区的两扇玻璃大门。

"谢谢！"张明辉边说边把平板车推进了办公区。

"张经理，您今天第一次送水，对我们经营公司的情况不太了解，我们公司有些部门不在办公区这一块儿，比如保安部、工程部、消防中心、客服中心、各营业科室，还有咱们购物公园的辖区警务室等。您下午在这些部门送完水后，拿着这些部门写的收条来找我，我重新给您写一张本日所有部门的总收条。到月底，您再把每日的条子都拿过来，我汇总后给您写一张本月的总收条，这样，我们部长在月总收条上签字后，您就可以在公司的财务部办理转账手续了。"梅佳静边领张明辉进办公区边介绍经营公司的情况。

"谢谢您，梅理事！以后少不了麻烦您！"张明辉说。

"不用谢！以后咱们就长期共事，跟自家人一样……我们行政部到了，刚好我们办公室没水了，帮我们换一桶好吗？"梅佳静说。

"好的！"张明辉边说边小心地拿下饮水机上的空水桶。之后，回身从平板车上拿下一桶纯净水，把收回来的空桶放在平板车的空位上，然后把纯净水搬到饮水机旁边，开始揭纯净水的封口膜。

张明辉忽然发现旁边正在写材料的梅佳静似乎在咬着嘴唇偷笑，而此时办公室里并没有其他员工在办公，她在笑什么呢？

张明辉也不在意，双手抓紧已开封的纯净水就要往饮水机上放，就在将要放上去的一刹那，张明辉才发现饮水机上没有聪明座（饮水机上端，一个圆锥形配件，配件中心有一根上端带有吸水眼儿的长顶杆，整个配件的作用是承受纯净水桶的重量，并同时顶开纯净水桶的内盖——作者注），张明辉只好"紧急刹车"，把纯净水桶重新放回地面。

梅佳静笑道："张经理好不聪明！您聪明座还没放，就放纯净水吗?"

张明辉疑惑地说:"刚才我明明看到聪明座在饮水机上,现在怎么没有了呢?"

梅佳静说:"那不是!在旁边茶几上放着,快!我来帮您放聪明座,您来放纯净水。"

张明辉双手抓着纯净水桶,在快要放到聪明座上的一刹那,碰到了梅佳静的手。张明辉的整个身体带着纯净水桶抖动了一下。然而,张明辉毕竟有"临危不惧"的坚强意志,最后,纯净水桶平稳地放在了聪明座上,并没有夹住二人的手指。

"哟,送水员换人了。"行政事务部的部长王弼进办公室后说。

"我们的送水员有事请假了,我临时替他……王部长,送水员请假前说咱们行政部多放了一个备用桶,现在怎么没有了?"张明辉说。

"哦!那个备用桶我们李总借到施工现场了,不用担心,丢不了!我倒是担心我们行政部的姑娘们,说不准哪一天会丢了呢!哈哈哈……"王部长边说边看着满脸绯红的梅佳静。

31

下午快下班的时候,张明辉给经营公司在购物公园设立的所有办公部门补足了纯净水,然后带着收条去办公区,准备找行政部的梅佳静开当日的总收条。巧得很,张明辉刚到办公区大门口,梅佳静也刚从别处回到这里。张明辉正要开口,梅佳静抢先说:"开总条吗?来吧!到办公室吧!"梅佳静边说边帮张明辉打开了办公区的大门,自然得好像他们已经是很久很久的朋友了。

"谢谢……"张明辉却感到很不自然,因为这是他离婚五年以来,第一次体验到如此年轻漂亮女性传达过来的如此非同寻常的柔情。

张明辉和梅佳静并排走在办公区的走廊上,他忽然觉得自己没有资格接受对方的柔情:自己的女儿已经上初中了,并且自己也不算高收入阶层……

这么想着,张明辉就故意放慢了脚步,不至于继续和梅佳静并排而行。二人来到行政部,营运管理部的部长贺健已等在梅佳静的办公桌前。

梅佳静在自己的办公位置坐定后,却先对张明辉说:"把各部门开的收条给我吧!"

张明辉说:"您先忙!我等一会儿再说。"

梅佳静装作生气的样子说:"你?!什么意思?"

张明辉只好又说:"您先忙!我等一会儿再说!"

营运部部长贺健趁机把自己的材料递给了梅佳静,梅佳静拿到材料后,眼睛往别处看了看,似乎在思考什么问题,然后说:"哪来的烟味?"

正在办公室办公的王弼部长说:"我可没吸烟啊!"

王弼不说话还好,王弼一说话,梅佳静先用手扇了扇面前的空气,然后用另一只手捏住了自己小巧的鼻子。

这时,与梅佳静办公桌相连的柳美琴看不下去了,于是放下手中的工作对梅佳静说:"现在不说'贺部长,什么时候请我看电影啊?'……时过境迁咯!"

"去去去!别在这儿瞎起哄!"梅佳静边说边迅速地处理着材料。

当贺健拿着处理完的材料走的时候,他英俊的面孔上平添一丝难以察觉的、灰头灰脸的意味。

而当张明辉拿着开好的总收条离开行政部的时候，心里也有一点不自在：不管怎么说，总是因为自己的原因，搞得人家同事之间的关系，好像不那么和谐了……

32

下午下班的时候，纯净水服务中心的库存纯净水已全部送出，库房里堆积的只有收回来的空桶。张明辉处理完小胖和二黑两位送水员在业务方面的事务，然后就让他们下班回家了。

两位送水员下班走后，张明辉感觉自己还不能下班：忙了一天了，自己的本职工作——在购物公园巩固和发展纯净水业务方面的工作——几乎没有做。

张明辉决定在购物公园转转，掌握一下业务方面的信息再下班。另外，在张明辉的潜意识里还有个人的目的——顺便欣赏一下购物公园里的夜景。

黄昏时分，霓虹灯映照下的购物公园在市区黄金地段的商业区里，就像一颗皇冠上的明珠，备受游人的青睐。张明辉穿行于游人之中，忽然听到自己的手机响了，接听后知道是念奴娇美容院女经理的电话，电话里说：明天念奴娇美容院正式开业，现在请张明辉去一趟，详细协商一下关于纯净水业务方面的事务。

张明辉挂了电话，急忙抄近道向念奴娇美容院走去。

谈完业务，张明辉刚从念奴娇美容院出来，又接到巧克力店店长的电话，电话里说：明天巧克力店将重新使用巨龙公司的纯净水，现在请张明辉去一趟。

当张明辉从巧克力店里出来的时候，忽然觉得身心俱疲，再也没有兴致继续欣赏购物公园的夜景了。

于是，张明辉决定去查看一下纯净水服务中心的门户，然后就下班回家。快到"中心"时路过一个洗手间，张明辉紧走几步，想先去一趟洗手间。冷不防从女洗手间出来一位女士，差一点就和张明辉撞了个满怀。光线虽然微弱，张明辉还是看清对方是行政部的理事梅佳静。

梅佳静先打招呼说："张经理，这么晚了还不下班？"

张明辉说："今天是大个儿请假第一天，比较忙，晚走了一会儿……您现在还没有下班？"

梅佳静没好气地说："找您们纯净水服务中心有事呗！刚才我见您的摩托车在'中心'大门口停着，可就是找不到您本人！"

张明辉解释道："刚才我到客户那里谈业务去了，对不起，让您久等了！是不是办公室没水了？"

梅佳静说："办公室里有水，我家里没水了，您能不能帮忙送一桶？"

张明辉想了想，只觉事情恐怕没有这么简单。便说："按公司规定，'中心'只负责购物公园这一块儿的纯水供应，不过，我有现成的摩托车，往园区外送桶水，也不是什么大事。可实在是不好意思，今天客户用水量比较大，现在'中心'已经没有一桶水了……如果您不相信的话，我可以打开'中心'的大门，让您看一下！"

梅佳静苦笑着说："不用看了，我还能不相信您？再见！"

张明辉对正要走开的梅佳静说："要不您留下地址，我明天送——如果我们'中心'忙不过来的话，我会通知我们公司直接给您送的。"

梅佳静边走边回头说："明天再说吧！再见！"

张明辉望着梅佳静慢慢远去的背影，身心的疲惫感顿消，心中有一股暖流在暗暗涌动。

张明辉不由得心中暗想：难道说，命运打算让我这个从没有真正谈过恋爱的门外汉，从现在开始，补上人生这一课？

夜色下，张明辉发动了摩托车，轰鸣声中，大灯的光束刺破黑暗，照亮了回家的路。

张明辉回头，看着梅佳静高挑的身影在黑暗中完全隐去，又环视了一眼灯火辉煌的购物公园，然后一松离合器，箭射而出，上了主干道。

张明辉耳边风声呼呼，似有学者在念念有词：

东风夜放花千树。

更吹落，星如雨。

宝马雕车香满路。

凤箫声动，玉壶光转，一夜鱼龙舞。

蛾儿雪柳黄金缕。

笑语盈盈暗香去。

众里寻他千百度。

蓦然回首，那人却在，灯火阑珊处。

33

张明辉离婚五年以来很少回自己的家，这主要是因为有外婆和父母双亲三位老人需要照顾，女儿璞玉由于上学方便的原因，也和老人们住在一块儿。再加上张明辉回到自己的家里，总会勾起对往事的痛苦回忆，再说眼下父亲刚刚过世，他怕母亲难过，当然要回母亲的家了。

家中，外婆吃罢晚饭睡了，母亲和女儿还在等他吃晚饭，两人都用一种带着期待的眼神看着他。

母亲说："明辉，怎么回来得这么晚？快吃饭吧！吃完饭我有话跟你说……璞玉，快把灶上热的饭端过来。"

女儿璞玉表现得比平时更加勤快、殷勤，家里的气氛让张明辉感觉自己将面临重大家庭问题。匆匆吃完晚饭，女儿璞玉收拾了饭桌，然后拿着碗筷去厨房刷洗的时候，母亲开口说："明辉，璞玉她妈现在同意回来，你怎么想？"

这个情况是张明辉在吃饭时已经预料到的，但经母亲亲口说出，他还是感觉有点突然。

客厅里，仍在快速运作的是墙上的钟表，"嘀嗒、嘀嗒……"似乎在催促张明辉作出回答。

厨房里，女儿璞玉刷洗碗筷的声音逐渐微弱，终于停息。

这时，张明辉的脑海里就像客厅里关掉声音的电视画面，在不停地、莫知所谓地变换着、变换着。思虑良久，他终于下定了决心，说道："眼下情况是这样，购物公园纯水服务中心的服务组长有事请假了，等这个组长一上班，我就抽时间去把她接回来。"张明辉刚说完话，就听到璞玉在厨房长长松了一口气，接着又听到璞玉刷洗碗筷的欢快声音……

母亲也如释重负，说："那就这样吧，就按这话回过去。另外，你还得去市社保处一趟，补办一下个人养老、医疗保险，你妹丽丽已经补办过了，你要是不去补办的话，等将来退休时，苦的就是你自己了！"

张明辉说："妈，您放心吧！我会抽时间补办的。"

母亲说："早点儿休息吧！明天还要上班。"

张明辉说："妈，您先歇着吧！我稍停一会儿。"

为了不影响大家休息，张明辉关了客厅所有的灯，也不开电视的声音，继续看无声电视，电视画面仍在不停地变换着……

不知什么原因，张明辉感觉自己仿佛进入了电视画面……

张明辉正在攀登一座高山，身边有一个妙龄女子陪伴，这个女子既像他中学时代的同学林晓红，又像他目前工作中接触到的梅佳静。张明辉和这个妙龄女子有说有笑，逐渐攀登到"半壁见海日，空中闻天鸡"这样一个时空所在。忽然从山顶快速旋转滚下一个黑影，这个黑影在张明辉脚边的石头上重重撞了一下，然后停住了。

张明辉定睛一看，那黑影原来是自己的前妻韩秀云，她已经撞得头破血流，浑身上下伤痕累累。张明辉正要上前扶起，韩秀云却自己起身，以古代仕女的礼节向张明辉拜了几拜，然后又被时空中一种强大的引力场吸引着、旋转着，继续向山下翻滚而去。她在翻下山去前，头部又在另一块石头上重重撞了一下……

张明辉不由得放声大哭。

于是，张明辉舍下了身边的妙龄女子，下山追前妻去了。

"明辉，你哭什么……怎么还在看电视？也不开声音，有什么可看的？"张明辉摇了摇头，原来自己做了个梦，是母亲喊醒了自己。

"妈，我刚才在客厅睡着了，做了一个梦……我马上关电视，回自己房间睡觉。"张明辉边关电视边说。

34

纯净水服务中心的服务组长大个儿请假一星期后的一天上午，张明辉正推着平板车在办公区附近的商户区送水，被行政事务部的理事柳美琴叫住："张经理，麻烦您往外面住家户送桶水好吗？"

张明辉爽快地应道："可以！您告诉我地址，我通知公司马上就送。"

柳美琴说："人家……人家客户想叫您送的呀！"

张明辉说："公司人员多，比咱们'中心'这里送得快，咱们'中心'的服务组长请假了，实在是忙不过来啊！"

柳美琴说："送一桶，送一桶，麻烦您就送一桶吧！"

张明辉正要回答，梅佳静从附近走过来说："小柳，不用麻烦张经理了，我直接打送水公司电话好了。"

梅佳静说话时的神态完全不像平时在办公室的样子，她平时总是神采飞扬，就像国画大师齐白石画笔下的《石榴八哥图》，现在却一脸悲凉、茫然，俨然就是大师画笔下的《牡丹小鸟》。

事已至此，张明辉也无话可说，只好匆匆向她们点了个头，然后继续推着平板车送水去了。

这件事以后，张明辉发现梅佳静不再提往家里送水的事了，但张明辉却发现另外一个现象，只要自己因工作需要，频繁与某位年轻漂亮的女性谈话，那么在不远处总会闪现梅佳静的身影。这使得张明辉无形中增加了心理负担：似乎自己已经和梅佳静有了某种约定，而自己必须遵守这种约定似的。

有了这种意识，张明辉每逢下午下班前去行政部找梅佳静开当日的总收条时，心里总是惴惴不安。这天下午快下班的时候，张明辉就是怀着这样的心情去找梅佳静的，到了行政部却发现梅佳静的座位空着——人不在。

旁边的柳美琴说："把各部门开的收条给我吧，今后暂时由我来开每日的总收条。"

张明辉问："梅理事调走了吗？"

柳美琴说："小梅生病了，请病假回老家了。您天天来找她，不知道吗？"

张明辉苦笑着说："我真的不知道！"

柳美琴边开总收条边说："您不会是揣着明白装糊涂吧？"

张明辉无言以对。

当张明辉拿着开好的总收条准备离开行政部时，柳美琴忽然说："您和小梅的气质真的很和。"

张明辉苦笑着摇了摇头。想解释点什么，张了张口，最终还是沉默离开了。

张明辉拿着总收条走到行政部门口时，回望了一眼梅佳静空空的座位，心里感到空落落的，心想：人真是复杂的动物——人家在眼前时，感到是心理负担；现在人家不在眼前了，又感到怅然若失。不过，终究是没有结果吧。自己都已经答应母亲，要接前妻回家了。

35

一天下午，张明辉给工程部送完水出来，正准备离开时，忽然后面有人打招呼："明辉，多年不见！"

张明辉回头一看，是自己曾就职的国营单位同事电工赵伟杰，于是连忙站住说："伟杰你好！这么多年没见，你到哪里去了？"

赵伟杰跑过来握住张明辉的手说："咱们厂的地皮被银行收去抵账后，我先是在广州干了几年，后来又到了深圳，最近想家了，就辞职回来。刚好购物公园这里的工程部需要人，我就应聘过来了，今天第一天上班……记得我走时你是搞图书生意的，现在怎么搞起纯净水来了？"

张明辉说："一言难尽！下班后我请你喝酒，咱们好好聊聊！"

赵伟杰说："我记得你不会喝酒啊？"

张明辉："今天舍命陪君子了！你下班等我一会儿，我去行政部开个手续，马上就过来，不见不散啊！"

购物公园饮食区，一家面馆里生意兴隆，顾客满堂。张明辉和赵伟杰好不容易在一个角落找到两个空位，张明辉说："伟杰，你先坐！今天你是客，我来安排。"

赵伟杰坐下后，张明辉就到吧台那里让先把面做上，然后选了几样赵伟杰喜欢吃的凉菜，又要了几瓶啤酒。

赵伟杰看了一眼啤酒凉菜说："这么多年了，你居然还记得我的口味！"

张明辉说："我还有什么没想起，你尽管点，可不要为我省钱啊！"

赵伟杰说："都有了，都有了！快别再忙活了！"

二人坐定后，一边吃着喝着，一边交谈别后情景。

赵伟杰问："明辉，你是什么时候开始搞纯净水的？"

张明辉答："五年前，和孩子她妈分手的时候。"

赵伟杰吃惊极了："怎么，你离婚了？！快说说，到底是怎么回事？"

张明辉望了一眼餐馆墙壁上的面食广告"兰州人的故事……"，然后把自己的半杯啤酒一饮而尽，接着开始给自己的好友讲——平时在公司从不对任何人讲的——自己的一段辛酸往事……

36

尊敬的读者，关于张明辉的个人问题，或者说婚姻问题，是再也不能回避，一定要详详细细讲清楚的。

张明辉早年那次同学聚会后，通过书信往来，最后确定自己彻底失去了林晓红。

这样的结果自然会使张明辉的内心受到重创，但时间慢慢愈合了他心灵的伤口。大家发现了张明辉的变化，又开始频牵红线。

一个星期天的早上，张明辉吃罢早饭，准备趁休息帮母亲干些家务，母亲却说："明辉，今天你不要干家务，由光辉、丽辉来做，你有别的任务。"

母亲安排丽辉、光辉姐弟俩到院子里的临时厨房做家务后，回来对大儿子张明辉说："明辉，你已经老大不小，该找对象了。丽辉都快要结婚了，你这当大哥的也该把对象定下来了。现在又有人介绍，这一次你一定要去见见，人家女方也算是你的中学同学，不过比你晚三届罢了……女方父母我和你爸都了解，以前在县里时，你爸和她爸还打过交道。那时县委的韩书记就是这女孩儿的爷爷，现在退休了，也搬到市里来，在老城居住。女孩儿及其父母现在也都在市里上班。女孩儿名叫韩秀云，她上初中时，我是她的数学老师，印象还不错……"

就这样，一个小时后，张明辉在介绍人家里见到了名叫韩秀云的女孩儿。经过简单交谈，张明辉知道女孩儿有一份时下很不错的工作——本市国营医药公司批发零售部营业员。而张明辉仅是一家小厂的维修钳工，还是"半路出家"，刚从外地调回来开始学钳工的，再加上张明辉从小到大的家庭文化熏陶以及个人性格等诸方面因素，似乎将来张明辉也难以成长为一名优秀的钳工。鉴于以上原因，张明辉感觉人家工作不错，个人形象、气质也不错，凭自己现有的个人条件，应当难以达到她的要求。尽管如此，张明辉在和女孩儿初次交谈后还是和对方交换了联系电话。

在和女孩儿见面一星期后，这天中午吃罢饭，张丽辉对大哥说："哥，今天是礼拜天，你既然有人家女孩儿的电话号码，为什么不约她再出来聊聊？"

张明辉心想：也是。于是拨通了韩秀云家的电话。

接电话的正是韩秀云，并且同意出来见面。

傍晚，张明辉回到家的时候，丽辉第一时间凑上来，问："哥，你今天下午和那女孩儿到哪儿去了？"

张明辉说："去古墓博物馆转了一圈。"

丽辉问："是你提出去古墓博物馆，还是人家女孩儿提出的？"

张明辉说："是我提出的。"

丽辉说："亏你想得出，第一次约女孩儿竟去那样的地方！人家女孩儿还真答应跟你去！"

张明辉耐心解释道："我并非刻意要去那个地方，只是人家女孩儿问我去哪儿，我就想，以前那么多次失败的约会已经把市里的旅游景点快转遍了，唯独剩下这一个地方没去，我就随口说了这个地方，没想到人家女孩儿还真答应去了……"

妹妹丽辉若有所思地点点头："这样也好。"

37

张明辉和韩秀云以古墓博物馆为"起点"开始谈对象，之后，两人一起去看了电影《茜茜公主》，在一块儿时经常谈论人生和文学。张明辉发现对方和自己一样，也读了不少中外世界文学名著，两人还是有共同语言的。虽说在张明辉眼里韩秀云有一点茜茜公主的影子，但他自己毕竟没有弗兰茨皇帝的显赫家世，性格更是不同——张明辉的多元性格里包含有中国传统的中庸元素。

总之，两人的最初相处基本和谐。张明辉的感觉是，到目前为止，韩秀云是自己这一段时间所认识的众多女性中最适合自己的一位，只是对方天真烂漫的性格与自己的性格不相合，有那么一点点不太圆满。

两人谈了快一个月了，这一天是星期一，韩秀云下午下了班，吃完晚饭后，一切事情做罢，按照惯例打开日记本，她在日记中写道：

……最近比较忙，日记空了几天，今天补上。上星期五下午快下班的时候，张明辉打电话约见，见面后我告诉张明辉又有人给我介绍对象了，还安排见了面……我正说着话的时候发现张明辉虽然举止没有变，但脸色却变得煞白。我连忙说虽然见了面，但见面后对方老说"结婚后怎么怎么……房子怎么怎么……"

我感到此人不是庸俗就是有病，就像鲁迅笔下的祥林嫂老说"孩子怎么怎么……孩子怎么怎么……"我已经通过介绍人拒绝了对方。说明这些情况后，我发现张明辉还没有恢复正常脸色，就只好说我父母决定不久后邀请他到家里做客。然而，直到分别时，张明辉的脸色还没有彻底恢复正常，当时我真想告诉他：你就是我梦中的白马王子，我不会再选择其他人了……

两人谈对象一个半月后，这一天是星期五，张明辉下午下班回到家，正准备去外边打电话约韩秀云出来，忽然听到有人敲门。他心想，自己刚从外地调回来，厂里的工友还不知道自己的住处。那是一个从父亲单位的仓库里隔出来的十八平米小房间，是准备将来结婚用的。小房间与同院父母、弟妹的住处有一段距离，家里的亲友也不知道自己的住处，会是谁呢？

张明辉打开房门后感到分外惊喜——来人竟是自己的对象韩秀云！

两人寒暄坐定后，韩秀云拿出一个比普通书本略大的纸质包装盒递给张明辉，然后诙谐地说："送给你！拿去玩吧！"

张明辉郑重地打开包装盒，见是一个由半圆形玻璃框包裹的微型木雕盆景——松鹤延年。尽管张明辉所在的小厂以前也发过类似的工艺品，但在他的眼中，韩秀云送的更加精致完美。

张明辉把韩秀云送的礼品放在家中显眼的地方，然后说："现在我也要送你一件礼品。"

张明辉从抽屉里取出一个小木匣，小木匣老旧的雕花装饰已经有些模糊。他打开小木匣，从里面拿出一个蓝色粗布小包递给韩秀云。

韩秀云问："这是?"

张明辉说:"这是家里准备好将来给儿媳戴的耳坠,是一副祖上传下来的老物件,纯金的,你要现在就戴上吗?"

韩秀云说:"实际上我并不在乎戴什么金的、银的。如果一定要戴的话,你先帮我收着,将来再说。"

张明辉见她拒绝,也没再劝,以为她还没有想好以后的事。于是他把耳坠重新装好,放回原处。

接下来是一片恒久的沉默,仿佛整个世界运转到此时此刻突然进入绝对静止状态……

张明辉感到一阵头晕目眩,仿佛长期行船之人突然登陆后的"晕陆"现象,张明辉猛地摇了摇头,减轻了"晕陆"症状,心想:也许自己以前太循规蹈矩了,这才造成一次次谈对象的失败……

想到这里,张明辉不知从哪里生出一股力量,突然就抱紧了韩秀云。

韩秀云并不抗拒,也紧紧抱住了张明辉。两人四目相对,眼含秋波,情不自禁地亲吻起来……

不知怎地,张明辉的手已碰到对方的腰……

韩秀云突然推开了张明辉,语气坚决地说:"现在不行!要等到新婚之夜……"

张明辉的心情一下子一落千丈,但很快又升高至九霄云外……

张明辉心想:原来她也是喜欢我的!原来她也想过跟我结婚!

想到这里,张明辉不由得更加喜爱韩秀云。韩秀云慢慢坐直身子说:"我还有话跟你说!"

张明辉也认真起来,说:"你说!"

韩秀云问:"你现在有事吗?"

张明辉说："也没什么大事，就是刚下班，正准备去外边打电话约你一块儿出去呢……"

韩秀云说："咱先不忙出去。是这样，我父母想见你，咱先回家转一圈儿，然后再出去好吗？"

张明辉一下子紧张了起来，说："我还没准备礼品呢！现在就匆匆空手去拜见长辈，这样不好吧！"

韩秀云扑哧一笑，安慰道："咱这是非正式会见，没那么多礼数。"

38

两人离开张明辉的住处，一同去看望韩秀云的父母。韩秀云家的居住条件比张明辉家要好一些，她家的房子是其父韩子良所在单位的家属楼，三室一厅，虽然客厅很小，并且是顶层六楼，但毕竟是正规的单元房。

"叔叔好，阿姨好！"进门后，张明辉首先问候两位长辈。"小张来了！快请坐！"高瘦清爽的韩子良对晚辈非常和蔼。"秀云，快去厨房洗几个苹果！"敦厚的女主人也非常热情。

寒暄过后，大家落座，张明辉又问候了两位长辈身体情况，两位长辈则询问了张明辉工作情况。末了，张明辉感觉初次谒见长辈，不便久留，就起身告辞。女主人则喊女儿相送，于是，张明辉和韩秀云拜别二老出去了……

两人谈对象两个月后，商定去拜谒韩秀云的爷爷奶奶。

韩秀云的爷爷奶奶住在老城的老集，房子是其奶奶退休前所在单位的住宅楼，韩秀云的奶奶赵青退休前是农副产品公司的党委书记兼总经理，是快退休时调任回市里时任的职。韩秀云的爷爷韩林一年前办离休时，从原县委书记的位置上退居二线，担任县顾委一把手，一个月前刚刚在县顾委办理退休，也搬回市里居住了——全家人总算大团圆了。

在去老集的公交车上，韩秀云悄悄告诉张明辉："在血缘关系上，爷爷是亲的，奶奶不是爷爷的原配。爷爷当年从地主老财家里把她救了出来，后来她跟随爷爷参加了革命，在长期的革命斗争中和爷爷结下了深厚的革命友谊，最终和爷爷结为伴侣。奶奶陪爷爷戎马一生，自己没有孩子，但她非常爱爷爷及爷爷的一家人。在个人秉性方面，爷爷英武果决，对自己儿子要求极严，但对我们孙子辈却非常宽容。奶奶在工作方面善于组织安排，细致入微，一丝不苟，在生活方面是爱干净，也是细致入微，一丝不苟，我们孙子辈小的时候淘气，奶奶从不让我们进她的卧室……"

在公交车上，张明辉大致知晓了两位长辈的情况，在老集站下了车，快到农副产品公司时，张明辉看到有卖水果的摊点，尽管张明辉知晓两位长辈家里一定不缺水果，但他还是买了香蕉、苹果等几样水果带上了。

两人带着水果进了农副产品公司，有一位公司干部模样的中年男子看到韩秀云忙说："你们找赵书记吧？老领导刚给我们指导完工作，回去休息了。我带你们过去吧！"

中年男子一边带路，一边继续说："小韩最近工作忙吧！好久没来看爷爷奶奶了！不过，你们完全可以放心，两位老领导的身体好得很，经常早起锻炼身体，平时在阳台养养花，喂喂鱼，心情也很好，我们单位还不断派人过去照顾两位老领导的生活……"

张明辉拎着水果走过公司大院，看着摆放整齐的各色农副产品，心想：自己拎着水果来农副产品公司，实在是有点儿班门弄斧。

　　说话间，三人已到了坐落在公司最后面的新建七层住宅楼。新住宅楼东西走向，共五个单元，单元门洞朝北。走在前面的中年男子来到三单元三楼，按响了东户的门铃。来开门的正是公司的退休老领导赵青。

　　"云子、小张你们来了！快进来！小刘你也过来了！进屋吧！"女主人说。

　　"赵书记，前面还有事，我先过去了！"中年男子说完便告辞了。

　　张明辉随韩秀云进了屋，令他感到意外的是：两位长辈的生活竟如此简朴！

　　张明辉看到：房子没有装修，连地板砖也没有铺，新做的老式书柜还没有刷漆，散发着原木的清香，书柜摆放在正对大门的内室里面，这个内室门上没有挂门帘。

　　爷爷韩林把一本书放回书柜，然后从内室走到客厅说："云子、小张，你们快来看看我的手艺！我退休在家没事，这些家具都是我亲手做的，那个书柜你们进门就看到了，还有客厅这个长沙发，我能在一分钟之内把它变成一张床……"

　　老人是一定要在孙子辈的仰视中显露一下身手的，果然，在张明辉的配合下，不到一分钟，客厅的长沙发就变为一张宽大的床。

　　接着，韩老又示意孙子辈们自己把床变回沙发去。

　　等沙发恢复原样后，韩老又说："这是我亲手套的沙发罩，坐上去舒服得很！你们俩试试！"

　　张明辉随韩秀云在长沙发上落座后，感觉确实相当舒服！

　　张明辉用手轻抚着沙发棕色的皮革面料，感叹韩老的手艺之精，心思之巧。思绪游离之际，他忽然发现自己和女友坐在沙发上，而两位老人还站立在客厅，于是连忙又站了起来。

韩老说："小张啊，你到这里不要拘束嘛！我带你们参观参观书房，还有阳台上的花草、金鱼……对了！阳台上还放着我编的小篮子，那是我用人家扔掉的货物箱捆扎带编织的，小篮子又好看又好用，我送你们每人一个……"

赵老说："小张啊，你先参观着，我去前面公司食堂买些做好的红烧肉回来，今天中午咱们在家里吃……"

张明辉怕给两位老人添麻烦，连忙说："奶奶，我和秀云还有事，中午不在家吃饭。"

赵老提着一个花样好看的小编织篮，一边拉开大门，一边说："大礼拜天的，有什么事啊？有事吃了饭再办。"

赵老提着篮子出去后，韩老说："小张啊，今天中午就在家吃饭，平时我们俩在家是不怎么做饭的，经常去前面公司食堂对付一口，今天咱们人多，值得好好做一顿……咱们先到书房坐坐。"

张明辉来到书房，首先映入眼帘的是墙上装裱好的毛主席诗词：

北国风光，千里冰封，万里雪飘。

望长城内外，惟余莽莽；大河上下，顿失滔滔。

山舞银蛇，原驰蜡象，欲与天公试比高。

须晴日，看红装素裹，分外妖娆。

江山如此多娇，引无数英雄竞折腰。

惜秦皇汉武，略输文采；唐宗宋祖，稍逊风骚。

一代天骄，成吉思汗，只识弯弓射大雕。

俱往矣，数风流人物，还看今朝。

39

下午两点多钟，张明辉和韩秀云拜别两位老人，临分别时，韩老和赵老要出门相送，张明辉连忙婉言谢绝，并替老人关好了防盗门。下楼时，张明辉望着豪华的防盗门以及身边漂亮的楼梯扶手对韩秀云说："爷爷奶奶的简朴生活与这豪华的住宅楼真成了鲜明的对比！"

韩秀云边下楼梯边说："可不是嘛！连这防盗门也是单位统一装的，爷爷奶奶自己是不会装这么好的门的。"

光阴荏苒，日月如流；寒暑易节，又是新春。转眼间，张明辉和韩秀云两人谈对象就快一年了，而张明辉开春就进入二十七周岁了，如果按传统的虚岁来算，张明辉眼下已经二十八岁，实在是不小了，他在故乡的堂兄弟们早已结婚，有的小孩儿已经上学了。

张明辉的母亲非常着急，早在去年中秋节时，郝淑君就通过介绍人向韩家提出，想在当年国庆节给孩子们完婚。

韩家的回答是：过一段时间再说。

这是预料之中的，因为是第一次提出的嘛！

圣诞节前，郝淑君第二次向韩家提出想在元旦节完婚。

韩家的回答是：过罢春节再说。

这一次郝淑君是有点儿着急了，但也没有办法，只有等。

等到过了春节，又过了元宵节，郝淑君第三次向韩家提出完婚之事，这一次，韩家终于松口，最后两家商定：五一节给孩子们办婚事。

婚期一定，时间就过得快了，两个多月转瞬即逝，时光之舟很快就航行至四月下旬。

到目前为止，张明辉和韩秀云两人婚事所需的"软件"及"硬件"基本具备。

"软件"方面，张明辉和韩秀云虽不是"青梅竹马，两小无猜"，但两人经过将近一年的接触，也算有感情基础。

"硬件"方面，张明辉和韩秀云虽不是高收入者，但两人均是家里的老大，也就是说，两人的婚事是两个家庭共同的头件大喜事。

这样一来，两人的婚事自然要受到两个家庭的共同重视。时至婚礼前夕，四月三十日傍晚时分，张明辉所住的十八平米小房间已被各种家具排满：组合柜、写字台，床头是张明辉和母亲三月底在本市老城一家国营大家具店挑选购买的，床板是张明辉的外祖父砍了自家院子里的杨树，由张明辉的祖父亲手做的——张明辉的祖父干了一辈子的木匠，做出来的床美观又结实，长度在两米一五左右。组合柜上放置的北京牌彩色电视机，是张明辉的母亲在四月上旬托熟人购买的，床头旁边的上菱牌冰箱以及墙角的转角沙发是韩家的嫁妆，门边的脸盆架及脸盆也是韩家的陪嫁之物。

房间的地板没有动，还是原来的水泥地板。房间的四壁及天花板，早在三月上旬张明辉已用白色涂料刷过。刷涂料前，张明辉特意从厂里自己所在的钳工班组借了电钻，在四面墙壁上分别打了几个小孔，然后用小木桩把小孔塞实了，最后在每个小木桩上钉铁钉，并露出一定长度的钉头。床头正上方墙壁上挂了张明辉和韩秀云的婚纱照，冰箱正上方墙壁上挂了妹妹张丽辉送的礼品"一帆风顺"——一个贝雕石英钟，这件工艺品装饰得像一幅画。金色船帆、红日白云、浪花海鸥、小岛鲜花，在红日旁边，海天之间，时钟的红色秒针正在从容不迫地走动，在整个画面的左上角，是传统的黑色题字和红色款印。

张择瑞看了儿子和儿媳的西式婚纱照，只是点了点头，没说什么，而看了"一帆风顺"工艺品后，则赞许地说："意境很好！"

"一帆风顺"工艺品旁边，冰箱上放了一个酒嗉子形状的蓝色花瓶——花瓶的色调是张明辉未来妻子喜欢的——蓝色花瓶中插了一束塑料仿真鲜花。

"一帆风顺"工艺品对面，也就是转角沙发紧靠的一面墙上挂着玻璃相框装饰画，金色的金属相框四角有西式的花样装饰，画面描绘的是窗明几净的环境——落地大窗装的是白色的毛玻璃和黑色的窗框，而光洁如镜的临窗台几，则倒映着大窗黑白相间的田字格影像；一只外红里白、酒瓮形状的花瓶置于台面左侧，一枝白色蜡梅花插于瓶中，白蜡梅在瓶口处分叉一枝，稍上又分叉一枝，连同高高的主枝，三枝同向右弯曲，正面展现于黑白相间的田字格大窗之上；光洁的台几上，花瓶右边一点，平放着另外一小枝白蜡梅花，与花瓶里的分权白蜡梅相呼应。

张丽辉看了装饰画后问："哥，你为什么在墙上挂一幅这样的装饰画？"

张明辉说："这个房间只有一个窗户，还那么小，像门上的副窗，所以我选择了一幅有大窗的装饰画，况且装饰画所描绘的'红瓶白梅'与冰箱上的实物'蓝瓶鲜花'，一虚一实，遥相呼应，很和谐嘛！"

张丽辉说："挨着沙发另一面墙上的壁灯也很别致，很像现在流行电影《茜茜公主》中的宫灯。"

40

晚饭后，张明辉的母亲、妹妹还有邻居大婶、大嫂都来帮张明辉收拾床罩和窗帘。窗帘很重要，因为长长的窗帘可以掩饰窗子短小的缺陷。其中一个大婶环顾着满屋崭新的家具物什，不无感慨地说："人一结婚就变富了！你看这满屋的东西多么好！"

另一个大嫂接着说："可不是嘛！这满屋的东西算下来要值一万元呢！明辉，你要想当万元户，把这些东西一卖，然后你就是万元户了……"

另一个大婶打断说："看你说的，他拿到这一万元后还要去买这些东西，你说这不是自找麻烦吗？"

张明辉的母亲带领大家把屋内一切都收拾好后，又出去忙别的事情，屋内只留张明辉一人，最后再搞一遍卫生。

张明辉正在忙碌，忽然听到有人敲门，开门一看，是自己的工友，厂里的电工赵伟杰。

最近一个月，张明辉和赵伟杰被总公司抽去搞民兵训练，两人在一块儿时间多了，赵伟杰知道张明辉五一节要结婚，所以这段时间常到张明辉家帮忙。

赵伟杰进屋后在转角沙发上落座，又抬头望着壁灯问："正常亮，没问题吧？"

张明辉说："正常，一切正常！你亲自装好的还能有问题？"

赵伟杰用手指轻轻敲着面前带有双层茶柜的全茶色转角茶几，问："昨天咱们选的这个茶几还可以吧？"

张明辉说："你太有眼光了！这茶几和沙发放在一块儿简直

就像专门定做似的，你还真会砍价，这么好的茶几才一百五十块钱！"

赵伟杰说："明辉，明天的婚礼准备得怎么样了？客人多不多？"

张明辉说："客人确实不少，现在的情况是这样，明天来的娘家客人不光是秀云父母的亲友，还有她爷爷奶奶的同事、老战友……"

赵伟杰说："听说她爷爷奶奶都是老干部，这一下可够你们家忙的了！咱厂有人参加你的婚礼吗？"

张明辉说："有啊！"

赵伟杰说："都有谁？"

张明辉说："李铁鑫和你。"

赵伟杰说："那咱厂就我一个人嘛！李铁鑫是总公司办公室主任……对了！听说李铁鑫和你爸是老同学，你怎么不托关系调到其他分厂？你看咱厂效益这么差，单身生活还可以凑合，将来结了婚怎么过日子？或是托李主任帮忙把你调到总公司去，当个小秘书或是办事员之类，我看你还挺适合做文字工作的……"

张明辉说："现在李主任在总公司也受排挤，很快就要下放到咱们厂了。"

赵伟杰说："啊……那也没关系，将来你结了婚，就可以由夫人出马去找找她爷爷奶奶，请他们在老干部中活动活动，帮你换个好单位……"

张明辉说："也不行。她爷爷奶奶现在都退休了，以前也是长期在县里工作，在市里没多少关系。我的事，以后就全靠自己了……"

赵伟杰说："那行，咱不说这个了。明天婚礼怎么安排？我在哪里服务？"

张明辉说："你不用服务，服务已经安排好了，明天你就做贵宾吧！"

赵伟杰说："如果没有安排我服务的话，明天我就带个相机随行摄影怎么样？"

张明辉说："你这个主意好！明天的婚礼还真缺这一项安排！"

赵伟杰说："那就这样定了？"

张明辉说："定了！"

41

购物公园纯水服务中心的服务组长大个儿还没有上班，张明辉仍然一方面带领着送水员小胖和二黑继续送水，另一方面，除指导业务员王俊峰的业务工作外，还要主抓购物公园的业务工作。

梅佳静请病假也还没有上班，张明辉每天下午下班前去行政部开当日收条时，梅佳静的座位总是空着的，开收条的工作仍由柳美琴代劳。

张明辉心想：这样也好，只要这两个人不来上班，自己就可以避免面临人生的抉择，因为自己已经答应了母亲，只要服务组长大个儿一上班，就抽时间去把前妻韩秀云接回来。

另外，张明辉在购物公园这一块儿的人事关系有了微小的变化。自从张明辉的新同事、老搭档赵伟杰来到购物公园工程部后，张明辉忽觉自己在工作中不再那么势单力薄，从此有了精神上的寄托。

而后来，张明辉另外两个故交的到来，则使他心目中的精神寄托更加发展壮大了。

一天上午，张明辉正推着平板车在办公区送水，路过招商部时，忽然听到有熟悉的声音在洽谈业务："……接下来我们俩都到财务部缴租金，然后就要正式营业了……"

张明辉正要进招商部，门口忽然出现两张熟悉的面孔，张明辉眼前一亮，不由得高声叫道："'大胡子'老马，'铁拐李'，你们俩怎么在这儿?"

老马惊道："'眼镜'!"

老马说着话，把一张购物公园临时摊位租赁单递给张明辉。张明辉看了一眼单子，见单子上赫然写着商户姓名"马一同"，张明辉这才晓得自己当年搞图书生意的同行老马的大名。

张明辉一边看着单子一边说："马一同……我说大胡子老马啊! 以前你的大胡子是纯黑的，现在也变得鬈曲灰白了!"

铁拐李也意外地说："眼镜! 多年不见……"

铁拐李也把自己的单子递给张明辉，这是一张购物公园废旧物资回收承包单，商户姓名一栏写着"李铁军"三个字，张明辉此时才想起自己当年搞旧书生意的主要货源提供者铁拐李的大名。

张明辉把单子还给铁拐李，不习惯地称其大名说："铁军，你的腿好像比以前更不方便了……"

李铁军说："可不是嘛! 以前你卖旧书时，我因收购旧门窗曾从楼上掉下来一次，这你是知道的。后来你开始卖新书了，咱们打交道少了，我就是在这段时间第二次因同样的事情从楼上掉了下来……现在就变成这个样子了。"

张明辉把自己的名片递给马一同和李铁军，然后说："咱们多年未见，今天中午我请客，大家好好聊聊!"

中午时分，张明辉带领马一同和李铁军来到购物公园饮食区，大家正在走廊上走着，马一同和李铁军忽然停下了。原来走廊上放着一个玻璃展示柜，展示柜中放了一组古代餐饮业的场景泥塑，活灵活现，惟妙惟肖，逼真地再现了古人的生活情景。

张明辉给两位老友介绍说："这是百碗羊汤店的广告宣传品，泥塑虽然古朴粗俗，但反映了该店扶贫济困，共克时艰的创店精神。这个百碗羊汤店与洪洞大槐树还有点瓜葛，俗话不是说问我老家在何处，山西洪洞大槐树，又说问我老家在哪里，洪洞县里老鸹窝……"

马一同说："眼镜，你不用再说了，这上面都写着呢！"

马一同正在看一张宣传单，李铁军一瘸一拐地跑过去说："我说大胡子老马啊，让我也看看！"

马一同说："店门口桌子上多的是，你再去拿一张。"

李铁军又一瘸一拐地向百碗羊汤店门口跑去，于是，张明辉开始陪马一同仔细看宣传单上的文字，只见上面写道：

明洪武元年，天下初定，河南一带因战乱，土地荒芜，人烟稀少。朱元璋下令移山西民众到河南填充人口。山西大户郭家就在这次迁移的征户中。

郭家太爷亦耕亦读，是一方的名士，接到征令后把两个儿子叫到身边道："大丈夫上忠下孝，以天下为走卒。国家建制改革，需要迁移人口，我不会把你们都留在身边，老大已娶妻生子，就到河南立业吧！老二年少，留在我身边行孝。"

临行前，郭家太爷给了老大一匹壮马、一架大车和一百头羊。老大把马驾在车前，把妻儿和家当放在车上，嫌累赘不愿带羊，老太爷却坚持让老大把羊带上，不知深意的老大听从父命赶着一百头羊上路了。

老大一家经过一路的艰辛来到洛阳，在丽京门附近找了间弃室安顿下来。

战后的洛阳满目萧条，住户十去七八，新来的移民们粮食奇缺，即使有钱也买不来口粮，郭老大也和大家一样面临着饥荒。

一天，郭老大望着羊群和饥饿的孩子突然有了主意，他架上一口锅，宰羊煮汤，一时羊肉熟，香飘数里。饥饿的移民们纷纷捧着家里的碗围了上来，忠厚的郭老大来者不拒，乡邻们也感谢郭老大的好心，纷纷留下钱币，或多或少郭老大从不在意。就这样，大家齐心协力度过了初来的艰难，而郭老大为了让大伙儿喝上好羊汤，用自家的秘方采来几十种草药下锅入汤，一时间郭家羊汤名声大振，郭老大也在洛阳站稳了脚，并终于悟到了郭家太爷让他赶羊上路的深意。

郭家羊汤的名气惊动了当时的县令，他慕名而来喝汤，看见大伙捧着大小、精粗、花样各不相同的碗，或蹲或站争喝羊汤，大为惊叹，就问郭家老大。郭老大说："碗都是自己带来的，从开店就如此，店里是从来不准备碗的。"

县令听后惊叹一声说："没有带碗，我今天是喝不上了。这大小、花色不同的碗有一百多个吧?! 好一个百碗羊汤啊！"

从此"百碗羊汤"声名鹊起，成为洛阳汤饮的名店。郭家"百碗羊汤"传世三百多年后，到了清乾隆年间，郭家后人读书进仕，三百年老店才歇了业。但郭家羊汤的传奇经历和秘方，一直由郭家后裔珍藏沿用。

现在，郭家后人把秘方拿了出来，继续续写百碗羊汤的百年传奇。

张明辉、马一同和李铁军三人在百碗羊汤店里一边喝着羊汤，一边议论关于百碗羊汤的传奇故事。马一同说："这郭家太爷真有智慧，移民时让儿子带上一百头羊，这就相当于让儿子带了一大批不需要运输工具，能够自己走动的粮食……"

张明辉说："我看这郭家太爷不仅有智慧，而且深明大义，能够为国家舍小家支持移民改制，确实了不起。'国家兴亡，匹夫有责'，为了国家的兴盛和发展，自己作出点牺牲总是值得的。"

马一同说："对了，你在个人事业发展上有什么考虑？准备继续搞纯净水业？"

张明辉说："这个嘛，也许将来我会重新回归到图书事业上来，因为搞图书是我童年的梦想。记得小时候，大概五六岁时，母亲给我买了一套高尔基的三部曲连环画册《童年》《在人间》《我的大学》，我当时爱不释手，从此喜欢上了小人儿书。记得童年时代的县电影院门前有出租小人儿书的摊点，我为了多看一本，常常宁肯少吃一根冰棍儿，也要省下几分钱，好消费在小人儿书摊点，这嗜好一直保持到上中学，才慢慢开始有所改变……"

李铁军说："眼镜，以前的小人儿书现在还有没有？"

张明辉说："我长大以后都送给别人了。"

李铁军说："那太可惜了！以前成套的绝版小人儿书，现在能值几万块钱呢！"

马一同说："眼镜，我代表以前的老伙计们欢迎你回来！你当年是我们行业中的佼佼者，现在你一回来，我们大家可都要退避三舍咯！"

张明辉说："放心吧！我不会和你们抢生意的，我说的'重新回归图书事业'是说我准备开始试着搞自己的书……"

马一同说："自己的书？！眼镜，你是准备写书的吧？"

张明辉说："怎么？不可以吗？"

马一同说："当然可以。眼镜，你是我们大伙的骄傲！这几年我在出版社还有几个熟人，如果需要的话，将来我为你跑腿。"

李铁军说："我早就说过眼镜和我们不一样。对了！眼镜，你刚才说'山西洪洞大槐树'还有'洪洞县里老鸹窝'，我怎么没看到这跟山西郭老大他们有什么瓜葛？"

马一同说："我说铁拐李啊，你怎么打破砂锅问到底呢？"

张明辉说："关于这个问题，北京有个学者从一九八一年就开始全方位研究、考察，曾写了长达两万余字的《明初大移民与洪洞大槐树》学术文章。

"据记载，元末明初从山西移民，不管老百姓家在何州何府，都要先集中到洪洞县，洪洞县城北五里的贾村，当时有一古刹——广济寺，寺旁有一棵大槐树，明政府就在广济寺里设移民登记站，对移民进行登记、编队，然后由官兵送到各地去。

"当时移民是强迫性的，再加上'穷家难舍，故土难离'的原因，老百姓在离开洪洞时，人人痛哭流涕，三步一回头，五步一转身，押送的官兵挥鞭驱赶，一鞭一步，一步一鞭，人们才能走远。

"当看不见广济寺时，人们总想在最后一瞥中寻找个有纪念意义的东西，作为今后怀念故乡的标记，此时，恰好只能看见耸立在广济寺旁的那株高入云天的古槐，古槐枝繁叶茂，老鸹窝挂在树梢。秋风中，大槐树的枝叶上下摇动，好像是为离别的人们送行。于是，这棵古槐的形象便牢牢印在了所有移民的心中。

"古槐——故乡，老鸹窝——故乡，从此在他们心中也就融成了一体。以后，父传子，子传孙，代代相传，便传下来那两句民谣。这样，'大槐树''老鸹窝'也成了各地移民述说故乡的代名词。

"至今在河北、山东、河南、北京、安徽，甚至在一些海外侨民中，仍能听到'问我老家在何处，山西洪洞大槐树''问我老家在哪里，洪洞县里老鸹窝'，许多人还千里迢迢到洪洞县大槐树处寻根认祖……"

42

张明辉结婚半个月后，总公司组织的民兵训练结束了，赵伟杰开始回厂上班，张明辉则开始休自己半个月的婚假。婚假前期，张明辉和妻子韩秀云在母亲的带领下回故乡省亲，虽不是什么"金榜题名""衣锦还乡"，但毕竟是男婚女嫁、终身大事，人逢喜事精神爽嘛！回故乡省亲后，婚假还有一个礼拜时间，张明辉在家里的资助下兑现了给妻子的承诺——携妻子韩秀云到祖国的首都北京旅游了一趟。

婚假到期，蜜月结束，张明辉和妻子韩秀云开始面对实实在在的生活。

张明辉回厂上班这天上午，把预先分包好的花生、瓜子和喜糖送到了厂里的各个班组，以及厂办的每个科室。当张明辉送完喜糖准备离开厂办时，被厂办王秘书叫住。

只见王秘书拿着一本红绒布面的精美相册说："小张，这是厂里送给你的结婚留念品，请收下！"

张明辉惊讶之余，不忘道声"谢谢"，之后欣然收下，带着相册回自己的钳工班组去了。

钳工班组处，张明辉平时要好的几个工友早已等候在那里，他们一边吃着花生、瓜子和喜糖，一边议论着张明辉的婚事。其中电工班的赵伟杰自豪地说："看来明辉还是和我的关系最铁，他结婚请客，咱们厂就请了我一个！"

车工班的皇甫厚说："谁说咱们单位只请了你一个？人家首先邀请的是公司的李铁鑫主任！"

赵伟杰说："李主任是总公司的领导，不是咱们厂的人！"

总装班的欧阳涛说："有消息说下个月李主任就要调到咱们厂了。"

总装班的尤勇智说："这个张明辉行啊！平时不吭不哈，怎么说结婚就结婚了？还挺有魄力的嘛！这要按过去的说法，他这是娶了原县令大人的长孙女……"

大伙正在边吃瓜子边议论，张明辉拿着相册进来了。赵伟杰接过相册说："这是厂里送你的吧？这下好了，我给你拍的婚礼照好整理了。"

尤勇智说："好你个张明辉，结婚也不打招呼！连平时常跟你在一块儿研究易学的皇甫厚和欧阳涛也是刚刚听说你结婚了！"

张明辉说："实在抱歉！对不起大伙了！主要是前一段时间一边搞民兵训练，一边准备婚事，太仓促了，没来得及告知大伙。另外大伙都挺忙的，不想耽误大伙时间！"

皇甫厚说："忙什么?!最近厂里活不多，厂领导准备组织职工到外地旅游呢!"

张明辉问:"去哪儿旅游?"

欧阳涛说:"东岳泰山!另外顺路到山东曲阜的孔庙参观一下,厂里准备包一辆大巴,咱们自己只用带足干粮就可以了,现在厂里正组织报名、落实人数呢!怎么样?报名吧!带上嫂子再出去一趟!"

张明辉说:"我想报名,但你嫂子她去不成,昨天我们刚从北京回来,她单位就把电话打到家里来催她赶快上班,说单位现在很忙,正缺人手呢!"

尤勇智说:"如果嫂子能去,那多好!你现在的情况也是雄姿英发,既然嫂子去不成,那你就和我们单身汉们一块儿报名吧!机会难得,别错过了。"

43

张明辉回厂上班的第八天,早上五点钟,张明辉随同厂里其他报名的工友,一行共二十八个人乘上了厂里联系的旅游包车。

旅游车启动后,大伙纷纷议论,诧异这次报名旅游的人数这么少,仅占全厂人数的四分之一。欧阳涛说:"这次报名,张明辉是最后一个,也就是第二十八位,后来厂里领导层为了吸引广大职工踊跃报名,把咱们厂里既有良好文化家庭背景,又有好学名声的张明辉的报名顺序和我对调了,可依然没有出现第二十九位报名者,看来是天意如此!我们分别代表天上的二十八星宿,所以不会有第二十九位报名者出现……"

尤勇智说:"臭美吧你!人家不报名是正在思谋着如何发财

致富，哪像咱们既无远虑也无近忧，乐哉悠哉……”

欧阳涛说："既然这样你为什么还要去？快下车吧！"

尤勇智说："你叫车停了我就下！"

皇甫厚说："快别吵了，老书记正在司机旁边瞅着你们呢！既然来了就要不虚此行！"

张明辉说："皇甫兄说得对！钱是要挣，祖国的大好河山也要游览。"

上午十点钟，旅游车到达山东曲阜孔庙，下车前老书记通知大家："大家要抓紧时间，务必于下午两点钟准时返回旅游车，因为旅游车下午两点半准时启动开往山东泰安市。这样，大家就可以连夜攀登泰安市城北的泰山，正好明早日出前可以登上泰山日观峰。根据最近天气预报，明早大家应该能在日观峰上看到日出……所以大家在曲阜这里要合理安排时间，可以几个人组成一个小组分头游览，曲阜这里有孔庙、孔府、孔林，其中孔庙是重点。游览孔庙应着重游览中轴线上的奎文阁、十三碑亭、杏坛、大成殿及其两庑的历代碑刻……"

张明辉、皇甫厚、欧阳涛、尤勇智四人自由结合成一组，决定按照老书记的指导，沿着孔庙的中轴线开始游览。

当游览到大成殿前甬道正中的杏坛时，张明辉看到坛旁有一株古桧，古木参天，其儒雅之气颇具古风，于是转头对大伙说："这座杏坛相传为孔子讲学之处，旁边这棵古树据称是'先师手植桧'。咱们大伙不妨在这里休息片刻……"

尤勇智接过张明辉的话题说："诸位意下如何？"

皇甫厚笑道："人一到这里，说话都像'先师'了！"

欧阳涛说："《史记·孔子世家》云，孔子晚而喜易，序象、系、象、说卦、文言。读易，韦编三绝。曰：'假我数年，若是，我于易则彬彬矣。''先师'尚且如此，我们为什么不在这里占一卦呢?"

尤勇智说:"对!占一卦,在这里沾沾'先师'的灵气!

欧阳涛已准备好三枚硬币,皇甫厚也准备好了纸和笔,尤勇智开口问张明辉道:"请问你要问什么?!"

张明辉说:"问什么呢……"

皇甫厚说:"随便问!就当闹着玩儿罢了!"

张明辉忽然变得像一个矜持的绅士,先是稍加思索,继而脸上便有一丝难以觉察的、自嘲的微笑,接着又同样难以觉察地、本能地耸了耸肩,然后摇了摇头,最后开口说:"这样吧!我虽然刚刚结婚,但还是想麻烦帮我推测一下后代的情况……另外,顺便推测一下我的下半生还有没有希望……"

尤勇智说:"好低调,直接问后代!顺便问自己!"

尤勇智话一出口,大家发现张明辉好像忽然换了一个人似的,神情极度黯然,仿佛独自面临世界末日。

欧阳涛和皇甫厚见张明辉这样,不敢怠慢,两人相互配合着,开始对张明辉的个人情况进行认认真真地推算。末了,皇甫厚开口说:"我和欧阳老弟合计了一下,大致情况是这样,张兄的后代将是一位千金,令爱的事业和前途将远远超过你们夫妇俩,令爱的生辰八字将会是学堂词馆,学堂词馆者,主人聪明智巧,文章冠世,一生富贵……至于张兄本人,以前道路坎坷,现在依旧坎坷,未来仍将坎坷,直到五十岁时才会有大的改观,毕竟大器晚成嘛!"

当张明辉一行四人游览完孔庙,走出正门时已是下午两点零五分,距旅游车发车时间还有二十五分钟,已没有时间再游览孔府和孔林了,但大家并不感到遗憾,因为大家玩得很愉快。尤勇智说:"我们马上就要登泰山了,古人说,'孔子登泰山而小天下',另外,唐代大诗人杜甫曾为泰山写了一首诗,谁还记得全诗?"

大家相互看了看,最后皇甫厚说:"明辉应该记得。"

张明辉说:"唐朝开元二十四年至二十八年间,青年杜甫在齐、赵一带漫游,当时他还没有登过泰山,却写下了代表作《望岳》。这首五言律诗既是盛唐时代精神的概括,又给人们留下很深的启示。

　　岱宗夫如何?齐鲁青未了。
　　造化钟神秀,阴阳割昏晓。
　　荡胸生层云,决眦入归鸟。
　　会当凌绝顶,一览众山小。"

44

老书记率领本厂的二十八名职工,用四十八个小时游览了山东曲阜的孔子故居及泰安市城北的泰山,此事在全公司引发了热烈的反响。不久公司宣教科就派了一名干事到厂里找到老书记,要求厂里写一篇通讯报道,好在公司内部广播网上播放。老书记送走公司宣教科干事后,就到钳工班组,把写文章的任务交给了张明辉,要求张明辉尽快写出来。

张明辉接到老书记亲自交代的任务,不敢怠慢。当天下午下班后,他在家熬了个通宵,连夜把稿子赶了出来,第二天早上一上班就把稿子交到老书记的手里。任务完成,张明辉松了口气,开始埋头干自己的本职工作。

这时,尤勇智忽然跑过来说:"明辉,快歇歇吧!外面广播里正播放你的文章,走,一块儿出去听听!"

张明辉抬起了头，心想：应该不会这么快，稿子才刚刚交到老书记手里。

于是，张明辉笑着摇了摇头，仍继续干活。

尤勇智一边往外走一边说："你还不相信？好！那你继续干吧……"

上午十一点半左右，钳工班组的老师傅冯福寿（外号冯将军）手提着电钻和配电线盘从外面回到钳工班组，见徒弟张明辉仍在埋头干活，就笑着说："小张啊，歇会儿吧！向你请教个问题。你说的'神行太保戴宗如何如何，气得花和尚鲁智深和浪子燕青没完了'是什么意思？"

张明辉停下手中的活，抬起头来问师傅："冯师傅，我什么时候跟您说过这个？"

冯师傅回答："怎么，还不承认？现在外面广播里正第二遍播放你的文章呢！"

张明辉正要再问，不知什么时候进来的尤勇智开口说："冯将军，亏你还是明辉的师傅呢！广播里播放的'岱宗夫如何'是说'泰山的情况究竟如何'，'岱宗'是泰山的别称，不是你说的《水浒传》里'神行太保戴宗如何如何'；'齐鲁青未了'是说齐鲁大地苍山青翠无边无际，不是你说的'气得花和尚鲁智深和浪子燕青没完了'……"

天还不怎么热，冯福寿干活就不再正儿八经穿工作服了——尽管这样做常常受到老书记的批评——时常上身只穿一件红背心，下面则穿一件制服短裤，腰间扎一根电工牛皮带（这坚固耐用的皮带是冯福寿原来在外地矿山当电工时配备的，当然是身份的象征略）。

此刻，冯福寿右手提着手电钻，左手提着配电线盘，听了尤勇智的解释，裸露的膀臂上发达的肌肉本能地抖动了一下，但又对尤勇智的解释半信半疑，扭头问张明辉："小张，小尤说得对吗？"

张明辉点了点头，表示肯定。

于是，冯福寿继续往前走，直到把手电钻和配电线盘在工具箱中放好、锁好，然后从衣帽钩上取下自己的毛巾，一边擦着膀臂上的汗珠，一边慢慢走过来，像是自言自语又像是对大家说："看来，在文化知识方面，我还得多向小张学习呢！"

45

张明辉写的游记形式的通讯报道在公司内部广播网上连续播放了一个星期。

星期五早上，张明辉照常骑着自行车去厂里上班，八点差一刻到达厂门口。他下了自行车，一边推着自行车随大伙进厂，一边习惯地听着广播里播放的自己写的文章……

走着走着，他忽然发现总公司办公室主任李铁鑫（张明辉父亲的同学）走在人群前面，旁边跟着厂里的电工赵伟杰。赵伟杰双手平端着一块厚厚的大玻璃，大玻璃下面是同样形状的绿色垫毡，绿色垫毡和大玻璃之间夹着几张照片，大玻璃上面有一个不锈钢杯子、一条毛巾和其他生活用品。

张明辉心里咯噔了一下，心想：难道说李叔叔真的从总公司下放到厂里来了吗？

张明辉正想穿过人群上前问个究竟，只见老书记已把李叔叔接到二楼办公室了，赵伟杰平端着李叔叔的物品也随后上了二楼。

张明辉在一楼翻了签到牌（一块小金属牌，一面用红漆写名字，另一面用黄漆写名字，上班时翻成黄牌，下班时翻成红牌)，正准备回班组时，见赵伟杰已从二楼下来，也来翻自己的牌子，张明辉忙抓住赵伟杰，问道："李主任今天正式调到咱们厂了？"

赵伟杰说："李主任这是回老根据地了。李主任原本是咱们厂老书记兼厂长秦老先生的徒弟，现在又调回咱们厂，任主抓技术的副厂长……"

中午十一点钟，张明辉正在钳工班组干活，厂里王秘书忽然领着两个机关干部模样的厂外人士来到张明辉面前。王秘书说："小张，手里的活先停一下。我先介绍一下，这位是咱们总公司宣教科的姜科长，这位是科里的董干事，董干事前些天已来过一趟了……哦！这就是您要找的张明辉……"

董干事对张明辉说："张师傅，你的通讯报道写得很好！我们姜科长想找你谈谈。"

姜科长说："小张师傅，参加工作几年了？"

张明辉说："我调到咱们厂才一年多，调入咱们厂前我在咱们省办化工厂工作了四年。"

姜科长说："那也算老同志了嘛！小张师傅，你的文笔不错，多写一些好的通讯报道，好讴歌我们的时代精神……以后再有佳作……如果你忙的话，我们小董同志可以常过来和你联系……"

王秘书送姜科长他们走的时候，张明辉听到窗外传来姜科长的声音："王秘书，再麻烦一下，小董你也再努力一下，看厂里秦书记能不能同意把张明辉调到咱们总公司宣教科。"

王秘书说："秦书记那里应该没问题，现在主要看总公司那边情况怎么样。"

董干事说："现在总公司新上任的总办滑主任与刚刚离任的

原主任以前在工作上有分歧，况且这个滑主任也知道张明辉是通过原主任的关系才调入咱们公司的……"

姜科长说："唉，真要是这样，这事还得从长计议……"

46

此事过后大半年的时间里，由于厂里没什么订单，生产任务不紧，秦书记就又组织了几次外出参观学习活动。总公司宣教科的董干事又照例来厂里找张明辉约了几次稿，而宣教科的姜科长再也没有露过面。

再后来厂里的订单越来越少，再也没有经济能力组织什么外出活动，当然，张明辉也不用动笔写通讯稿了。

由于厂里订单少，所以，除少数机加工岗位的职工（譬如车工皇甫厚）有直接对外的机加工零碎活可干，勉强可以拿到完整工资以外，大部分岗位的职工（譬如总装工欧阳涛、尤勇智等）都难以拿到完整工资，当然，本来就活少的钳工班组就更拿不到完整工资了。

这天下午刚上班，张明辉在一楼翻了签到牌，决定先不回钳工班组（由于活少，上午已经把全天的活干完了），直接到车工班组找皇甫厚去了。

张明辉来到车工班组，见皇甫厚和欧阳涛又在用硬币占卜，就问："两位又在预测什么事？"

皇甫厚说："咱们厂效益不好，欧阳涛想过一段时间去南方打工，我正在帮他预测将来到南方后的情况……"

张明辉问欧阳涛："你真的要去南方打工？什么时候走？"

欧阳涛说："再停一个月吧！前几天，尤勇智和赵伟杰两人搭伙已经去南方了……明辉，钳工班组活也不多，你没什么打算吗?"

张明辉说:"我也正在寻找出路……"

皇甫厚笑着说:"你的出路嘛，我和欧阳涛早替你预测过了! 你不是喜欢看书吗? 那就围绕着'书'干点儿事吧!"

张明辉说:"这条路我不是没有想过，但想以此来维持生计，谈何容易?"

欧阳涛说:"皇甫兄说的不是'写书'，而是'卖书'，你可以试着搞图书生意。"

张明辉说: "开书店啊! 咱哪有那么大的本钱，如何开得起?"

皇甫厚说:"咱说的'图书生意'不是开书店，也用不了多少本钱，今天下午下班后，我和欧阳涛可以带你出去参观参观、学习学习，向别人取取经……"

47

下午下班后，皇甫厚和欧阳涛带张明辉来到老城区文博巷。张明辉家住城市新区，平时很少进老城区的小巷，今天来到文博巷使他大开眼界。首先引起张明辉注意的是一个"以名作画"的摊点，摊点太过简单，只有一张凉席、一只老旧的竹编暖瓶、一只白瓷口杯、一副画夹和一套颜料。

摊主四十岁开外，由于长期户外工作，面部微黑，但十分英俊，一头长发在后面绑了个"马尾巴"。现在摊主正席地而坐，为一位顾客作画。只见摊主一边用顾客的名字作画，一边念念有词，像是在吟诗，又像是在唱曲:"我首先给您画对儿彩蝶，'蝴蝶双双飞，梁山伯与祝英台'，我再给您画上翠竹，竹子高洁，'宁可食无肉，不可居无竹'……"

摊点周围里三层外三层围了很多人，其中一个矮胖的看客说："他这钱来得真容易，不到三分钟，十块钱到手！"

另一个高瘦的看客说："你要知道'台上三分钟，台下十年功'……"

张明辉很想挤进去让摊主给自己画一幅，皇甫厚却说："改日再说吧！咱们今天主要不是来看这个的。"

于是，三人沿着文博巷继续往前走，没走几步，欧阳涛忽然说："你们看，这位摊主的胡子留得多好，真是'美髯公'。"

张明辉注意到，这是个卖仿古文物的摊点，摊位上放着仿古的青铜马，还有捻髯提刀的关云长等，而摊主则坐在一把老旧的太师椅上，确实像武侠小说里描写的那样"鹤发童颜，仙风道骨"。总之，在张明辉看来，摊主和摊位是那么地协调，仿佛摊主天生就是干这个的，并且将永远干下去。

皇甫厚似乎并不在意"美髯公"的仿古文物摊儿，而是径直走向紧挨文物摊儿的一个卖旧字画及老旧图书的摊点。皇甫厚先是浏览了一下旧字画，然后在堆积如山的旧书前蹲下身，随意从"书山"中取出一本书，一本正经地翻看起来了。

欧阳涛很快在"书山"中找到一本有关周易占卜的书，书本挺厚的，足有三百多页，但旧书摊儿老板只收了欧阳涛两元钱。张明辉当时感觉挺划算的，可是当他从欧阳涛手中接过书，看了书的印刷时间和定价，就又感觉不划算了。

张明辉当即拿着书质问旧书摊儿老板："这本书是一九七八年印刷的，定价才七角五分，你怎么就敢收两元钱？"

旧书摊儿老板笑着说："这位朋友是第一次逛旧书摊儿吧！正因为这是七十年代的印刷品，可现在已经是九十年代了，物价已经涨了，就说您朋友刚刚买的这本书吧！现在书店里同样装帧、同样内容的书应该值十元钱左右吧?"

皇甫厚说："明辉，叫欧阳涛把书收了吧！你不知道旧书行情。"

欧阳涛说："张兄，你别急着讲价，先看看人家这些书都怎么样吧！"

张明辉大致浏览了一下，书摊儿虽然大部分都是旧书，但门类齐全，无论是政治、经济、军事、文史，还是理、工、农、医等，样样都有，使人目不暇接。张明辉从各类书中分别抽取几本书翻看了一下，发现书的印刷年代虽然久远，但内容仍有相当大的参考价值。

张明辉忽然发现旧书摊儿老板的座位旁边有几箱老旧的线装书，应该是清朝末年或民国初年的版本。他随手抽取了一本，正要翻看，忽觉旧书摊儿老板紧张得不得了，好像有人动了他的心头肉，眼光始终不离张明辉手中的"宝贝"。

张明辉见旧书摊儿老板这个样子，就不再翻看，把线装书放回原位。

皇甫厚也选了一本自己喜欢的书，在书摊儿老板那里付了钱，然后拿着书来到张明辉面前，用意味深长的眼光看着张明辉说："怎么样？人家这摊子还算一份事业吧！"

张明辉说："书不错，也挺全的，只是这些书都是从哪里来的?"

欧阳涛拿着自己买好的书走过来说："张兄不要急！接下来皇甫兄就带你去这些书的货源……"

48

三人离开旧书摊儿，走出文博巷，来到河堤附近。这里是城乡接合部，是城市规划待开发的地带，目前暂被三三两两的废品收购站"圈地占用"。

皇甫厚带领欧阳涛和张明辉首先进了大桥旁边的第一家废品收购站，站内除了废钢铁外，最引人注目的是一处处摆放整齐、堆积如山的啤酒瓶。

走在前面的皇甫厚问一个一边看磅秤、一边记账、一边指挥别人把过完磅秤的各种物资分类摆放到各处的老板模样的人："请问咱们这里有收旧书吗？"

老板模样的人说："你们都要啥书？啤酒瓶垛后面有废纸库，里面有不少书，你们去挑选吧！选好后拿过来过秤算账，一块五毛钱一斤。"

三人绕过啤酒瓶垛，来到废纸库，大致翻看了一下，结果发现，废纸库里除了堆积着大量的旧报纸、单位里废弃的旧资料以及学生的旧作业本和旧课本外，并没有任何有价值的书，似乎被某种精密机制严格过滤了似的。

三人又回到磅秤那里，张明辉问收购站老板："废纸库里的书是不是经过挑选了？咱们站里还有其他放书的地方吗？"

收购站老板说："没有，就这一个地方。咱们这里的人大都不怎么懂书，也没有时间去挑选啊……您都需要啥书？不妨把书名留下，我们收到了给您留着……"

皇甫厚先给张明辉使了个眼色，然后对收购站老板摆摆手说："不用了，回头再说吧！"皇甫厚边说边领着欧阳涛和张明辉离开了这家收购站。

三人又进了几家废品收购站，但情况大致一样，仍然是一无所获。

欧阳涛忍不住说："既然这里没有，那么旧书摊儿上的旧书是从哪里来的?"

最后，皇甫厚开口说："明辉，你不是从省化工厂调回来的嘛，省化工厂是在县里，那你对县里的情况应该还是比较了解的，如果你真打算从经营旧书开始起步的话，那么你不妨抽时间去县里跑一趟，看看在县里能不能搞到旧书……"

俗话说，"师傅领进门，修行在个人"，既然道路就在眼前，张明辉决定去探索一下。

于是，在一个公休日里，张明辉对家里人谎称厂里加班，坐上了途经县里省化工厂的直快列车。下了火车，张明辉没有去找省化工厂的工友们——此行的目的使张明辉实在没有颜面去见以前的工友兄弟们!

张明辉避开省化工厂，在县城里四处寻找废品收购站……

但结果和市里的情况大致一样。

张明辉万念俱灰，在返回火车站的路上遇见了一位骑着三轮车收废品的老大爷。

张明辉试探着问道："老大爷，请问咱们县城有旧书交易市场没有?"

老大爷看了看张明辉，然后停下三轮车说："你是市里来的客人吧! 咱们这里没有，你们市里才有这样的市场，我大孙子就在市里收废品，经常有旧书摊儿的老板们去他的住处买旧书。"

张明辉说："原来旧书市场的旧书都是从您大孙子那里买的!"

老大爷说："大部分都是。我大孙子收到旧书后总是等着旧书摊儿的老板们一遍一遍地挑选，等到最后实在挑选不出有用的书了，这才拿到废品收购站里按废纸卖了……"

张明辉说："老大爷，我原来就是咱们县里省化工厂的职工，前几年调回市里工作，现在厂里效益不好，我就也想利用业余时间做旧书经营。"

老大爷说："那敢情好！我告诉你我大孙子的住处，我大孙子住在中州桥下一个将要拆迁的城中村里，村名好像叫什么瀛洲村的。"

张明辉说："我们家离您大孙子的住处挺近的，可以隔河相望。请问老大爷您大孙子的尊姓大名？"

老大爷说："不敢！我大孙子名叫李铁军，前些年收旧门窗时，不慎从楼上掉下来，落了点残疾，同行们都叫他'铁拐李'……我大孙子所在的瀛洲村里零零散散居住着几十家、甚至上百家收废旧物品的外地人……"

49

张明辉回到市里后，星期一早上上班，刚翻过签到牌，正准备到自己的钳工班组就位，忽然发现欧阳涛在不远处朝这边使眼色。

张明辉似乎接受了某种无形的命令，也随着他们去了车工班组。

张明辉到了车工班组，见皇甫厚已开始操作着车床干活，而欧阳涛也在旁边帮着给车床的轨道加油。

张明辉未等他们开口，自己先开口说："我这次去县里收获不小……"

欧阳涛喜出望外地说:"怎么样!搞到不少书吧?"

张明辉不紧不慢地说:"书倒是没有搞到,但是,我搞到了一个重要信息。"

皇甫厚开口问:"什么重要信息?"

张明辉一五一十地把自己去县里的经过向两个工友做了"汇报",最后,皇甫厚"总结"说:"明辉,咱们现在这么说毕竟是'纸上谈兵',下个公休日,你就应该开始你的实际行动了。"

又是一个公休日,张明辉按照县里老大爷的指点,来到自己家附近的河对面的瀛洲村。这个瀛洲村属于即将拆迁的城中村,原村民大部分早已搬到本城新建的名优小区,瀛洲村现在的居民有一半以上都是由外地流动过来的暂住人口。这些流动人口成分复杂,有临时租住的上班族,有长期租住的外地打工人员,还有卖菜的、蹬三轮拉货挣脚力钱的,当然还有相当一部分人是蹬着三轮车收废旧物品的专业户。

为了寻找出路而探索第二职业的张明辉就是来找这些专业户的。

上午八点刚过,张明辉就来到中州桥下的瀛洲村。出乎张明辉意料的是,散居在河堤上下的瀛洲村的居民们好像不休公休日,此刻,出村大路上车水马龙。

张明辉好不容易拦住一辆三轮车,连忙问车主:"请问老兄家里收集有旧书没有?"

三轮车主勉强停了车说:"这位小兄弟,你来得不是时候,干我们这一行的,现在正是外出收购时间,中午的话……我们有一部分人回来,到晚上我们才全部回来。所以说,你最好中午或是傍晚时分过来,这两个时间你才好找到我们。"

张明辉又连着拦了几辆三轮车，车主的说法大致都一样。没办法，张明辉只好原路返回。在帮母亲收拾房间、打扫卫生时，张明辉得到不少"战利品"——一大堆过时了的旧书和杂志（张明辉的父亲是一家官方书刊杂志社的文学编辑）。遵照母亲的吩咐，张明辉把这些旧书和杂志全部拿到街上，好找个"收破烂的"处理掉。

张明辉只卖掉了自认为没有价值的，而把自认为还有价值的书和杂志重新带回家里。

母亲问道："明辉，这些旧书刊杂志已经用不上了，你怎么没有全部处理掉？"

张明辉说："妈，留着还有其他用处呢！"

母亲问道："有什么用处？这放在家里占地方啊！"

张明辉说："妈，您要是嫌占地方，我放到我的住处。"

张明辉的住处和父母的住处虽是同院，但有一定的距离。当张明辉把留存下来的旧书和杂志拿到自己的住处时，妻子韩秀云问："这些书和杂志咱们都看过了，你怎么又拿过来了？"

张明辉说："我有其他用处。"

妻子问："有啥用处？"

张明辉故作神秘地说："晚上你就知道了！"

50

中午吃罢饭，张明辉没有去瀛洲村，而是继续在家里帮助母亲收拾房间。下午将近五点的时候，他向母亲"请假"说有事出去一趟，母亲说："早点回来，晚上一起吃饭。"

张明辉答应了一声就骑着自行车出去了，来到瀛洲村村口，正好碰到上午拦住的第一辆三轮车车主。车主忙了一天，收到的物品大部分已在收购站卖掉，车上只剩下少许需整理后方可送收购站的物品（旧书是其中之一）。此时，车主在村口先大致整理了一下车上剩余的物品，然后拍了一下车座，震掉车座上的尘土，正准备骑车回村时，张明辉骑着自行车赶到了。

张明辉首先打招呼说："老兄收工了！今天有收到旧书没有？"

车主一回头说："呦，还是小兄弟你啊！你来得真是时候，今天收的书不少，家里存书也不少，我住的那个大杂院里，干我们这一行的人多了，存书最多的是铁拐李……"

张明辉问："铁拐李？大名是不是叫李铁军？"

车主惊讶地说："是啊！您怎么知道？以前没见过您来我们这里买过书啊！"

张明辉说："我刚开始筹备着搞旧书经营，为了寻找进书渠道，曾到县城里跑了一趟。当时，我跑了一整天也没有找到进书门路，最后准备返回时，在火车站遇到了李铁军的爷爷……"

车主说："他老人家经常骑着三轮车在火车站附近收废品，看来您是'吕洞宾'啊！跟我们这里的铁拐李有缘！"

张明辉问："老兄您贵姓啊？"

车主说："免贵，我姓车。前面上了坡就是我们住的院子，走吧！一块儿过去。"

车主说着话，跨上三轮车先上了前面的大坡，在夕阳的映照下，车主的神态仿佛就是古代凯旋的车骑将军。

张明辉也骑上了自行车，上坡时感觉今日的夕阳非同寻常，仿佛多年前自己将要告别亲人、故土，到外地化工厂正式参加工作时，最后一个傍晚的灿烂夕阳。

上坡后，张明辉随"车骑将军"进了一个大杂院。进院后，车骑将军跳下"战车"，叫道："铁拐李，快出来! 你'徒弟'来啦!"

从院子中部的拐角处走出一位二十岁出头的胖小伙子，上身穿绿色仿制军装，下身穿仿制的牛仔裤，脚蹬一双仿制的旅游鞋，走起路来没有张明辉想象的那么瘸，倒是显得有几分精神。胖小伙子用喜迎贵客的目光看了一下张明辉，又转头向车骑将军示意: 不认识啊!

车骑将军又说:"铁拐李，见了徒弟还不开心吗?"

胖小伙子越发变得像丈二和尚摸不着头脑，张明辉连忙说:"您就是李铁军师傅吧，车师傅跟您开玩笑呢! 我姓张，以前在您故乡的省化工厂上过班，前几天我又过去了一趟，在火车站遇到了您爷爷他老人家，当时我向他老人家请教关于搜集旧书的渠道，他老人家就把我介绍到您这里来了……"

李铁军说:"张师傅既然是我爷爷介绍来的，那快请屋里坐吧!"

51

李铁军边在前面带路边大声吆喝说:"胖妞! 快生火烧水，有客人来。"

张明辉来到李铁军的屋门口，见屋里空间狭小，且光线昏暗，就说:"李师傅，屋里光线不好，把您收集的各类书和杂志拿出来让我看一下吧?"

张明辉从李铁军拿出的书和杂志里共挑选出十五斤，车骑将军及其十几个有存书的同行也都拿出各自的存书，张明辉分别进行挑选，总共又挑选出了十五斤多一点。这样，张明辉首次行动，一下子就收集到三十多斤有价值的图书，真是令人喜出望外。说到价钱，张明辉问："是不是一斤一块五？"

车骑将军回答："两块一斤，你说那价钱是废品收购站里卖的处理价，那些书都是经过反复挑选后剩下的，不值钱。你挑的这三十多斤书基本上都是首次供你挑选的……"

李铁军接过话头说："这样吧，我那十五斤书按一斤一块五算好了。"

张明辉连忙说："不不不，全部按你们定的官价来算——两块一斤。我能一下子收集到这么多有价值的图书，多亏了李师傅祖父的指点，我感激还来不及呢！不能让李师傅在经济上再受损失了！"

张明辉给大家一一清了账，然后从收集到的图书中拿出一本普通版本且是普通厚度的书，看了一下书的最后一页，是 317 页，再看书的版权页，印的是 787 毫米×1092 毫米 1/32 开本。张明辉找了一个小塑料袋把这一本书装了，借李铁军家的称一称，刚好半斤，也就是说如此规格的书的收购价应该是一元钱左右。张明辉又把这本书从小塑料袋里取出，大致翻看了一下内容，最后认为：这一本书即使卖到二至三元钱，也比书店里相同内容的书便宜很多——在书店里应该能卖十元钱左右。

张明辉又拿出一本比普通版本稍大一点，也比刚才那一本厚一些的书，看了一下书的最后一页是 608 页，再看书的版权页，印的是 850 毫米×1168 毫米 1/32 开本，称了一下刚好一市斤，把书取出，另放六本杂志，一称刚好也是一斤。

张明辉取纸和笔将采集到的信息数据详细做了记录，接下来开始整理收集到的全部图书杂志。

李铁军找来一个编织袋，帮张明辉把收集到的图书杂志全部装进去，又帮张明辉把书袋捆扎在自行车上。

张明辉向李铁军、车骑将军等各位师傅一一道谢，然后推着自行车出了大杂院，跨上驮着书袋的自行车，冲下大坡，出了瀛洲村，利用车子的惯性又冲上一个缓坡，上了中州桥。

微风飒然而至，梳理着张明辉的一头鬈发，轻抚着张明辉微汗的额头和两颊，张明辉此刻觉得，自己终于发现了人生发展的起步路径，所幸为时还不算太晚……

回到家里，张明辉把收集到的大半袋图书杂志从自行车上解下来，搬回自己的住处。妻子韩秀云见后，不解地问："你拿回来的这是什么呀？鼓鼓囊囊的。"

张明辉卖了个关子，没有回答，而是慢慢解开袋子，韩秀云翻看了一下，更疑惑了："怎么还是旧书杂志，你到底要干啥？"

张明辉一边把帮母亲打扫卫生时留下的纯文学类杂志往新收集的图书杂志袋里合并，一边说："我准备下海经商——做第二职业。"

韩秀云说："经商？可这些图书杂志都是旧的啊！能卖出去吗？"

张明辉把纯文学类杂志全部装进书袋后，又重新扎紧书袋口，然后一边欣赏着将要随自己"出征"的"装备"（整整一大袋图书杂志），一边满怀信心地说："放心吧！我已经做过市场调查了，今晚就开始行动，你就在家里等我的好消息吧！"

52

张明辉匆匆吃了晚饭，把整理好的书袋放在自行车后座上，又找来一张凉席和一个小凳子，连同书袋一同在自行车上绑好，然后跨上自行车直奔中州桥。

时令刚过夏至，天气还不算太热。然而，晚饭后出来乘凉的人早已络绎不绝了。张明辉在中州桥头的小广场上停了自行车，从自行车上把"装备"卸下来，先在小广场上铺展开小凉席，然后解开书袋，把图书杂志在小凉席上分类放好。一切收拾停当，刚在小凳子上坐下，书摊儿就被出来乘凉的人围住了。

虽然翻看书刊的人很多，但掏钱买的人很少。张明辉从晚上八点开始摆摊儿，一直到晚上十点半，仅卖出一本书及十几本杂志，合计也就十八元钱左右的样子。一位老先生一直在用录音机反复播放古筝名曲《春江花月夜》，一边欣赏音乐，一边随意翻看这些书刊。此时，书摊儿周围的顾客已经渐渐散去，只剩下老先生一人了。

几分钟后，老先生也关了录音机，放下书刊，然后带自己的录音机和小马扎，哼着小曲儿走了。

张明辉想了想：今晚就算了，明天还要上班。

正准备收摊儿时，张明辉注意到，中州桥头，小广场对面，主干道以南的大广场上，露天舞会的现场正在播放奥地利作曲家小约翰·施特劳斯的圆舞曲《蓝色多瑙河》。此时，圆舞曲已播放到尾声，最后，整首圆舞曲在疾风骤雨式的节日狂欢气氛中结束……

大广场上，人员渐渐散去，最后只剩下两个人在大广场边徘徊，其中一个人用手指了指小广场这边，另一个人点了点头，于是，两个人开始一同穿越主干道，并向小广场这边走来。当两个人穿越到主干道正中时，张明辉认出了他们。

"皇甫兄，欧阳涛！你们俩什么时候来的？"张明辉在小广场上高喊。

皇甫厚向张明辉招了招手算是回应，等一辆高速大货车从身边疾驰而过并驶上中州桥后，皇甫厚和欧阳涛迅速来到张明辉所在的小广场。

大家会面后，张明辉问："怎么？你们俩在对面露天舞场跳舞吗？"

欧阳涛说："哪里呀！我们俩今晚到你家里找你玩儿，嫂子说你去桥头广场上摆书摊儿了，我们俩就到桥头广场上找你。结果在桥头大广场上没找到你，却见一个露天舞会正跳得欢，我们俩又不会跳舞，就在大广场外围边欣赏音乐，边看人家跳舞。到最后，大广场上舞会散了，你这边小广场上乘凉的人也都陆续散去后，这才隔着大马路，在车流的间隙，隐隐约约发现有个书摊儿，而摊主很像你，我们这才过来了……"

皇甫厚问张明辉说："怎么样？效果还可以吧？"

张明辉点了点头说："但是，没有想象中那么好。我从晚上八点开始摆摊儿，一直到现在，也就卖出一本书和十几本杂志，算下来也就十八元钱左右。"

欧阳涛说："十八，这个数字吉利！"

皇甫厚说："你今天刚开张嘛！就按这个数字算，旧书的成本低，今晚的纯利润应该有十一二块钱，照这个数字算，一个月下来就是三百多块钱，咱们上一个月的班，月工资也就三、四百块钱，如果照这样长期干下去，以后，你每月就可以拿到双份工资……"

张明辉说："皇甫兄说得是。刚好你俩来了，帮我收摊儿吧！收完摊儿咱们去喝啤酒，我请客！"

53

星期一早上上班，张明辉翻了签到牌，正准备回钳工班组，忽然发现欧阳涛又在不远处朝这边使眼色……

张明辉依旧到了车工班组，见欧阳涛依然在帮皇甫厚给车床的轨道加油。

皇甫厚说："明辉，今天欧阳涛是最后一次帮忙给车床的轨道加油了。明天凌晨零点三十五分，欧阳涛就要坐上南下的列车了……"

张明辉惊问："怎么，欧阳涛去南方打工就要走了吗?!"

欧阳涛放下加油枪，一边用棉纱擦着手一边说："昨天晚上咱们喝完啤酒，我刚到家，南方一个亲戚就打来电话，说那边有一家合资企业要招收一批机床维护工，月工资两千多，名额有限，劝我尽快南下争取。

"得到消息后，我当时就赶到火车站买车票，最早的发车时间是明天凌晨零点三十五分，我是决心到外面闯一闯的，当时横下一条心，我就把车票买了。"

张明辉问："你不在咱厂上班了? 工作也不要了?"

皇甫厚说："你还不知道? 咱们厂现在可以办停薪留职，厂里给缴三金，工资两不找……"

张明辉说："这一回欧阳涛是真的要走了! 皇甫兄，今晚咱们去火车站送欧阳涛吧!!"

皇甫厚说："那是自然。"

欧阳涛南下打工走了以后，虽然皇甫厚仍然在厂里上班，但张明辉还是感觉继续在厂里待下去实在没意思。这不仅仅是因为原来的"金三角"少了一角，更主要的是因为厂里的经济效益持续下滑。欧阳涛出发南下的当月，张明辉仅拿到往月工资的一半，次月，张明辉拿到手的工资降到几十元钱。所以，当张明辉领了第三个月的十八元钱月工资后，就毅然和厂里签了停薪留职手续。

张明辉办了手续后，本打算专心搞图书生意，但妻子韩秀云提醒了他："这么大的事，得和咱爸妈商量商量吧？"

于是，张明辉先征求了父亲的意见，父亲支持儿子的打算，父亲说："可以努力奋斗，开创一番自己的事业。"

张明辉又询问母亲的意思，母亲考虑了三天后说："我还是觉得找一个正式工作比较牢靠。学校有个同事，黄老师，就是以前你见过的黄阿姨，你黄阿姨的爱人在市工商管理部门工作，分管的个体工商户中有一家私营石油机械配件厂效益很好。你以前在化工厂当过操作工，现在干的是机械钳工，到了这个厂你会很快适应的……"

张明辉只好又重新征求父亲的意见，父亲说："这样吧！咱们家也来个民主讨论。周五吃晚饭时，全家坐在一起，关于你的工作问题，各自发表见解。"

终于到了决定张明辉前途命运的"最后的晚餐"，一家六口人坐在一起，一边吃饭，一边讨论。但总是会为某个细节争得面红耳赤，结果莫衷一是，形不成统一意见。

张明辉的弟弟张光辉提议：举手表决！

结果，赞成专心搞图书生意的有三人，分别是张明辉本人、父亲以及弟弟；而赞成去石油机械配件厂的也有三人，分别是张明辉的妻子、母亲以及妹妹——还是没有结果。

最后，做父亲的拍板定案："这样吧！明辉，你先到石油机械配件厂报到、上班，业余搞图书生意。过一段时间，等你完全熟悉了图书生意，对新单位的情况也基本了解了，到时候你自己决定，是专心搞图书生意，还是专心干好新工作，或是一边干好新工作，一边业余搞图书生意，都由你自己决定。"

54

时令已过秋分，在一个秋高气爽的上午，张明辉带着介绍人的书信前去石油机械配件厂报到。

石油机械配件厂是一家小型私营企业，老板肖克强是一个精明的南方人，虽然已经五十五岁了，但看上去也就四十刚过的样子。肖克强五年前本是市里一家大型国营企业的正式职工，改革开放的大潮使他不甘心平平庸庸了此一生。在一次中学老同学聚会上，肖克强的中学老同学——现在是市石化总公司研究院的工程师——王博问肖克强："想不想自己办厂？你现在可是有条件啊！咱们石化公司炼油厂常年订购炼油设备的关键配件，这种配件属于耗材，且要求精度极高，精度达不到，用于生产就会发生事故。以前咱们这种配件是长期依赖进口的，但生产成本太高。我们在国内也联系了几个厂家，可是产品精度总是不太稳定，如果这样长期用于生产，生产隐患太大，太不安全了！所以我就想，克强兄啊！你师父退了没有？"

"退了。退休这一年多在家都快闷出病了！"肖克强先点了点头，说完又摇了摇头。

"你师父那批老人办了退休，对你们厂来说真是一大损失！铁打的营盘，流水的兵嘛！这是自然法则，谁也奈何不得。不过，如果克强兄想干一番事业的话，这一块儿倒是你施展才华的空间。你可以组织一批像你师父那样身体好、技术精的老师傅，开办一个厂，厂名我已经替你想好了，就叫'XXXX石油机械配件厂'。我可以给你提供技术支持，也可以帮你打开销路，但办厂的资金需要你自己筹措喽……"王博说完话笑得很坦然。

肖克强自从在同学聚会上听了中学老同学王博的一番话后，心里一直犯嘀咕：像自己这样靠工资吃饭的工薪阶层，到哪里去筹措办厂的资金呢？

天无绝人之路，一天吃中午饭时，爱吃新鲜红尖椒的肖克强问母亲："为什么不炒红尖椒？"

母亲没好气地说："红尖椒涨到三块多一斤，你一天的工资能买几斤红尖椒？不过日子了！邻居孬蛋他娘刚从北京八里桥闺女家回来，说那里的红尖椒涨到二十多块一斤，真是要人命啊！"

肖克强说声"太好了"，匆匆吃罢碗里的饭，然后把碗一推，就起身出门。

母亲在后面追着说："什么'太好了'？没有红尖椒，饭也不吃了？"

肖克强边走边回头说："妈，我吃饱了！我出去有点儿急事……"

肖克强用中午休息时间在几个铁哥们那里借到三千块钱，又马不停蹄地到蔬菜批发市场，按一斤一块五的批发价，批发到一千六百多斤红尖椒，付了货款，约定晚上七点半提货。办完一切事项，肖克强出了蔬菜批发市场，在市场大门口，看到公用电话，肖克强忽然想到自己的铁哥们中有一个在当司机，刚好上午要开车去县里给厂家送货，此时应该正是交货的时间。肖克强忽然心中有一个念头：记得在一次酒场上，不知何故，这位司机哥们儿借着醉酒反复念叨这个厂家交货场的电话号码……

此时，这串数字就在肖克强的脑海中闪烁。

肖克强本能地拿起公用电话拨通了这个号码。

晚上七点半，蔬菜批发市场提货处，肖克强一边指挥着司机把大卡车倒近货位，一边问司机："洪哥，咱们明天下午把汽车还回厂里，没事吧？"

被称为洪哥的司机说："放心吧！没事。"

肖克强又问："洪哥！咱们明早八点前能不能赶到北京八里桥？"

洪哥说："没问题！这条道我跑了多少趟了！"

第二天下午下班前，洪哥顺利把汽车还回厂里，当然，肖克强没有一同去还车，他在离厂很远的一个小酒馆里等着他的洪哥呢！

洪哥刚踏进小酒馆的门，肖克强连忙起身让座，一边倒酒一边说："洪哥快请上座，北京这一趟辛苦你了！'何以解忧，唯有杜康'！今天咱哥俩好好喝一回……"

酒过三巡，菜过五味，肖克强又开口说："洪哥，不瞒你说明天我就要办停薪留职了……我想自己办个小厂……"

洪哥说："那敢情好！恭喜发财！都准备得怎么样了？"

肖克强说："咱们厂有几台旧设备要处理，我早就想买下来，只可惜筹不到资金，洪哥你这次可帮了大忙了！现在我总算能把这几台旧设备买下来了。这是点儿小意思，请你务必收下……"

肖克强说着话把预先准备好的五百元现金递给洪哥，洪哥摆了摆手说："你的心意我领了！钱就不收了，硬要给钱，那就把咱哥们儿的交情看浅了……"

肖克强说："可这次这么辛苦，你要是硬不接……我心里也过不去啊!"

洪哥说:"你要这么说,你先帮我存着,等你将来厂子运转正常、扩大发展了,我来加倍拿!"

肖克强说:"那好!一言为定!"

55

张明辉带着介绍人的书信,按信上写的地址,找到一家大型国企子弟中学的后院。这里原是校办工厂的厂址,目前已改建成一个私企小厂。

张明辉走到小厂门口时,一辆大卡车正往小厂里倒车。小厂建在学生寝室楼的后面,寝室楼的一层有一条通往小厂的通道,通道没有门(或者曾经有门,因没有必要而拆去了),并且很窄小,仅能容下一辆大卡车通过。车辆通过的状况,就像司机当年考取执照时,进行的科目二测试。

"洪哥,你这一次单独去东北送咱们厂的产品,情况怎么样?比当年咱们俩往北京八里桥送红尖椒那一趟,要困难多了吧!"肖克强一边在车后指挥倒车,一边和司机洪哥攀谈。

"我的肖总啊,你就放一百个心吧!你不知道,以前,这东北我也是常跑的……"洪哥一边倒车一边说。

"洪哥,快停车!车厢左翼要贴墙了!"肖克强在车后连连急喊。

洪哥没有应答,依然保持原来的车速缓缓倒车。

张明辉在车前看着车厢左翼与墙的距离由两厘米半减少到一厘米半,当距离减至半厘米时,整个车身刚好全部倒出狭窄的通道,并顺势停在厂院内两堆货物之间的空隙中。

张明辉真为洪哥捏了把汗，就问正从驾驶席出来的洪哥："师傅，既然倒车这么困难，为什么不开进来？"

洪哥说："我们厂院子小，开进来的话，装满货物时就只好倒着出去，重车倒车比空车倒车更难……您是？"

张明辉差一点忘了自己来干什么，连忙递上介绍人的书信说："我找肖厂长。"

洪哥只看了一眼书信的封面，就转交给正要回办公室的厂长肖克强。

肖克强看了一眼书信的封面，知道是辖区工商所所长的书信，就对张明辉说："来吧！到办公室谈。"

主客二人在办公室坐定，肖克强一边看着书信，一边打量张明辉。按肖克强的本意，他并不愿意接受像张明辉这样只是临时打打工，一有机遇随时就要离开的"过路神仙"，他更愿意接受从农村来的，能够连续干三五年的农村小伙。不过碍于介绍人的面子，又看张明辉也是个实在人，就开口说："小张啊，你在原来单位每月最多能拿到三百块钱。到我们这里来，我保证你月月不低于三百！好好干！还让你干钳工，明天就开始上班，今天你好好准备一下，明早八点钟到我们司徒老师傅那里去报到……"

第二天一大早，刚七点半，张明辉就进了厂院子，他见到一位头发花白的老师傅正在扫地。老师傅中等个头，穿一身八成新的蓝大褂，蓝大褂左胸前的小白字呈圆弧形排版，印的是"XXXX轴承集团有限公司"，张明辉心想：这应该是老师傅在国企退休时领的纪念服。

张明辉连忙对老师傅说："老师傅您好！我找司徒老师傅。"

老师傅说："我就是。"

张明辉说："司徒师傅好！我叫张明辉，今天来向师傅报到。"

司徒老师傅正要回答，忽然一位和司徒老师傅同样着装，但蓝大褂又旧又脏的矮胖老师傅匆匆进厂，来到院子，一边接过司徒老师傅手中的扫帚，一边过意不去地说："司徒师傅总是来得这么早，把我的活都给干了，真不好意思……"

司徒师傅说："没关系，拓跋师傅！既然你来了，我们就干别的去了。"

拓跋师傅说："你们忙吧，你们忙吧！择菜剥葱，各管一工嘛！"

司徒师傅回头对张明辉说："你就是小张师傅，昨天我们肖总已经跟我提过了，以后我们就在一块儿搁伙计吧！"

张明辉说："司徒师傅，我原来在外地当化工操作工，没学过钳工，工作调回来后才开始学钳工，刚学了点儿皮毛，现在单位又不行了……听说司徒师傅技术好！我是特来拜师学艺的！"

师徒二人正说着话，又有一高一矮两个青年工人先后进了厂的小院子。司徒老师傅开口说："小高、小李你们两个过来一下……这是小张，以后大家在一块儿干活。"

张明辉一看，钳工组算上司徒老师傅正好四人。早在刚上初中的时候，张明辉就偷偷看过父亲的藏书《西游记》，当下就想：从今往后，师徒四人就要开始西行了吗？

张明辉随老师傅来到钳工划线平台处，这里的一切使张明辉大开眼界。以前在原单位时，钳工组只有张明辉和师父两人，张明辉跟着师父平时接触到的无非是简易钳工工作台、台钳、台钻、手电钻以及钳工常用工具等，根本不知道划线平台为何物。偶尔有个别工件需要划线时，都由老厂长把工件带回办公室，戴上老花镜在他办公桌的玻璃板上，用高度尺仔细划好，等什么时候再去钳工组指导工作时，顺便把划好线的工件交给张明辉师徒二人去加工。

如今张明辉来到钳工划线平台处，就好比是草根出身的孙悟空忽然来到有规有矩的正统天庭——什么都新鲜！什么都好奇！

张明辉第一次知道：钳工划线平台是用细颗粒灰口铸铁做的，有相当的硬度和保型性。另外，他也了解了分度盘是如何在划线平台上使用的，等等……

司徒老师傅首先发出一号令："今天活比较多，小高先划线，小李打样冲眼儿，小张刚来，先熟悉熟悉，等会儿参与加工……动手划线嘛！以后有的是机会……"

56

就这样，张明辉在石油机械配件厂一干就是半年，按原计划，张明辉本来是准备一边干好新工作，一边业余搞图书生意，可是在这半年当中，张明辉在工作时间太投入，以至于每天下班之后精疲力尽，根本没有多余的精神和体力，再去搞什么图书生意。既然这样，张明辉就想：那就专心干好新工作，能学精一门技术，也很不错！

时令正值春分，一年之计在于春。当张明辉正准备在目前这个新的工作岗位上努力深造，大干一番时，忽然接到原工作单位的紧急通知，通知的大意是：现在上面有指示，凡是停薪留职在外打工的人员，必须在一周内回原工作单位报到上班，逾期不回者，按自动离职处理，云云。

按张明辉的本意，他是真不想离开现在的工作岗位，因为在这半年的私企打工生活中,张明辉清楚地看到,这里职工与职工的关系以及职工与老板的关系,全都是团结友爱、积极向上的,整个团队的凝聚力也是牢固可靠的。总之,这是个充满活力的私企,它的精神面貌给人的总体印象是这样。

想法归想法,还没等张明辉把想法说出来,全家人,再加上亲戚朋友,大家一个接一个,不停地劝说张明辉赶快回原单位报到上班。大家的理由是:原单位是国营单位,虽说目前效益不好,但将来退休工资有保障,新工作岗位是眼下工资有保障,等将来到退休年龄时,工资就没指望了。况且张明辉的妻子韩秀云已到预产期了,如果现在张明辉能回到原单位,等有了孩子,刚好工作不太忙了,正好有时间照顾家里……

大家说得有理有据,张明辉当然得听了。就这样,过罢清明节,张明辉又重新回到原单位上班了。

逝者如斯夫,不舍昼夜,一切如旧,又恍如隔世。在刚上班的大半个月内,厂里职工人心浮动,大家纷纷议论别后情景以及今后的打算。在一个周五的下午,上班翻过签到牌后,"金三角"皇甫厚、张明辉、欧阳涛又在皇甫厚的车床旁聚会。三人刚聚齐,都还未曾开口说话,忽然有声音从外间传来:"哟,'金三角'又聚齐了嘛!"

三人回头一看,见是总装工尤勇智,还未及应答,忽然从尤勇智背后又闪出一人,三人定睛一看,是时常笑嘻嘻的电工赵伟杰。这一次赵伟杰又笑嘻嘻地说:"我们俩也加入你们'金三角',变成'红五角'怎么样?'红星闪闪放光彩,红星灿灿暖胸怀',嘻嘻……"

张明辉首先开口说:"欢迎,欢迎!"

欧阳涛说:"听说二位在广州发财了!还不请客吗?"

尤勇智说:"彼此彼此呗!听说你在深圳也不错嘛!"

欧阳涛说："既然这样，下班后咱们三个请皇甫兄、张兄的客，怎么样？"

尤勇智说："没问题！"

皇甫厚说："下班后拎几瓶酒，弄几个凉菜，就在车床边，大伙儿好好聊聊。"

赵伟杰说："看皇甫兄说的，这里气氛不行，咱们总公司门口那家南方小厨怎么样？这是公司白领们常去的地方，今天咱们也去'潇洒走一回'！"

欧阳涛说："那就这样定了，下班后咱们五个人在南方小厨见，不见不散啊！"

张明辉说："我不会喝酒，我就不去了吧？"

尤勇智说："你不去能行？你不喝酒，小弟给你上啤酒！啤酒也不喝，小弟给你上饮料！反正你得去……张兄不去的话，还有什么意思！听说张兄写的文章在公司广播播放了以后，在公司白领中影响不小，我今天就想叫那些公司白领们看看，咱们工人堆中也有文化人！"

赵伟杰说："张兄，去吧！听说嫂子快生了，以后你和大伙儿聚会的机会就不多了。况且，过一段时间我和尤勇智还要请长假去南方呢！大伙儿聚会的机会就更少了……"

盛情难却，也"义不容辞"，张明辉最终答应"如约赴会"。

周五的下午，大部分班组都没有活了，工人们基本都是在等着翻牌下班。终于熬到点儿了，王秘书刚用钥匙打开牌箱的锁，尤勇智就帮着去掉锁，赵伟杰和欧阳涛帮着打开两扇牌箱门。接下来，众多的手如波涛开始不停地撞击这个金属港湾，这个金属港湾又仿佛是能聚音发声的金属音箱，把清脆的金属撞击声传出去很远很远，连此时还在院子里的皇甫厚和张明辉都听得清清楚楚。

尤勇智、赵伟杰和欧阳涛三人翻过牌后，挤出人群，走到大车间门口时，看见皇甫厚和张明辉还站在那里，三人边走边使了个眼色，意思是说：你们俩赶快翻牌，我们先去安排了。

皇甫厚和张明辉前去翻牌时，王秘书犹豫着正准备锁牌箱，张明辉注意到：上班时的黄牌，现在已翻成一片红海洋，在这红海洋中有两叶黄帆，那就是自己和皇甫厚的。

皇甫厚和张明辉翻过牌后前去南方小厨赴"五角峰会"。

南方小厨坐落在总公司对面，这里是公司白领们时常出入的地方，今天如果不是大家的盛情难却，张明辉是绝不会走到这里来的。张明辉随皇甫厚来到南方小厨门口，还未进门，只听到门口的音箱正在播放《潇洒走一回》：

天地悠悠 过客匆匆 潮起又潮落
恩恩怨怨 生死白头 几人能看透
红尘啊滚滚 痴痴啊情深
聚散终有时
留一半清醒 留一半醉
至少梦里有你追随
我拿青春赌明天
你用真情换此生
岁月不知人间 多少的忧伤
何不潇洒走一回

57

张明辉随皇甫厚进了南方小厨，发现顾客还不算多，应该是时间尚早的缘故。张明辉和皇甫厚正用目光在角落里搜寻"五角峰会"赴约之处，忽听得熟悉的话语声入耳："哈哈哈……你俩往哪瞅呢！我们在这儿呢！"

张明辉和皇甫厚定睛一看，原来是尤勇智在说话，坐在旁边的赵伟杰笑嘻嘻地站了起来，而欧阳涛则一边用手掐算着什么，一边从另一张座椅上站了起来。

张明辉重新审视了一下聚会之处，发现位置居中、临窗且在饭店唯一的壁挂式空调正下方。目前还不是使用空调的季节，这个显示饭店品位的高档奢侈品仍被店主用布套严严实实地罩着。

皇甫厚若有所思地看着布套，仿佛布套里罩的不是空调，而是类似"正大光明"匾或者"尚方宝剑"之类的东西。末了，皇甫厚开口说："你们三个怎么选了这个位置！这是公司领导们时常谈工作的地方……"

尤勇智模仿西方绅士，先摇了摇头，然后耸了耸肩说："我怎么不知道，这儿也没挂'领导专用'的牌子啊！即使如皇甫兄所说……他们今天也不一定来！"

欧阳涛收了桌子上卜算用的硬币说："我刚才算过了，今天必有领导光临！"

欧阳涛话音未落，大家（除尤勇智外）发现张明辉忽然向饭店入口处张望，也就随着张明辉的目光看过去。

赵伟杰看过后回头小声对尤勇智说："勇智，要不咱们换个地方吧！公司宣教科姜科长带着董干事和几个客人过来了……"

尤勇智故意背对门口面向窗外，像是自言自语，又像是对赵伟杰说："快看！那一群蚂蚁上树多勇猛……"

姜科长一行进了饭店，看到张明辉先点了点头，然后问："小张最近怎么也不往科里送稿子了？"

张明辉连忙回答说："最近没写稿子。"

姜科长又说："小张的文笔挺好，再有稿子的话，就给科里打个电话，你联系科里小董……"

董干事走过来，在姜科长耳边轻声说了句什么，姜科长提高声音说："在哪里都一样，小张他们别动了，咱们用旁边那张餐桌就可以了。"

待姜科长一行在旁边的餐桌坐定，尤勇智这才把目光从窗外收回，并顺势给张明辉做了个鬼脸，意思是说：还是你的面子大！

这一下轮到张明辉"面向窗外看蚂蚁上树"了。

于是，尤勇智在自己光着的小臂上做了个挽袖的动作——因为他的袖子早已挽起——然后说："咱们为什么不坐呢？快坐快坐！今天皇甫兄和张兄一定要坐首位……"

五个人相互谦让着坐定后，开始点菜。尤勇智点了个白切鸡，又点了个烧鹅，最后点了个红烧乳鸽，共三个菜，赵伟杰也点了三个菜，分别是清蒸鳜鱼、上汤龙虾和粤式煲汤，欧阳涛点的三个菜依次是香辣蟹、烤羊腿和清补羊肉窝。

菜已经不少了，但尤勇智坚持要皇甫厚和张明辉也点几个菜。二人无法推辞，也就象征性地合点了一道菜，点的是牡丹燕菜，属北方菜系。

菜齐了，真是满堂彩，南北大菜共十道，五个人中有四个人早已进入角色。然而唯有一人，那就是张明辉，始终不能融入眼前的世界。

菜很丰盛，白酒、啤酒、饮料样样俱全，但张明辉仅动了几筷子牡丹燕菜和清蒸鳜鱼。大家行酒令，张明辉随着大家喝了大半瓶啤酒，忽觉有点上头，又出现了曾经感觉过的"晕陆现象"。

张明辉心想：难道自己喝醉了？醉酒就是这样的感觉吗？（张明辉还未曾尝过醉酒的滋味）

张明辉又想：不能啊！自己以前和皇甫厚、欧阳涛在一起喝啤酒时，喝一瓶半都没问题，今天是怎么了……

正在恍惚之间，张明辉忽然感觉邻桌的董干事走了过来，董干事喝了大家的敬酒后就开始夸这边的宴席如何如何丰富，而邻桌的酒菜又如何如何不行。末了，董干事又代表姜科长邀请张明辉到邻桌喝几杯酒。张明辉身不由己，只好随着董干事来到邻桌。

给各位领导敬完酒后，张明辉已搞不清最后如何被董干事送回原位，也不记得宴席何时结束……

蒙眬中，张明辉感觉自己坐在尤勇智所骑的大二八自行车前梁上，皇甫厚和欧阳涛骑着两辆自行车在前面领路，赵伟杰和董干事"骑着"三辆自行车（捎带着张明辉的自行车）在后面"断后"……

隐隐约约地，张明辉好像听到尤勇智在和董干事拌嘴，好像是在追究自己醉酒的时间，到底是去姜科长那里以前就醉了，还是到姜科长那里喝完酒才醉了。接下来好像是大家纷纷来帮腔，但张明辉却始终听不清大家说的什么……

忽然，周围的声音在张明辉的耳边清晰了，大家开始接力朗诵着张志和的《渔歌子》——

西塞山前白鹭飞，
桃花流水鳜鱼肥。
青箬笠，绿蓑衣，
斜风细雨不须归。

58

俗话说，天下没有不散的筵席。"五角峰会"聚会不久后很快缺了"三角"，欧阳涛、赵伟杰和尤勇智又陆续去南方打工了，剩下的"两角"里，皇甫厚每天工作不停，过得还算充实，唯独张明辉的钳工活少，这使他心情更加郁闷。皇甫厚看不下去了，有一次他在车床旁一边干活，一边对张明辉说："明辉，有个消息你知道不知道？咱们公司又准备建集资房，将来是百分之百产权，可进入市场交易。听说这是咱们公司最后一次筹建集资房，所以说优惠力度特别大，比如说两室一厅一套的，大概七十多平方米，职工只用拿三万多块钱就可以了，你平常在钳工班组活又不多，不妨借此机会活动活动，找找熟人，争取一套……"

张明辉考虑了一下，反问皇甫厚："你有什么打算？这次集资房准备不准备买？"

皇甫厚说："我不打算买。一来我还没有结婚，二来上次咱们公司建集资房，老父亲在他的分厂争取到了一个三室一厅的指标，这不，折腾了三年多，上个星期日总算搬进了新房。我们家的情况你也知道，我就弟兄俩，前些年我大哥不明不白地失踪了，到现在仍杳无音信，所以说老父亲是决不会同意我到外面居住的，将来即使结了婚也必须和老父亲一块儿住……"

张明辉遗憾地说："提起令兄的事，真叫人困惑不解。出事那天上午，令兄是正常上班，八点钟到的单位，没有任何将要出事的迹象。没想到，在十点多钟的时候，单位办公室人员说有人打电话找令兄，令兄接完电话就向单位请假，说出去办点儿事，很快就回来。谁都没想到，从此以后，再也见不到令兄的人影……"

皇甫厚摆了摆手，然后又摇了摇头说："现在先不说这个……眼下咱们公司最后一次建集资房，你怎么打算？"

张明辉说："我很想买，但感觉难度很大。首先是经济能力不够啊！你知道，我父母也是刚买过房子，我弟兄姊妹又多。再者，仅是争取到购房指标就难度很大，现在，我认识的李叔叔和秦老书记已从咱们分厂调到其他分厂了，在总公司里，我更没有要紧的关系可找……"

皇甫厚又猛地摇了一下头，既像是不同意张明辉的说法，又像是通过回转话题，终于使自己从失去兄长的迷茫和沉痛中暂时脱离出来。皇甫厚停了停说："事在人为嘛！你可以再找其他关系，至于购房款嘛！仅靠咱们厂的工资是不行的，你可以继续业余搞图书生意……"

说者无心，听者有意。张明辉从此开始考虑集资房的事。

一个星期天，张明辉休息在家，和父母谈了单位准备建集资房的事。父母了解详细情况后，都全力支持儿子买房。父亲说："明辉，下星期上班，你到单位里搞清分房委员会名单，还有，你们单位里所有主要领导人的姓名也一定要搞清楚……"

星期一上班后，张明辉用一天的时间就搞清了父亲所需要的名单，在吃晚饭的时候，张明辉把名单交给了父亲。父亲大致看了一下名单，然后收起来说："你安心上班吧！下面的事你就不要管了，不要因为房子的事影响单位里的正常工作。"

到了周末，全家在一起吃晚饭时，张明辉正想问父亲房子的事怎么样了，母亲先开口说："他爸，明辉房子的事有没有眉目？"

父亲匆匆吃完碗里的饭，然后说："不好办哪！他李叔叔现在不管事了……我再去找找其他熟人。"

父亲吃完饭就出去找熟人了，看着大家都"食不语"，张明辉忽然感到很失落。

母亲说："明辉啊，不要埋怨你爸爸，你爸爸平时注重研究学问，熟人并不多……"

第二天，张明辉的父亲匆匆吃罢早饭，又继续出去找熟人。张明辉的母亲正准备打开洗衣机洗衣服，忽然传达室的老师傅跑来请她过去接电话，说是他以前的老同学、老同事现在有事找她。

张明辉的母亲接完电话回来对儿子张明辉说："有一个老同学，也是以前的老同事今天过生日，邀请我和你爸过去聚会。现在你爸不在家，你就陪妈妈过去聚会。这次聚会一定会遇见很多熟人，很有可能在你分房子的事上帮得上忙……"

张明辉的母亲在这次聚会上果然遇到了很多熟人，和熟人们稍加叙谈，很快，在场的大部分人都知道了张明辉的单位里将要分房子的事。其中有个叫华兴旺的工程师感觉自己能帮得上张明辉这个忙。

华兴旺正要开口，其妻刘秀珍轻声说："兴旺！这位老姐姐我认识，姓郝，是学校老师，咱们过去问问，看啥情况。"

两人走过去，刘秀珍先打招呼说："郝姐，是不是咱辉辉要买房子？"

郝淑君回头一看，是认识的人，连忙回答说："是辉辉！是大儿子明辉……"

郝淑君又转头对儿子明辉说："明辉，快过来！这是你刘阿姨！这位是……是他华叔叔吧？"

刘秀珍点了点头，张明辉连忙走过去说："刘阿姨好！华叔叔好！"

华兴旺开口说："小张你好！小张你是在哪个单位上班，单位主要领导都是谁？"

张明辉连忙——告知，华兴旺又详细询问了张明辉所在单位一把手的情况。末了，华兴旺说："巧了！你单位的一把手，就是时下说的'老一'，是我上大学时的同学，并且是一个系的，当时在系里我和两个人最要好，其中一个就是你们单位老一金广大，另外一个现在市里第十设计院上班，名叫贺胜利，我可以拉上贺胜利，一块儿去找金广大……"

59

一个星期后，张明辉在钳工组干完活，然后照例去车工组找皇甫厚。皇甫厚依旧在埋头干活，现在车工组能运转的车床也就皇甫厚操作的这一台新车床了。张明辉刚走到车床旁边，皇甫厚也不抬头，只是开口问："怎么样，购房指标争取到手了吧？"

张明辉吃惊地反问："你怎么知道？"

皇甫厚笑着说："我算出来的……实际我是从你走路的劲头上感觉出来的。"

皇甫厚正要说什么，忽然厂办公室王秘书来到车工组说："小张也在，我正找你呢！刚才你母亲打来电话说你爱人要临产了，人已经送到市中心医院了，让你赶快请个假，直接到市中心医院妇产科……"

张明辉一听，不敢怠慢，连忙请了假，骑上自行车直接到了市中心医院。在妇产科预产室，张明辉找到了妻子韩秀云。

张明辉的母亲在旁边陪护，看见张明辉进来，就说："你怎

141

么才来！你妹妹丽辉明天就要出嫁了，有很多事要准备，这么忙还早早赶过来了，刚才有事才回去，你自己倒这么磨磨蹭蹭的……"

张明辉连忙给母亲解释说在路上和厂里都发生了什么情况，母亲摆摆手说："快别说了，刚才秀云躺在床上难受，你快来安慰一下。"

张明辉的母亲说完话就端着脸盆去洗手间了，剩下张明辉和妻子两人时，妻子秀云有些害怕，她不安地问张明辉："如果大夫让选择保大人还是保小孩儿，你怎么保？"

张明辉不假思索地回答："这还用问？当然是保大人。"

妻子秀云又说："要不咱们只把孩子安全取出来，剩下的空壳儿咱不去管她。"

张明辉连忙用手捂了妻子的嘴，然后在妻子耳边轻声安慰道："放心吧！大人和小孩儿都不会有事，一定都是安全的！"

张明辉的妻子在第二天早上七点钟顺利产下一女，母女平安，大家都很高兴。张明辉端详许久，觉得女儿的肤色微黑透红，于是自言自语道："怎么不白呢！"

张明辉的母亲说："刚生下来黑里透红，将来会越长越白的，你小时候就是这样，你看你现在还黑吗？"

张明辉又重新看了看女儿，心想：这也许就像小时候看的童话故事书里讲的那样，丑小鸭将来会变成天鹅的。

女儿出生以后，张明辉又向厂里请了两次长假到外面干临时工，两次长假未到期均被厂里召回。直到女儿六岁半的时候，厂里又放宽了政策，再次允许职工长期到外面打工。刚好，女儿已经到了上学的年纪。当女儿高高兴兴上学去后，张明辉感觉自己现在已经具备专心从事图书事业的条件了。

于是，张明辉把自己的想法先和妻子谈了，妻子没意见，又和父母、弟弟、妹妹都谈了，大家一致同意。最后，张明辉把自己的决定告诉了好友皇甫厚。

皇甫厚说："你早就该下这个决心了！当断则断，不能老是瞻前顾后，优柔寡断……"

取得大家的一致同意，张明辉再一次在厂里办了相关手续，开始专职从事自己从小就心仪的图书事业。

60

张明辉终于下海了，办完手续当天夜里，张明辉兴奋得难以入睡，脑海回荡的只有一个念头：自己的理想终于要实现了！

尽管自己的理想是以这种辛酸的形式实现的，但这还是让张明辉兴奋不已。

张明辉感觉自己今晚的兴奋不同于当年刚从外地调回本市工作那个夜晚的兴奋。记得当年自己和母亲在省化工厂劳动人事科办了调动手续，然后到厂生活区宿舍里整理自己简单的行装。行装确实简单，就一床铺盖和一只小木箱（刚参加工作时，由于宿舍里有床无桌子，这只小木箱曾被支起来充当桌子，直到张明辉要离开的一个月前，宿舍里才正式配了新桌子），很快就整理好了。同宿舍的工友仍在厂区上班，还没有回来。办事好比打仗，时间不等人，母亲吩咐儿子张明辉给同宿舍的工友写一封短信。张明辉找来信纸，写了几句，然后把信放在新桌子的正中央，母亲又把手中拎的一袋苹果放在信旁边，然后对儿子说："明辉，走吧！不等了，到家再给工友们打电话。"

张明辉把行李挪到楼梯口，正准备下楼时，同宿舍的工友孟军回来了，帮着张明辉把行李从四楼搬到一楼，又借了个三轮车把张明辉母子送到长途汽车站。为了感谢孟军，张明辉的母亲在汽车站附近找了一家饭店，点了八个菜招待孟军，孟军说："阿姨，您来了我们晚辈应该招待您！怎好意思让您这样破费……况且，您叫这么多菜，这也吃不完啊！"

张明辉母亲说："没关系！咱们留几个菜不动筷子，等会儿你捎回宿舍，刘延赟他们下了班吃……"

就这样，张明辉带着简单的行装和对未来的美好憧憬，随母亲回到了阔别四年的家。

张明辉和母亲回到家时已是傍晚时分，家里停电了，点着蜡烛，在家的人都吃过饭了。张明辉的弟弟和妹妹在趁着烛光写作业、看书，张明辉的父亲也趁着烛光正和一个棋友下棋。

张明辉的妹妹起身要去做饭，问母亲想吃什么，母亲说："你看你哥想吃什么？我在车上吃了点儿东西，不觉得饿，只觉得累，我洗洗脚要先睡了。"

张明辉说："我也不怎么饿，吃点儿馍，喝点儿开水就可以了，不用再做饭了。"

张明辉在吃馍喝水时望了一眼自己的简单行装，心想：自己终于如愿以偿。然而自己当年在跑调动时的强烈兴奋感，现在连一丝一毫也没有了，就像一个高速运动的物体终于停止运动，在这一刻仿佛地球也停止了运转，世界万物变为绝对静止……

今晚的兴奋，张明辉感觉于当年是大不同了。

在实现理想的前夜，张明辉忽然想起中学时代学过的一篇课文的片段：

　　　　这几天心里颇不宁静。今晚在院子里坐着乘凉，忽然想起日日走过的荷塘，在这满月的光里，总该另有一番样子吧。月亮浅浅地升高了，墙外马路上孩子们的欢笑，已经听不见了；妻在屋里拍着闰儿，迷迷糊糊地哼着眠歌。我悄悄地披了大衫，带上门出去。

……

这样想着，猛一抬头，不觉已来到自己的房门前，轻轻地推门进去，屋里什么声响也没有，妻女已睡熟好久了。

61

张明辉现在下海搞图书生意的条件已经成熟，而且可以说是轻车熟路了。张明辉先到旧货市场买了一辆旧三轮车，又把家里的一块长期不用的木质手提小黑板（这是母亲以前在县里教书时，为了节省教学时间，自备的一块小黑板，用于书写预备板书，现在市里的学校给老师们配备有小黑板，所以这块小黑板不再用了）仔细擦洗干净。之后，张明辉找来母亲教学用的圆规，装上白色粉笔，先在小黑板的正中央画圆，然后缩小圆规的半径，在小黑板的四个角画了四个相同半径的圆。五个圆画完后，张明辉又用母亲的教学三角板画线，分别把四个小圆与中心圆连接起来，并在四条线的一端打上箭头，分别指向黑板四个角的小圆。然后，张明辉又找来母亲的五彩粉笔，先用黄色粉笔在中心大圆正中写了一个"书"字，楷书字体，占满整个中心圆，又用其他颜色的粉笔分别在黑板四个角的小圆正中写上"收""售""换""借"。

这一切准备就绪，搞图书生意的"硬件"设施就基本上具备了，但"软件"还不完备——图书数量太少。张明辉就又到离家不远的城中村——瀛洲村跑了一趟，在车骑将军车师傅和铁拐李李铁军他们所住的大杂院里，以及二人介绍的其他类似的院落里，共收集到四编织袋有价值的图书。大家都愿意和张明辉打交道，都说张明辉到底读书多，能从别人不要的书中挑选出有用的书来。于是，大家一致表示，以后再有书，一定留下来，先让张明辉挑选，张明辉挑选以后，再让其他书商挑选，云云。

张明辉的移动旧书店——有顾客称之为"图书交流中心"——搞起来了。尽管是流动性质的，但是只要张明辉的书车在哪里驻扎，很快就能形成"中心"，当然是关于图书交流的中心，由于张明辉的图书内容广泛，所以老少皆宜。

一个星期天的下午，张明辉正在离自己家最近的丁字路口搞图书交流，没多久，妻子韩秀云带着女儿张璞玉也来帮忙了。刚好车骑将军车师傅骑着三轮车路过张明辉的书摊儿，要张明辉随他到瀛洲村的院里一趟，说院里铁拐李他们有好多书要处理，要张明辉赶快去先挑选一下。张明辉对妻子简单交代了几句就匆匆走了。

当张明辉骑着自行车带着书袋子返回书摊儿时，发现来帮忙人的又增加了好几位。张明辉的小舅子、小姨子，还有妻子的大表哥也来了，都是成双成对的，有的还带着孩子，共七八个人，大家都瞅着张明辉微笑。张明辉感觉有点儿发蒙，个子高大的大表哥说："明辉，我们帮你做了笔大生意，你猜有多少钱？"

张明辉看了一眼摊位，发现原来放儿童卡通画册的位置全部空出来，估算了一下说："五十。"

大表哥说："五十八块呢！生意可以嘛！一笔生意五十八块，真不错！"

张明辉的小舅子、小姨子纷纷对韩秀云说："姐，我姐夫这生意可以啊！你怎么老说不行呢？"

　　张明辉看到妻子只是摇了摇头，并没有说话，脸上也没有多少喜色。结婚这么多年，妻子一直是这样，对什么事都表现得淡淡的，提不起兴致，张明辉都习惯了。送走亲戚们，太阳已快落山，书摊儿顾客们也渐渐散去，韩秀云说家里没菜了，要到菜市场买菜，先走了。

　　张明辉觉得移动旧书店该打烊了，于是招呼女儿收摊儿。收完了摊儿，张明辉把女儿抱上书车。女儿张璞玉坐上书车后，随即把后背的书包移到前胸，从书包里掏出课本和文具，趴在书箱上开始写作业。张明辉则用力蹬了一下脚蹬，人力三轮书车就启动了。张明辉的耳边不断传来陆续散去的顾客们的议论声："……哎，你们看，这才叫'什么老，什么小'呢！……"

　　张明辉心想：你们说对了一半，现在"老的"是蹬着人力三轮车搞图书生意，"小的"将来当然也要从事与书有关的事业，但决不会像"老的"这样蹬着三轮车干事业了……

62

　　转眼快要过年了，张明辉单位里催交集资房款。单位里也考虑到个别职工生活困难，所以实行分期付款，这一次是第二期付款，数目是五千元。得到消息后，张明辉不敢再进书了。一个多月来，张明辉的移动书店是只卖书，不进书，家里除了日常必需品外，只给女儿璞玉买了一套过年的衣服，其他一概不敢买。最后，在交完单位里集资房二期款后，张明辉一盘点，手中剩余的资金，连一元、五角、一角的都算上，总共五十几元。

这可怎么办？五十块钱怎么过年！总不能向父母借钱过年吧！况且，交集资房一期款时，父母已经拿出一万多块钱，怎好意思再向父母张口？张明辉是真的慌了。

到了农历腊月二十三，大雪封门了整整三天，张明辉望望窗外，见仍然雪花飞舞，没有停歇的意思，但雪势似乎减弱了。于是，他在家坐不住了，决定出去走走。张明辉出门来到平时经常摆摊儿的丁字路口，见积雪已达一尺多厚，空中飞雪依旧，而雪势又仿佛比出门时增强了。

这怎么出摊儿？张明辉犯了难。

张明辉站在丁字路口，望着满天的飞雪发呆。忽然，张明辉发现自己平时摆摊儿处的斜对面，原来的五层小红楼的底层，现在打开了一个四四方方的口子。天色阴暗，四方口子里黑黑的，在雪地里非常显眼。张明辉估计这是有商家要开门面房，就走过去想看个究竟。到近前一看，发现房子是空的，没有装修，连门也没有装，不过在雪光的映照下，房间里不算太暗。张明辉心想：拿一部分书过来，在这里摆个小摊儿，即使卖不出去书，解解心焦也可以。

张明辉转身回家，用自行车推了两箱子书，来到小红楼新开的口子前，把书箱放进口子里，展开塑料布，把带来的书分类摆好，然后拿了一本杂志站在门口翻看。半个小时过去了，没有顾客来光顾张明辉的书摊儿，不断有雪花被寒风卷进口子里，让张明辉摆的第一排书上落了不少雪，最左边一本书上落雪最严重，几乎被雪埋没。张明辉长叹一声，拿起那一本书，把落雪清理了，重新放回原位，就在张明辉准备起身的那一刻，忽觉口子处光线一暗，张明辉抬头一看，见一辆旧二八自行车停在口子处，从掉漆严重的黑色自行车上跳下一位身着旧蓝大衣的高个子中年男子。男子四方脸，浓眉毛，花白的头发上又落了一层雪，越发显得白多黑少。来人在口子处停稳二八自行车，抖了抖大衣领子上的落雪，说声："好大雪!"

中年男子弯腰拿起张明辉刚刚放回原位的书说："小兄弟，这本书你卖多少钱?"

张明辉回答说："二十五。"

中年男子又问："再优惠点儿怎么卖?"

张明辉说："诚心要的话，二十给您!"

中年男子摇了摇头说："我不要。"

张明辉问："怎么? 还嫌贵?"

中年男子又摇了摇头说："不是的……这本书是我编写的。"

张明辉听闻此言，眼前一亮，心中不由得肃然起敬，接过书来仔细端详，见书的封面上印着"老K编著"。张明辉怀着从小到大对作家、学者一贯的敬仰心情说："原来您是作家、学者! 失敬! 失敬!"

张明辉刚刚认识的老K说："什么作家、学者，我就是一个考古工作者，这不过是我多年工作经验的汇总罢了，但没想到我写的东西竟然落到这步田地……可这本书……你为什么只卖二十块钱，定价不是一百多吗?"

张明辉解释道："我这是旧书摊儿，是按旧书卖的呀! 另外，您的书'落到这步田地'，我认为并不是原购书者觉得您的书没价值，这很有可能是原购书者的家属在搞家庭卫生时，误把您的书夹在废纸里处理掉了。况且，您的书即使'落到这步田地'——到了我这里——还是有价值的，这为一些收入低，而又喜欢学习知识的人提供了机会，而知识是无价的。咱暂且把'您的书'这个问题搁置一下，谈一下'我这个人'吧! 我本人由于诸种综合原因，目前'落到这步田地'，但我还是认为，我目前做的事情是有意义，有价值的。"

老K拍了拍张明辉的肩膀说道："小兄弟，讲得好啊！"说话间，他从衣袋里掏出一张名片递给张明辉，接着说："交个朋友吧！这是我的联系方式。"

张明辉接过名片，见名片上赫然印着"XX地区文物研究协会，老K会长"，张明辉有点儿受宠若惊，连忙找来一张白纸，把自己的姓名、住处、门岗电话一一写清，交与对方。

交换了联系方式，老K开始浏览张明辉书摊儿上的书名，这时，韩秀云带着璞玉冒雪过来了。见到张明辉，韩秀云开口就说："给我一百五十块钱，孩子的过年衣服还得再配一双靴子，另外，我自己也要添一件外套……"

张明辉跟妻子商量着："要不先别买了？咱刚交罢集资房款，当下过年都紧张……你不是还有一件半新的外套嘛！"

韩秀云说："那已经老土了，在单位那个环境里，老穿那个不行……"

张明辉瞅了一眼书摊儿上唯一的顾客——老K，稍微犹豫了一下，最后低声说："先别买了！交罢房款家里就剩五十块钱了……"

韩秀云却大声说："不会吧！再说你今天又出摊儿了，一百五十块钱怎么会没有？"

张明辉说："从出摊儿到现在还没有顾客呢！这位是刚交的朋友。"

老K从书摊儿旁边站起身说："我说两句，大妹子啊，张兄弟不容易啊！要不然下这么大的雪，他会出来摆摊儿吗？"

张璞玉拉了拉母亲的衣角说："妈妈，我不买靴子了，咱们回……"

张璞玉本想对母亲说"回吧！"，可"吧"字还未出口就被母亲伸手拉到身后。

老 K 说："张兄弟，我要告辞了。稍停一会儿，你们也收摊儿吧！雪下得这么大，不会有顾客的！"

张明辉说："K 老师，雪大路滑，骑车子慢一点！"

老 K 在口子处推了自行车说："好，再见！"

老 K 离开半个小时了，张明辉的书摊儿仍然没有一位顾客光临，只好收摊儿了。三人收摊儿时，张明辉在一本杂志下面发现两张大钞票，共一百五十元，张明辉奇怪了，哪来的钱呢？

韩秀云问道："是不是营业款混搅在杂志里了？"

张明辉答道："绝对不是！我好长时间没收到大钞了，一直收的都是零零碎碎的钱……"

韩秀云管不了这么多，一把夺过张明辉手里的两张钞票说："你管它哪来的钱，在咱书摊儿上找到的，就是咱的钱！"

张明辉阻止道："先不要拿去花，你们俩看住书摊儿，让我去打个电话……我想起来了，刚才 K 老师就蹲在放了钱那本杂志旁边看书呢！"

张明辉冒雪找到一个公用电话，拿出学者老 K 留下的名片，对着上面的号码拨通了公用电话。片刻后，传来老 K 的声音：

"喂，请问是哪位？"

"K 老师您好！我是您刚刚认识的张明辉，摆书摊儿的。是这样，刚才我收摊儿时，发现一本杂志下面有一百五十块钱，是不是您落下的？"

"不是的。"

"那就奇怪了，我这次出摊儿就您一个人光顾，您又在那本杂志旁边蹲了好长时间……您不妨看一下您的钱，是不是少了？"

"张兄弟，你太认真了！那钱就算我借给你的。"

"那请告诉我，您的详细地址在哪里？将来我好还您！"

"这样吧！今天你摆的书不多，我没选到书。等天晴了，你把书全部摆出来了，我去挑选几本我用得到的书，你看这样行吗？"

"那先谢谢您了！"

"那就再见吧！"

63

张明辉回到口子处，对正在收摊儿的妻子、女儿说："现在，那一百五十块钱，你们可以拿去买东西了。"

女儿璞玉摇着父亲的手，一定要问个究竟，做父亲的就把刚才通话的内容说了一遍，璞玉高兴地说："这下好了！妈妈有新外套了！我也有新靴子了……"

吃罢晚饭，连下三天的大雪终于停了。张明辉心想，晚上中州桥以及桥头大、小广场一带，一定会很热闹，不如抓住商机，晚上再出一次摊儿，以解家里在经济上的燃眉之急。

打定主意，张明辉不再像白天那样，用自行车推书，干脆骑上三轮车正式营业了。张明辉骑着三轮车来到桥头，果然如他在家时想象的那样，华灯齐放，游人如织，张明辉平时熟悉的货摊儿大部分已经摆上。张明辉到了以后，在"家庭摆摊儿公司"那里借了一把扫帚，紧挨着公司开始扫雪，也扫出自己的一片"领地"来，然后就紧挨着公司把自己的书摊儿也摆上了。

乍听"家庭摆摊儿公司"这个名称，可能会以为这是在称谓一个什么社会团体，实际上，所谓的"公司"，说白了，就是一个全家摆摊儿的。家长白喜平，原是本市一家胶鞋厂的中层干部，三年前正常退休了，有退休工资。老伴王氏没有工作，在家主持家务，三个儿女都在胶鞋厂当工人，大儿子白军和二儿子白勇均已结婚成家，唯有三女儿白丽还没有找对象。胶鞋厂虽然效益不好，但是家长白喜平领着三个儿女利用业余时间摆摊儿，所以，生活上还过得去。然而自从胶鞋厂的老——厂长兼书记——去年年初卷款外逃后，胶鞋厂彻底垮下来了，三个儿女相继失去了工作，最后全跟着老掌柜白喜平转职摆摊儿。于是，每逢市郊的大镇有集会，老掌柜白喜平就领着儿女们逢集赶集、逢会赶会，所以，摆摊儿的同行们都称白喜平这一家子是"家庭摆摊儿公司"。

张明辉刚把书摊儿摆好，白丽就过来找张明辉借书看，一下子借了三本书，说是给大哥二哥各捎一本，临走又夸张明辉的毛衣花型、针法是多么的好，最后对张明辉说："嫂子的手真巧，什么时候嫂子来了，我一定要跟嫂子学学这种针法……"

晚上在桥头，张明辉的书摊儿生意不错，很快就卖到了六十多块钱。忽然，张明辉感觉头晕恶心，并伴有强烈的感冒症状，他强忍了十几分钟，实在感觉撑不下去了，只好匆忙收摊儿。白丽见书摊儿要收，连忙把大哥、二哥正看的书要出来，连同自己看的书一同还给张明辉，问道："老板，生意这么好，为什么要着急收摊儿呢？"

张明辉说："我感觉头有点晕，支撑不住了……"

白丽说："就是，还是身体重要。你一个人……来吧！让我帮你收摊儿。"

收完了书摊儿，白丽又帮张明辉把书箱装上三轮车，然后就跑去照看自己的生意了。张明辉骑上三轮车，蹬了一下，链子掉了，只好下车装链子，摆弄了几下，上车一蹬又掉了，干脆下来推车，想着先推过主干道再说。张明辉推着三轮车穿过非机动车道，接近了主干道，望着一辆辆呼啸而过的高速夜行车，张明辉的头更加晕了，完全没有胆量独自推着三轮车横穿主干道。正在犹豫间，老掌柜白喜平掂着三个保温饭盒，迎面横穿主干道走过来了，看见张明辉就打招呼说："今天收这么早？"

张明辉说："有点儿头晕。"

白喜平说："唉，受累啦！你平时出来摆摊儿，也不见有人给你送个饭，总是自己在桥头买两个菜饼一啃就算完事了，长期这样下去，身体哪会好……"

张明辉说："今天我是吃罢晚饭才出来的呀！"

白喜平说："冰冻三尺非一日之寒，快回去歇着吧！"

张明辉说："白叔，麻烦您一下，陪我到主干道那边去，我头晕得厉害，实在不敢独自在车流间横穿。"

白喜平说："这么严重！干脆我让二子把你送回家算了，你稍等一下，我让二子马上过来！"

张明辉说："白叔，先谢谢了！您这里也忙，二兄弟只要把我送到马路那边就行了……"

白家晚辈中的老二白勇很快过来了，看见张明辉就说："张兄今天是怎么了？干脆你坐上三轮车，我在前面蹬着，你指着路，咱们尽快到家。"

张明辉说："麻烦你把我送到马路对面就行了，你们这里的生意也不能长时间离人。"

白勇一边帮张明辉推着三轮车一边说："张兄啊，做生意的话，像你这样单枪匹马、单打独斗可不行，钱还没挣到，身体先搞坏了。要像我们老掌柜领着我们做生意——你人不错，我也就不瞒你啦——你可能不知道，我们家准备分期付款买一套一百多平方米的房子……"

张明辉感叹道:"你们家打算买这么贵的房子,看来你们家的生意真是可以。可话又说回来了,既然赚到了钱,不如继续扩大你们家的生意,或者开个店什么的……"

白勇说:"开店得选好位置才能开,没有好位置,也是赚不到钱。我们家买一百多平方米的房子,不一定自己住,现在房价正在攀升,将来房子一出手,还可以再赚上一大笔!"

张明辉说:"你们家是在筹划房地产事业啊!佩服佩服!我想在单位里买一套三万多块钱的集资房,已经愁得不得了……"

"慢慢嚟咯!"白勇先用广东话说了句"慢慢来",然后继续用普通话说:"张兄的困难是暂时的,张兄你读书多,有文化,将来肯定会有大发展的……"

张明辉说:"多谢贤弟吉言,麻烦白老弟送我过马路,我现在可以自己走了,多谢!"

"稍等一下!"白勇弯腰帮张明辉装好了三轮车的链条,然后说:"链条是装上了,但这轮盘牙齿已经磨得太尖,转不了几圈还是要掉链子的,什么时候有时间换个新轮盘就好了。"

张明辉再次道谢:"谢谢你!"

"再见!"白勇招了招手,转身回去照看自己的生意去了。

64

在回家的路上,三轮车又掉了几次链子,张明辉骑一段路、推一段路,总算到了家门口。张明辉推开房门,一股浓烈的燃煤废气味儿迎面扑来。张明辉急忙打开房间内所有的灯,发现璞玉满脸通红,在灯光下微微睁开眼睛,说了声:"爸,我难受！"

张明辉悬着的心放下一半——孩子没事。再看可看妻子秀云，脸色正常，但还是喊了声："秀云！"

张明辉见妻子没有应声，就推了妻子一把，可妻子仍没有反应，张明辉心中"咯噔"了一下，心里一急，猛地一下把妻子推得翻了个身。这一下张明辉惊呆了，只见穿着秋裤的妻子臀部整个湿了，张明辉的脑海里闪过凶杀电影中的血腥镜头，但转念一想，妻子臀部湿湿的颜色不是血红色的。这让张明辉心里虽稍有慰藉，但还是慌得不得了，急忙跑到院子里喊父母。父母已熄灯休息了，听说出事了，二老都穿衣起来了，来到儿子的住处一看，母亲吩咐儿子说："明辉，快把后窗打开，门上的亮窗也打开，好通风。"

张明辉的父亲说："我去喊司机小王，准备一下，马上去医院！"

张明辉的父亲说完话就出去找人了，张明辉的母亲又说："明辉，你先去喊门岗老赵头，让他把大门先打开……你出去带上门，我给秀云换一下衣裳好去看医生。"

经过大夫及时抢救，张明辉的妻子脱离了危险，当晚就苏醒了。大夫对张明辉的父母说："你们发现得早，送得及时，她们母女二人现在状况良好，天明就可以出院了。"

听完医生的话，全家总算心安了。张明辉见妻子、女儿都睡着了，就想让父母先回去，而父母却一定要等天亮大家一块儿回去，张明辉只好陪父母在走廊的连椅上坐着。坐了一会儿，张明辉的母亲忽然说："秀云娘俩出了这事儿，我心里可难受！"

张明辉安慰母亲说："妈，这也是秀云自己不当心，那么大个人，连个煤火也记不住封好，要是我在家……"

还没等他把话说完，父亲便训斥道："你去哪儿了?!"

张明辉说："这几天连着下雪，今晚雪停，我出去摆摊儿了。"

父亲脸色稍缓和，又说："以后晚上最好不要出去摆摊儿了!"

张明辉说："爸，在冬季，除了双休日、节假日外，平时晚上我是不出摊儿的，但其他季节里，晚上我还得出摊儿……"

父亲想了想，最终还是松口了："总之，以后晚上再出去，一定要把家里安排好，方可离开家!"

张明辉说："爸，我记住了。"

母亲接着说："另外，你出去摆摊儿，也要给自己安排休息，不能一年三百六十五天，天天出去摆摊儿。"

张明辉说："妈，我尽力做到。另外，妈，您有时间找一下户口本，单位分房委员会要再核对一下户口。"

母亲说："等会儿天亮到家后我就找出来给你。对了，往单位里送户口本时，带的应该是你们三口人的户口本。"

张明辉诧异地问："我们三口人的户口本? 全家的户口不是在一个本子上吗?"

母亲说："你还不知道? 前些日子秀云把你们三个人的户口迁出去了，另外办了一个户口本。"

张明辉更加诧异了："迁出去了? 迁哪儿了? 为什么要迁?"

母亲说："没迁哪儿，户口还在咱们院子里，秀云只是给你们三个人另外办了一个户口本。"

张明辉有些生气："迁户口竟然不和我商量! 回头我把两个户口本重新合成一个本!"

父亲咳嗽了一声，然后说："算了。户口不在一块儿，你们有事的话，我和你妈照样管你们。"

65

过罢春节、元宵节，天气虽开始转暖，但昼夜温差大，晚上围在书摊儿看书的人很少。所以张明辉晚上基本不出摊儿了，总是白天在家门口附近的丁字路口搞他的图书交流。一个周一下午，由于光顾书摊儿的顾客不太多，张明辉开始分类整理现有的各种图书、杂志，正在独自忙活时，一个高个子青年男子骑自行车路过书摊儿，看了一眼张明辉，然后下车主动和张明辉打招呼说："老板，在这儿经营图书还可以吧？"

张明辉放下手中的书说："单位效益不好，出来摆个旧书摊儿，挣个生活费罢了。"

来客把自行车停好，仔细浏览了一下张明辉的书摊儿，然后说："老板的书挺全的，各类书都有……如果能再配上一部分新书，那就更能提升书摊儿的品位了……"

张明辉笑笑说："新书都是干干净净在书店里卖，要是把新书放在旧书摊儿上，新旧书一混搅，新书也变成旧书了，谁还要买？如果把新书当作旧书卖掉，那不亏本了？"

来客说："那你不要混搅嘛！你把新书、旧书分开管理。每次摆摊儿时，你把新书单独放在一块儿干净的塑料布上，每次收摊儿时你再把新书单独放在干净的书箱里，并注意每次收、摆摊儿时用鸡毛掸子掸去新书上的灰尘……这就可以了。"

张明辉说："你说的方法听起来可以，实际操作起来……况且我现在也没有多余的资金去投资新书，以后再说吧！"

来客说："好吧，我给你一张名片，上边有我的电话号码。如果以后想经营新书的话，就给我打电话……再见！"

张明辉接过名片，见上面简单印着"……图书批发……胡长江……"等字样，当时也没怎么在意，但还是把名片收了起来，放在能找到的地方。

过了一星期，仍然是周一的下午，搞图书批发的胡长江又骑着自行车来问张明辉考虑好了没有。张明辉回答说暂时不打算经营新书。尽管如此，胡长江却来得更勤了，每隔三至五天就来做张明辉的工作，最后居然答应先赊给张明辉几本书代卖，能卖得动的话，再谈长期合作的事。

张明辉认识胡长江一个多月后，终于赊到第一批新书。当然，都是名家的作品集，包括贾平凹、巴金、老舍、茅盾、路遥等的作品。不管怎么说，张明辉暂时拥有了这些名家的作品集。

看到这些名家的作品，张明辉真想找个属于自己的时间、空间去好好学习、研读一番。

张明辉记得，以前自己是拥有过这样的时间和空间的。想当年自己在省化工厂的四年操作工生涯中，利用省级大厂生活区里的图书馆，在业余时间也读了一点儿中外名著。中国的主要是四大名著《红楼梦》《三国演义》《水浒传》《西游记》（早在刚上初中时，张明辉就把父亲收藏的四大名著悄悄拿出来，生吞活剥般地彻夜狂读，后被父亲发现后，才暂停这种幼稚行动），还有《聊斋志异》《冯梦龙中短篇小说集》等，外国的是列夫·托尔斯泰的三部鸿篇巨制《战争与和平》《安娜·卡列尼娜》《复活》，还有维克多·雨果的长篇小说《巴黎圣母院》等。

总之，张明辉这四年的读书生活和大学本科的四年正规学习是大不相同的。在这四年里，张明辉是在没有老师指导的情况下，随意地选了一些名著来读，所以学到的知识并不系统。

当年张明辉休探亲假回到家时，父亲曾指点他说："明辉，名著嘛，也要读一些现代的，不能总读古典的，学知识要全面一点。"

张明辉当时口头上是答应了父亲，但仍然没怎么读现代作家的作品。所以，现在张明辉从胡长江发来的第一批新书中看到如此众多的现代作家的作品集，他的心中就产生了仔细研读的冲动。

冲动归冲动，时过境迁，张明辉现在已没有时间、也没有心情再去认真研究学问了。就像一个贫穷的小渔民，每天忙忙碌碌地撑着小渔船去打鱼，稍微打点儿鱼，要赶紧拿到市上换成钱，舍不得留一条鱼拿回家自己享用。

如此想来，张明辉就更加思念在省化工厂的四年操作工生活。现在看来，这四年特殊的生涯，对于张明辉的象征意义，是多么像高尔基的自传体小说《我的大学》啊！

66

转眼间，张明辉和胡长江合作快一个月了。张明辉经营的书摊儿，虽然新书量远没有旧书量大，但每日的新书成交金额却和旧书的情况相当，偶尔还会有大大超过旧书的情况。这样一来，张明辉感觉新书慢慢成了主营，而旧书倒渐渐变为副业了。

张明辉开始考虑加大新书的进书量。周一下午是胡长江时常路过的时间，张明辉决定在下午会面时，把自己的想法告诉胡长江。

周一下午，书摊儿照例没什么生意，但为了等胡长江，张明辉特意延长了摆摊儿时间。眼看红霞满天，即将日落西山，仍不见胡长江露面，正准备收摊儿时，妻子韩秀云下班路过书摊儿，得知情况后就对张明辉说："别等了，收摊儿吧！明天你不是还要去他家进书嘛！到时候再说吧！"

商商量量正要收摊儿，忽然有一个身着红色上衣，骑着红色小坤车的青年女子仿佛天际间的一片红云飘然而至。红衣少女浏览了一下书摊儿，又翻看了几本书，然后对张明辉说："老板，在这儿摆书摊儿还可以吧！这一段时间胡长江给你供书不少嘛……哦！我也是做经营图书批发生意的，也在瀛洲村住，胡长江在中街住，我在后街住，就是最南边那道街。最近胡长江业务量大，突然得了脑出血，住院了，业务也就停了。如果你需要书的话，可以到我那里看看，我这边的书也挺全的，有些书的批发价比胡长江还要低……对了，这是我的详细住址，请收好……再见！"

红衣少女驾着"红色祥云"复归"天际间"时，韩秀云拿起名片念道："……图书批发……王红霞……以后你就在她那里进书？胡长江得了脑出血？可惜那一表人才了……对了，明天上午我休班，我要和你一块儿去王红霞家进书！"

听到妻子这样说，张明辉疑惑极了。妻子从来都不管这些事，今天是怎么了？便问道："你去干什么？"

韩秀云说："我去看看。"

张明辉忽然想起自己有一次进旧书时，妻子曾要求一定要一块儿去，并且带了孩子，三个人一块儿前去。当三个人到了旧书现场——铁拐李所在的大杂院前面一个更小更破的"小杂院"门前，现场的情景呈现在三个人面前。低矮的土坯墙被雨水冲刷得更加低矮，酷似一座盆景假山，墙的最高处才刚到女儿胸部，墙的最矮处（已不能称其为墙）是墙的一处豁口，甚至可以直接进人了（小女儿刚要从豁口进去，被妻子伸手拉住）。小门楼倒是砖瓦齐全，门框也完好，只是没有门。院子里堆放了几处杂物，还有几架木制的废旧架子车的车梯，两排厢房都是土坯瓦房，没有上房，上房的位置是一道完好的土坯墙（土坯墙的跟脚是石头的，而顶部则是砖瓦的，就这一道墙比小杂院里所有的建筑都坚固，显然是邻居家的不动产）。张明辉见院中停了两辆三轮车，并且两排厢房门口搭建的厨房上空都有炊烟升起，就知道院中有人，就决定先把小杂院的业务做了，再去铁拐李他们的大杂院。

张明辉从门楼进了小杂院，女儿璞玉正要跟进，被妻子韩秀云拉住，然后说："你自己去吧！我们不去了，就这么个破地方……"

女儿璞玉却说："妈，这里好玩儿，就像童话世界……我要跟爸爸进去玩儿……"

"这地方有什么好玩儿的！快走！快走！"韩秀云说完拉着女儿走了，从此再也没有"光顾"这个地方。

一夜无话，第二天上午，张明辉带着妻子韩秀云按照王红霞留的地址找到了家里，临街的家门普普通通。张明辉敲了敲门，没多久，一位五十多岁的老伯开了家门，老伯慈祥和蔼，身体硬朗，使张明辉一下子就想到了苍劲有力的毛笔字。

老伯问："你们有什么事？"

张明辉连忙说："我们是在丁字路口摆书摊儿的，昨天下午，王红霞女士来我们书摊儿发名片……这是名片。"

老伯说："不用看了，你们进来吧！"

张明辉和妻子韩秀云随老伯进了门，穿过临街房子的过道，来到院子里。院子虽然不小，但三面都是三层的楼房，只有一面是围墙，给人一种倾斜的拥挤之感。老伯领张明辉和韩秀云来到上房的一楼，房内和房外的情况一致，都没有装修，房间显得大而空，没有沙发，也没有其他时尚家具，仅靠墙放了些杂物。屋子中央放了一张小方桌，小方桌周围随意放了几只小凳子和几把小椅子，有一个看上去四十岁左右，留头一头乌黑鬈发且满脸络腮胡子的中年男子正坐在一把椅子上喝水。

老伯给张明辉介绍说："这位也是搞图书的，既在家里搞批发，也自己出去摆书摊儿，同行们都称呼他'大胡子老马'……"

大胡子老马赶紧站起来说："哎呀蒋老伯！在您面前我只能称'小马'，我那个绰号都是您儿子海军他们起的，您不能叫……"

蒋老伯说："大家都坐吧！先喝着水，海军跟红霞出去有点事，马上就回来了，坐吧！坐吧！"

大家都坐定后，蒋老伯就到院子里忙别的去了。张明辉在和大胡子老马闲聊时得知，王红霞是蒋家未过门的儿媳妇，而蒋家的独苗蒋海军天生嘴上有个豁口，说话跑风、口齿不清……

张明辉问："口齿不清？那他怎么做业务？"

大胡子老马说："主要业务都由王红霞来做，这姑娘虽然来自偏远山村，但聪明伶俐着呢！她带着蒋豁子省城、县城到处跑，有时还单枪匹马去跑业务……"

韩秀云搭话道："真是深山出俊鸟，今天我算来对了，待会儿我要好好见见这位大人物……"

韩秀云的话音未落，大家忽然听到院子里有杂乱的脚步声，接着有青春爽朗的女声飘进屋里来："我早上出门听见喜鹊叫，原来是贵客到了……"

随着声音，风风火火进来一位青春女性，留着很中性很帅的剪发头，上身穿花格子休闲衫，下身穿牛仔裤，脚穿白色旅游鞋。张明辉感觉来人面熟，韩秀云却一眼就认出来人，起身离座说："红霞妹子，你回来了！"

王红霞热情地拉住韩秀云的手说："嫂子，你领着我哥过来了！让我给我哥介绍一下，这是我家当家的……蒋海军！快进来！在自己家里还认生……"

随着"咴啦、咴啦"旅游鞋摩擦水泥地的声响，进来一位年轻小伙子。中等个儿，留着小平头，上身穿灰色夹克，下身穿牛仔裤，脚穿灰色旅游鞋，整个人除了上嘴唇稍有缺陷外，其他一切正常。张明辉觉得他是挺利落的一个小伙子。

张明辉连忙起身离座寒暄道："蒋老板挺忙的！"

蒋海军热情地握了张明辉的手，好像在说"快过！快过！"，张明辉一时不知所措。王红霞热情地解释说："我当家的是在请大哥'快坐'，以后大家接触时间长了，就能听懂了！"

张明辉连忙说："不坐了，大家都挺忙的，我们去看书、选书吧！"

王红霞说："也好，那咱们上二楼吧……大胡子老马！你是来调书的吧？你以前说过，但我这里只有你需要的一部分，想看的话，一块儿上楼看看！"

大胡子老马说："一部分就一部分吧！既然来了，当然要看看！"

大家到了二楼，王红霞掏钥匙开了楼梯口一个房间的门。张明辉随大家进了房间，看到书的种类确实不少。除了从胡长江那常进的纯文学类书籍外，还有不常进的其他一些杂书，什么《周公解梦》《古今秘方》等等一应俱全。张明辉感觉既然是搞商业经营（不是以前在省化工厂的图书室搞"文学冲浪"），就应该门类齐全一点儿，所以对王红霞的图书系列还是很感兴趣的。王红霞则认为张明辉是第一次来进书，所以对张明辉的态度比起对大胡子老马来说要热情得多。正当王红霞在热情地给张明辉介绍图书的各个门类及其在市场的销售情况时，韩秀云忽然扔下一句："你们看吧，我还有事，我先走了。"就独自出了房间，然后下楼梯走了。

房间里的人——除了张明辉以外——全都傻了……

王红霞小心翼翼地看着站在原地未动的张明辉问道："嫂子怎么了？"

张明辉苦笑着摇了摇头："没事儿！你们不习惯，我早已经习惯了……好了，你继续介绍你的书吧！"

王红霞用不放心的腔调说："您不走？"

张明辉说："我当然不走，她走不代表我也要走，我今天是来进书的，进不到书的话，我会走吗？"

王红霞很不自然地说："嫂子走了，没人给您当参谋了，那就请您自己挑选吧……"

张明辉一边选着书，一边很想给王红霞解释：自己妻子这么突然离去并不是存心给大家难堪，按照妻子的本意，她是不想打扰大家的工作，想一个人低调离开。然而事与愿违，却造成了大家都难堪的局面。

张明辉感觉这些话只能想想，怎能对外人说呢？

张明辉忽然又联想到关于妻子的和目前情形类似的另外一个场面。那是八年前，正是张明辉"公瑾当年，小乔初嫁了，雄姿英发"之时，有一次他和妻子及两个小姨子，四个人一起徒步出行。途中，两个小姨子因某事和张明辉讨论起来，后来讨论开始热烈起来，张明辉的妻子也就开始故意放慢脚步与大家拉开距离。再后来讨论越来越热烈，张明辉的妻子和大家拉开的距离也就越来越远，终于有一个小姨子看出了端倪，回头开口叫道："姐，你怎么越落越靠后？跟上啊！"

韩秀云磨磨蹭蹭地跟了上来，然后说："你们谈兴正浓，我不想影响你们……"

另一个小姨子也暂停了和张明辉的谈话，回头说："姐，你怎么会影响我们呢?! 你想到哪儿了! 大家都是自己人，这么拘谨干吗……"

思绪拉回，张明辉在王红霞的图书储藏室选书时发现了不少国学经典，映入眼帘的是：《诗经》《孝经》《道德经》《论语》《弟子规》《千字文》《三字经》《百家姓》《颜氏家训》《增广贤文》《古文观止》……

张明辉心想：太好了! 时下人们热衷于研究舶来文化，倒是不够重视自己民族的传统文化。这下好了! 自己把这些国学经典书籍全部进回去，肯定对弘扬国学和扭转世风能起到一定作用的。

67

张明辉在王红霞家连续进书两个月后，他书摊儿上的新书，无论是数量，还是质量（内容）都远远超过了旧书，新书彻底变为主营。由于近两个月来新书业务比较忙，所以这一段时间张明辉没去收集旧书，旧书越来越少，交易量也越来越小。最后，张明辉索性把剩余的旧书放在家里不带了，每次出摊儿只带新书，"移动旧书店"彻底变成了"移动新书店"。在顾客少的时候，张明辉就幻想着，什么时候"移动新书店"能再进一步，变为"固定新书店"，那就好了……

这一天又是周一，张明辉的顾客照例不多，上午把书摊儿摆开，分类整理好，然后接待了三五个顾客，一晃就到了中午。

张明辉在街上买了一碗浆面条，从书车中取出随车带的干粮，午饭也就备齐了。吃罢午饭，腹中浆面条的热力以及初春阳光的温暖使张明辉昏昏欲睡。蒙眬中，张明辉忽然想起以前看过的一部香港励志影视剧，说的是一个男青年起初背着一只小木箱走街串巷卖化妆品，最终开了一家百货公司的故事……

"眼镜！梦见周公了？"一个熟悉的声音把张明辉重新拉回现实中。张明辉不情愿地睁开了双眼，原来是大胡子老马正推着自行车来到书摊儿前。

"原来你是骑着'远看是条龙，近看铁丝拧'来了，没踩着燕子过来？"张明辉扶了扶眼镜，然后开玩笑说。

"什么燕子……你是说'马踏飞燕'？我哪有那本事……哎！你的书摊儿全部变成新书了，一本旧书也看不到了嘛！"大胡子老马一边浏览着张明辉的书摊儿，一边说。

"大胡子老马，今天怎么有空闲时间出来转悠，不用摆摊儿了吗？噢！专业在家里搞批发了，有嫂子帮你看着，你就可以出来云游了……"张明辉一边说着话，一边把自己平时坐的小凳子递了过去。

大胡子老马摆了摆手，意思是"不用小凳子"，然后坐在自己自行车的后座上说："我这一段时间主要是晚上在中州桥的夜市上摆摊儿，白天嘛！市郊周边的乡镇有会的话，去赶会，其他时间就不怎么出摊儿了……"

张明辉连忙问："晚上在中州桥又可以摆摊儿了吗？没人查了吗？"

大胡子老马说："谁查呢！现在下岗工人越来越多，总不能不让人吃饭吧！我倒是没事，真不让摆摊儿的话，我在老家还承包着几十亩苹果园呢，饿不着。苦就苦了你们这些一无所有者了……不过暂时还是让摆摊儿的，前几天，中州桥头那个胶鞋厂的一部分下岗职工，大白天把大马路堵了，主干道的交通中断了好几个小时，市里正为这事头疼呢！谁还敢在晚上去查夜市？"

张明辉又问："夜市生意咋样？"

大胡子老马说："当然好了，现在天气暖和了，晚上摆摊儿的人特别多，转悠的人也特多。晚上我熬的时间长，白天就基本不用出摊儿了……对了！以前你在我这儿订的什么'智商'，对了！是《情商》，现在到了，你什么时候去家里取？"

张明辉想了想说："这样吧！你今晚出摊儿多带几本《情商》，我也出摊儿，晚上见面取书。"

大胡子老马从自行车后座上直起身来，抬腿跨上了自行车车座，伸手扶正前把手，然后说："晚上夜市见！"

吃罢晚饭，张明辉把自己的"移动书店"移动到了中州桥夜市。久不出夜市，猛的一下出摊，张明辉有一种落伍的感觉。夜市虽然繁华兴盛，却没有自己摆摊儿的位置，远远望去，自己原来摆书摊儿的小广场早已被一个电动小动物玩具车经营者所占据，现在，快乐的儿童们正骑着这些玩具车满广场跑呢！小广场前面的非机动车道的两侧也早已摆满摊位，连非机动车道的正中也零零星星地摆了一些小的摊位——现在是"一街三行"都是生意。

"眼镜！看什么呢？那边没位置了，挨着我的摊位摆吧！"张明辉回头一看，见露天舞场的外围，暗弱的光线下摆了一个很大的书摊儿——原来是大胡子老马在打招呼。

张明辉先在大胡子老马的书摊儿上取了几本《情商》，按批发价付过钱后，又朝小广场那边望了望，没办法！也只能挨着大胡子老马的摊位摆了。

张明辉把自己的书摊儿摆开后，不到半个小时就卖出去了五本书，一个小时后，十几本书被顾客买走。而大胡子老马的情况却不太乐观，他的书摊儿大，看书的人确实不少，一批批看书的人在散去前总要再光顾一下张明辉的书摊儿，有买书的，最后就在张明辉的书摊儿上成交走人。说也奇怪，自从张明辉挨着大胡子老马摆开书摊儿一个多小时以来，大胡子老马的书摊儿上竟然没有卖出去一本书。

在大批看书人散去的间隙，大胡子老马来到张明辉的书摊儿旁说："眼镜，真是奇了怪了！我那书摊儿比你这书摊儿大好几倍，竟然没人去买，这么多人都跑到你这小书摊儿上买书，这是什么原因呢？"

张明辉想了想，才开口说："你那书摊儿规模够大，但太乱，各种书不分类，顾客很难找到需要的书。卖书不同于开杂货铺，当你看到有顾客翻看你的书时，你要主动询问顾客需要哪方面的书，问明白后多拿出几本与顾客要求相接近的书，并大致介绍一下书的内容……"

大胡子老马挠了挠头，然后说："照你这么说的话，咱们卖书的平时还得多读读书……可我认识的卖书人——你除外——都是不读书的……哪有时间啊！平时大家都忙的不得了……怪不得咱们同行和不同行的摆摊儿人都说眼镜很会卖书本……"

张明辉说："'卖书本'？咱们卖书的可不仅仅是卖个书本、卖个物件，咱们是通过这个物件，这个书本的交易把此物中所承载的厚重的内容和知识传递给读者……"

大胡子老马说："好了！你这一上岗，我也该下岗了……今天下午刚去火车站接了货，累得很，如果不是给你捎《情商》，今晚我就不出夜市了，眼镜，我要收摊儿了……"

张明辉连忙说："先别收摊儿！你这一大摊儿摆一回多么不容易，既然摆上了，晚一会儿再收……要不这样，我嫌你这儿光线暗，准备到对面小广场前面那里去摆，那儿光线好，我看中间那一行还有位置，正适合我这小摊儿去摆……"

张明辉正和大胡子老马商议迁移书摊儿的事，忽然从露天舞场的外围人流中闪出一人来。来人中等个儿，驼背，暗弱的光线下看不清面孔，仿佛《巴黎圣母院》的敲钟人卡西莫多忽然来临。

"卡西莫多"走出人流对大胡子老马说："大胡子老板想挪摊儿吧？让我来帮你们怎么样?!"

大胡子老马说："得了吧'佐罗'！我们哪敢麻烦'大侠'你呢！上一次你强行帮我收摊儿，竟然要我五十块钱……"

这时，一辆大货车从主干道上疾驶而过，车灯的余光打在"卡西莫多"的脸上，张明辉看清驼背人比书中描绘的卡西莫多英俊多了，脸上确实有几分佐罗的英武，不过，这应该是一个"驼背的佐罗"，张明辉想。

驼背的佐罗说："哎呀呀！大胡子老板怎么这样小气呢！那五十块钱是我临时借老板你的，回头我就还你！"说完又用狼觅羊羔的目光搜索着张明辉的书摊儿和书车说："那位眼镜老兄最近不怎么出夜市了，我正好也去那边溜达，大胡子老马，回头见……"

68

驼背的佐罗溜达到对面好久了，张明辉一边收着书摊儿，一边心中犹豫，还要不要迁移到对面去摆。可是自己已经和大胡子老马商量好了，总不能因为一个驼背的佐罗就取消行动。开弓没有回头箭，纵使他驼背的佐罗有千条计，咱只要多注意也就可以了。想到这里，张明辉正好收完了书摊儿，于是，告别了大胡子老马，推着书车开始向那"一街三行"之处进发。

在小广场的边沿有一个卖袜子的摊位，这个摊位是张明辉以前在小广场上卖旧书时就已经熟悉的。摊主是一位又高又胖的青年妇女，然而这位摊主却不常在摊位上露面。每次出摊儿时，她总是把袜子摊儿的钢丝床放好，货架绑好，各种袜品上全后，就把整个袜子摊儿交给自己又瘦又小的丈夫照看，而她自己则回家做家务或干其他事情，有时就干脆由她的瘦小丈夫独自出袜子摊儿。

张明辉推着书车来到小广场边沿，跟瘦小的袜子摊儿男摊主打了声招呼，又瞅了一眼驶着儿童们满广场跑的玩具车。袜子摊儿男摊主说："现在小广场上摆不成了，不过你是卖新书，占地儿小，就在中间那一行摆，没事！先把你那钢丝床在中间那一行支好，书上好后把三轮车推到我的袜子摊儿后面，我帮你看着……"

张明辉道了声谢，连忙把书车推到非机动车道正中，一边从书车上往下搬钢丝床，一边想：政府真是容忍下岗职工到了极点了，居然可以在路中间摆摊儿！但这绝对不会长久，管他呢！能摆一天是一天……

张明辉把钢丝床支好，用两块三合板盖严实钢丝床的网眼，然后在三合板上铺了一块儿洁白的的确良布，接下来就可以按顺序分类摆书了。张明辉一边摆着书，一边用余光查看自己的"邻居"，中间一行，张明辉书摊儿前后的其他摊位都比较远。小广场一侧的近邻当然是袜子摊儿，主干道与非机动车道之间，花池一侧的近邻是一个很大的玩具摊儿，玩具摊儿的长度有袜子摊儿的两倍还多，宽度也比袜子摊儿宽许多。玩具摊摊主四十岁左右，面孔微黑，现在正聚精会神地整理着地摊儿上的各种玩具，对书摊儿的突然入驻没有任何反应，好像张明辉和他的书摊儿根本不存在。

张明辉暗自庆幸自己的入驻行动得到了近邻的友好支持和中立默许，高高兴兴地把下完图书的空书车推到袜子摊儿后面。当张明辉返回自己书摊儿时，已有好几个顾客拿着书想找摊主询问书价了。张明辉正要接待顾客，忽见玩具摊摊主跑过来，一把从其中一个顾客手中夺过书，并在空中晃动着书说："这书不卖啊！大家都散了吧！"说完，随手把书撂到书摊儿上，扬长而去。

顾客们面面相觑，纷纷把书放回书摊儿，恋恋不舍地回头望望书摊儿和张明辉，准备离开。

张明辉先是一惊，接着是火冒三丈，正要去理论，忽见自己内弟韩时雨骑着一辆自行车，后座上带着一个装得鼓鼓囊囊的大编织提袋，他先行靠临玩具摊，并开口说："老伙计！路中间这一行摆书摊儿的是我姐夫，大家都是自己人，照顾一下！"

玩具摊摊主连忙说："原来是你姐夫？我不知道，那摆吧，摆吧！刚才主要是看书人多，我怕踩了玩具，既然大家都是自己人，那摆吧，摆吧！"说着话又出了玩具摊来到张明辉的书摊儿前，重新拿起刚刚撂下的那本书在空中来回晃动着，"这儿的书好得很！想买赶紧买啊！要问价钱请问我的朋友眼镜先生！"

准备离开的顾客纷纷回头，另外又增加了一些新的顾客，一时张明辉的书摊儿生意非常火爆。在顾客来往的间隙，张明辉忽然发现自己内弟韩时雨在中间一行，紧挨着自己的书摊儿摆了一个很小的玩具摊儿。张明辉连忙问："时雨，你怎么也摆起摊儿来了？你不是上着班吗？"

韩时雨从大编织提袋里取出最后一个玩具，边往摊位上放边说："我是上白班和后夜班的时候才临时出来随便摆摆，有事就不摆了，没个准儿。哥，我摆摊儿挣钱是次要的，主要是找个乐子，不管怎么说，总是比下班没事'搬砖搓麻'强吧！"

"没错，是这样……"张明辉边说边接过内弟的自行车，也推到袜子摊儿后面，和自己的空书车锁在了一块儿。

张明辉在锁车时听到自己母亲和韩时雨的说话声，回头一看，原来是母亲和学校的几个同事晚上出来散步路过书摊儿。张明辉忽然想起每月准备的集资房款还没有交给母亲（张明辉的集资房款每月共需准备一千元，张明辉准备三百元，余下的七百元由母亲垫上统一存入银行）。

张明辉需要准备的三百元已经在口袋里装了好几天了，一直没有时间交给母亲。张明辉的父母在春节过后，从原来居住的小院搬到学校里新建成的住宅楼。张明辉自己一家三口继续在原来的小院居住一个多月后，因小院面临拆建新楼，也离开了原来居住的小院，一家三口在瀛洲村里临时租了间房子，等待张明辉单位新集资房的落成。

"妈，等一下，把这钱带上，我这几天没时间过去。"张明辉锁好车，然后赶到就要离开的母亲身旁说。

"这是啥钱？"母亲问。

"郝老师！您管它啥钱，孩子给您，您就接住。"和母亲一行的其中一个同事说。

"妈，这是我那集资房钱。"张明辉解释说。

"那我给你收着。"母亲接过钱说。

母亲一行走了以后，张明辉感觉一身轻松——总算又完成一件事。

"张老板！生意好吧？"张明辉回头一看，是自己的图书供货商王红霞和未婚夫蒋海军从桥上走了过来。

"还行吧！比刚来时在大广场那边好……"张明辉说。

"大家都在啊！'豁子'也来了！你们俩知道吗，刚才在大广场那边我被眼镜打败了！"大家回头一看，原来是大胡子老马也过来了，"真没想到，就他那几本书，摆在钢丝床上，就像河边的小木船，而我那一大摊儿书就像海洋里的大炮艇，没想到'小木船'能战胜'大炮艇'……"

"我俩是在桥上摆摊儿，看见不断有顾客带着新买的书从桥头小广场附近上桥，路过我俩摆的书摊儿时，总是看的情况多，买的情况少，我俩一看这势头，就感觉可能是眼镜开始出夜市了……"王红霞说。

说了会儿话，大胡子老马说太累了，要收摊儿回家了。王红霞也说，也该回桥上书摊儿了，麻烦邻摊儿人照看时间不短了。

搞图书的同行们都散去后，张明辉也感觉实在是太累了。于是，和内弟韩时雨打了声招呼，也开始收摊儿。张明辉忽然想起自从自己把书摊儿从大广场附近迁移到小广场附近，驼背的佐罗再也没有出现过，看来还是俗话说得好："越是怕，鬼来吓"——你不怕他，他也就不敢来了。

69

第二天，张明辉因为家里有事，所以出夜市比往常晚了将近一个小时。当张明辉推着书车到达小广场时，首先发现自己昨晚摆摊儿的位置仍然空着，更庆幸的是内弟韩时雨已经提前摆好了玩具摊儿。张明辉欣喜万分地开始摆自己的书摊儿，内弟韩时雨走过来说："哥，夜市上有个闲人，外号佐罗，常在夜市上溜达，你认识吗?"

张明辉说："见过一面，有什么事吗？"

韩时雨说："是这样，今天你来晚了，我比你稍早了一会儿，但咱俩的位置还是被别人占了。当时我找抢占摊位的人理论，好说歹说总算腾出很小一个位置，我连摆玩具摊儿都困难，但无论再说什么，人家都不再理会。我正犯难时，佐罗走过来对抢占摊位者说，'朋友，随意抢占别人的摊位不好吧？'

"抢占摊位的汉子膀阔腰圆，双手叉腰，仰面朝天说，'大路朝天，各走一边——你少管闲事！谁抢谁的摊位？！我来时这个地方空着，谁的摊位也不是！'

"佐罗摘下墨镜，别在自己黑衬衫的领口上，也双手叉腰说，'今天这事我管定了！这是我眼镜朋友的摊位，经常在这里卖书，你最好让开，到别的地方去摆摊儿，免得大家不愉快。'

"抢摊儿汉子猛地举起身边的凳子，恶狠狠地朝佐罗砸去，大家心想，这一次佐罗要重重挨一凳子。哪知佐罗并不跑开，只是迅速立起身子，一头撞在抢摊儿汉子那大西瓜似的肚皮上，抢摊汉子连连倒退好几步，连人带凳子摔在自己那张又锈又破的钢丝床上。破钢丝床被压倒，贴在地面上，从压瘪的钢丝床上滚落几个旧包裹，看着鼓鼓囊囊，不知道里面包的什么东西。

"抢摊汉子一骨碌从破钢丝床上爬起来，指着佐罗说，'有种你等着！'

"抢摊汉子说完话，丢下烂摊子，一溜烟跑了。没过多久，领着一群穿得脏兮兮的半大孩子，七嘴八舌，脏话连天，气势汹汹地扑向佐罗，大家都觉得这一下佐罗肯定要吃亏了。

"哪知佐罗今天的表现倒真像个'大侠'，三下五除二就把这群人打得落花流水，带着破钢丝床、旧包裹四散奔逃……

"大家先是惊奇，慢慢就开始怀疑，因为大家平时和佐罗接触多了，知道他不会有这个行为，也没这个本事，便纷纷议论说今天真是太阳从西边出来了!

"哥,不管怎么说人家佐罗今天是为咱的事出的头,等会儿见佐罗了,跟人家说几句客气话。"

张明辉回答:"那是自然!"

张明辉刚在钢丝床上把各类书依序摆好,就有八个顾客围住钢丝床开始翻阅各自喜爱的图书。张明辉只能站在床头(或者床尾)给大家介绍各类书籍,偶尔会有第九个顾客出现在床的另一头,然而大抵都觉得查阅书籍很不方便,就自言自语地说声:人太多了!等会儿再来。

张明辉的书摊儿刚刚卖出去几本小型图书及杂志,新来的顾客刚刚占领"阵地",不识字的清风就开始和顾客争着翻书。风力逐渐加大,清风变为狂风,竟有一片树叶随狂风卷入其中一个顾客所翻的书页之间。这位顾客小心地从书页之间拿掉树叶,然后把书整理好后放回书摊儿,看了一下夜空,提醒张明辉说:"老板,天要变,该收摊儿了。"

那顾客离开书摊儿后,其他顾客也一个接一个,恋恋不舍地离开了书摊儿。

狂风刚起,韩时雨就三两下收好了自己的小玩具摊儿,现在见姐夫的书摊儿上也没了顾客,就说:"哥,咱把书摊儿收了吧!再不收的话就来不及了……"

张明辉也抬头望了一下夜空,见原来万里无云的夜空,现在仿佛哪位丹青高手正在作水墨画,而天边一堆浓墨正以排山倒海之势压过来,即时就要泼墨。看了这情形,张明辉对内弟说:"时雨啊!已经来不及了,不过没关系,最近我买了两块很大的塑料布,可以把书摊儿和书车严严实实地盖住,只要盖好、压好,再大的风雨也不怕……"

张明辉急忙跑到小广场边书车那里,迅速从书车里取出两卷塑料布，展开一卷，把书车连同内弟的自行车一块儿盖好，又摸出一个塑料提袋，塑料提袋里装着大小、材质不一的各色晾衣夹子。张明辉取出几个晾衣夹子，把展开了的大塑料布固定在书车和自行车的关键部位，然后拿着另一卷塑料布和剩余的晾衣夹子跑回书摊儿。韩时雨一边帮张明辉展开大塑料布一边说："这么大啊！就是折一下，用双层来盖也绰绰有余啊！"

张明辉说："我本来就是打算用双层来盖的，塑料布长期使用易磨损，新买的塑料布上也可能有没发现的微小破洞，如果用双层塑料布来盖书摊儿，就可保万无一失。"

韩时雨一边帮张明辉把大塑料布折叠成双层，一边笑着说："哥啊！真有你的！"

两人用双层塑料布把书摊儿完全盖好后，正准备把盛满各种儿童玩具的大编织提袋撤离到"安全地带"，忽然佐罗出现在书摊儿旁边，双手把钢丝床的一头抬离地面并示意张明辉说："眼镜老兄！你们就这样离开了？应该先把书摊儿抬到避雨的地儿……"

张明辉连忙说："谢谢佐罗大侠！赶快放下钢丝床，钢丝床很软，易变形，再加上书很沉重，现在塑料布已盖好、夹好，如果硬抬的话，塑料布就要扯烂，眼看大雨将至，后果不堪设想……"

佐罗不情愿地放下了钢丝床，本来就驼的背，现在显得更驼了，讪讪地说："对不起！看来我是帮倒忙了……"

韩时雨用肩膀碰了一下张明辉，张明辉忽然想起今晚刚摆上摊儿时，韩时雨说到的关于佐罗大侠的"义举"，于是连忙说："没有帮倒忙！你这次帮了大忙了，今晚如果不是你帮忙，我怎能摆上书摊儿？多谢佐罗大侠了……"

佐罗说："谢什么！我和大家一样，也很敬佩眼镜先生的为人，总想着能为先生做点儿什么，今晚遇到这事，我当然是义不容辞了！"

韩时雨看了一下夜空，又看了一下夜市上加快了步伐的行人以及慌慌张张收摊儿回家的摆摊人，然后说："马上要下雨了，找个避雨的地儿再谈吧！"

佐罗同张明辉和韩时雨来到一家商店门前避雨，商店已经关门，来这里避雨的人很多，其中不少是常在夜市上摆摊儿的摊主。大家都认识张明辉，看到尾随在后的佐罗，大家忽然对佐罗刮目相看，也就当着张明辉的面纷纷对佐罗大加夸奖。佐罗见得到大家的赏识，趁机哗众取宠地说了很多"慷慨激昂"的话。末了，雨停人散，韩时雨要帮忙收书摊儿，张明辉说："时雨，你明天还要上班，就先回吧！这些书都是分类摆放，我还要大致分类再收起来，人多了反而会搞乱类别……"

佐罗说："你放心回吧！我来帮你姐夫收书摊儿，反正我也没事儿！"

韩时雨看了一眼佐罗，眼神流露出一丝怀疑，但最后还是说："那你要仔细一点……先谢谢了！"

韩时雨走了以后，张明辉见佐罗不停地围着书摊儿转圈圈，仿佛一只饿久了的野狼围着装满食物的铁笼子打转，正在搜寻方法，好吃到铁笼子里的食物。张明辉摇了摇头，最终还是说："佐罗大侠！我先把固定塑料布的夹子去掉，然后麻烦大侠帮我把塑料布从书摊儿上揭开，放在一边，余下的事就不用麻烦佐罗大侠了。"

"这个容易！"佐罗见张明辉去掉了最后一个夹子，就迫不及待地猛一下揭开了塑料布的一角，由于用力过猛，塑料布上的存水一下子流到最靠边的一本书上。佐罗好像烫到了手似的放开了塑料布，塑料布上剩余的存水又回到原来的低洼处，在那里不安分地来回晃动。佐罗鼓起勇气，一只手迅速拿起被水打湿的书本，另一只手急忙在书本的封面上擦来擦去，结果不擦还好，一擦反而在崭新的封面上留下一道道黑色印痕，这一下佐罗彻底傻眼了，拿着被自己弄脏的书本，不知所措。

"还好，这本书的封面是过塑的，如果是别的书，这一下就毁了。"张明辉接过被弄脏了的书本，从口袋里掏出雪白的纸巾，先轻轻在书的封面上沾了沾，然后把纸巾折叠，仔仔细细地给自己的爱书擦了把脸。

"谢天谢地！总算没有毁坏眼镜先生的书……"佐罗如获大赦，两只手不停地搓着，不知该做什么，眼看着张明辉自己小心地排掉塑料布上剩余的存水，然后又自己慢慢地卷起塑料布从书摊儿上拿了下来，佐罗急忙接住塑料布说："让我帮助眼镜先生整理塑料布！"

张明辉犹豫了一下，还是把塑料布递给了佐罗，佐罗三下五除二就把塑料布团成一团，张明辉在心里摇了摇头，但还是说了声："谢谢。"

得到张明辉的"谢"字，佐罗兴奋得忘乎所以，又开始不停地围着书摊儿转圈，佐罗转着圈儿忽然感觉这一片水泊中的书摊儿就像传说中的酒池肉林……

佐罗不由得开口说道："眼镜先生！实在不好意思，本人有一事相求……"

张明辉一边整理着各种图书一边说："请讲。"

佐罗用手搔了搔后脑勺，然后说："是这样，小弟我家有八十岁的老母现在卧病在床，因无钱医治奄奄一息，烦请眼镜先生借小弟我两千块钱，好给老母治病……"

张明辉乍一听，佐罗的话语极像某部武侠小说中的自白，可佐罗看上去也就二十岁出头，竟说自己的母亲已经八十岁了，怎么可能呢？但俗话说得好，看透不说透，还是好朋友，何必揭穿他呢？于是张明辉随着对方的话说："原来是这样，那刚才在那边避雨时，那么多熟人在场，你为什么不说出来！大家也好给你凑一凑啊！这样吧！我今天出摊儿晚，又遇上了下雨，只卖了几本书，书钱连同我原来的流动资金也就六十多块钱，你先拿着，虽顶不了什么大用，即便是给老人家买点儿营养品也是好的……"

张明辉说着话就开始掏钱，佐罗往旁边一扭头，好像失望极了，随即又慢慢转回头来，两眼直盯住张明辉正在掏钱的手——即使吃不到肉，能喝点儿汤也是好的。

70

"爸爸，您淋雨了没有？"张明辉已经摸到自己口袋里的钱，正要往外掏，忽然听到女儿璞玉的声音，回头一看，女儿璞玉一只手打着一把小红伞，另一只手拿着一把很久以前的黑色西式雨伞。看到女儿拿着自己结婚前曾经用过的雨伞，张明辉心中有一种说不出的滋味。女儿边呼喊边跑过来，后边跟着一个打着浅蓝色雨伞的人，张明辉看清，那是自己的妻子韩秀云。

"孩子，慢点儿跑！你爸爸有雨衣，不急着用伞。"妻子韩秀云边跟着跑边喊。

"玉儿，慢一点儿！这儿有一个雨水井没盖子，绕着走！刚才下大雨时爸爸去那边避雨了，没被雨淋到……"张明辉在口袋里的手放开了就要被掏出的六十多块钱，伸手扶住快速跑过来的女儿，并接住女儿给自己送的伞。

"那您的书怎么样了？"女儿睁大了眼睛，关心他问道。

"书也没事儿！爸爸预先带有大块儿塑料布，下大雨前就把书完全盖好了，一点也没被雨淋到……"张明辉解释说。

"倒是大雨停后，我帮你爸爸揭塑料布时，用力过猛，弄湿了一本书。实在对不起，我的小公主！"佐罗就像电影中佐罗对待尊贵女性那样很绅士地说。

张明辉见女儿璞玉瞪了佐罗一眼，连忙又解释说："那本书的封面是过塑的，爸爸已用纸巾清理干净，现在完好如初……"

佐罗见张明辉的女儿面色缓和，急忙回头对张明辉说："眼镜先生，打搅了！兄弟告辞……"

张明辉连忙说："哎！这六十多块钱……"

佐罗转身，先摇了摇头，又点了点头，说声"回见"，话音未落就像泥鳅一样抽身溜了。

韩秀云看着孩儿她爸目送佐罗离去的神态，沉思片刻后说："对了，璞玉班里要发辅导材料，需要六十块钱，你已经知道了？"

张明辉本能地点了点头，感觉不妥，连忙又摇了摇头。

韩秀云有点儿不耐烦了，说："你又点头又摇头，孩子需要六十块钱买辅导材料，这事儿你到底知道吗？"

张明辉说："这事儿嘛！以前听别的摆摊儿师傅说过，现在你一说就更清楚了……"

韩秀云说："你既然知道了，那就把钱给孩子吧！"

张璞玉说："妈，老师说最晚后天交钱，爸爸只要后天早上给我六十块钱就行了。"

张明辉说："玉儿，这样的话，爸爸就后天早上给你六十块钱，好吗？"

张璞玉说："好的！爸，那咱收摊儿回家吧！"

张明辉说："你跟妈妈先回吧！现在雨停了，摆一回摊儿不容易，爸爸想等一会儿再收摊儿。"

张璞玉说："那我要等爸爸收了摊儿一块儿回去。"

韩秀云出声劝道："孩子，时间不早了，快跟妈妈回家，你明天还要上学呢！"

张明辉的妻子、女儿离开书摊儿后二十分钟左右，天又开始下雨了——张明辉估计她们娘儿俩也就刚刚回到现在瀛洲村里临时租住的家——张明辉心想，真是人算不如天算，早知这样，还不如刚才趁她们娘儿俩在时一块收摊儿回家，现在书没卖出去一本，还得自己一个人慌慌张张收摊儿。

张明辉顾不得多想，也来不及给书详细分类，急急忙忙地把书收箱、装车、盖好，然后迅速蹬上三轮车往回赶。值得庆幸的是，这次三轮车的链条未脱落，转眼即到瀛洲村口。可能是事情太过顺利——过于顺利的事情往往潜藏着危机——张明辉知道进村的路是一条带坡度的弯道，拐弯处还有一家小商店，于是提前降低车速，拐弯后发现小商店对面还停着一辆白色小轿车，连忙再一次降低了车速，并且远离小轿车所在的路的右侧，紧靠左侧行驶。因为张明辉知道这一段路不仅是下坡，而且左高右低（小商店的位置高，小轿车的位置低），如果紧靠小轿车一侧行驶，目前下雨路滑，三轮车很有可能侧滑，撞到小轿车上，张明辉骑着三轮车刚到小商店门口，忽然从小商店里蹿出一人，正挡在三轮车前，张明辉吓得急忙刹车，但因地势，三轮车还是侧滑向白色小轿车。最后，三轮车上的纸质书箱斜靠在白色小轿车前轮旁边的叶子板上。

虽然三轮车的侧滑速度并不是很快，但时下夜深人静，硬纸书箱靠在小轿车的叶子板上，还是发出"嘭"的一声微弱的声响。

从小商店里蹿出的中年男子看见一辆三轮车从右侧驶来，

既不躲也不闪，只是站在原地发呆，直到看见三轮车"非礼"自己的白色小轿车，并且发出"嘭"的一声响，声音虽然不大，却像天边的炸雷在耳边响起。中年男子一下子仿佛从梦中惊醒，几步走到小轿车前，掏出刺目的小手电对着白色小轿车上下左右来回照着，张明辉感觉似乎有万把银刃在眼镜片周围飞闪。

中年男子把刺目的手电光束停在车门把手旁边一个米粒大小的黑点儿上，伸出食指在小黑点儿上摸了一下，见小黑点儿依然在那里，就在食指上吐了一口唾沫，再一次摸了一下，还是没有变化，又从口袋里掏出雪白的手帕，然后仔仔细细、反反复复地擦拭，见小黑点儿仍然去不掉，就收了手帕，先用手电照了一下张明辉的三轮车，最后把手电光束停在张明辉的手背上，慢条斯理地说："小兄弟，车子撞坏了！我可是给老板开车的呀！你让我怎么向老板交代呢？"

张明辉很抱歉地说："大哥，实在对不起，看见你出来我就赶紧拉刹车，不拉刹车的话就会马上碰到你，可拉了刹车，由于路面倾斜又产生了侧滑……请问大哥刚才出商店时为什么跑得那么快呢？"

中年男子说："天不是还下着雨吗！我到商店里买了烟，就紧跑几步，想着赶紧上车避雨呢！"

张明辉万分遗憾地说："大哥呀，刚才你假如不跑得那么快，我也就不用急刹车，也就没有这件事了！"

中年男子说："可现在车已经成这样了，你说怎么办吧？"

张明辉说："大哥你说吧！"

中年男子想了想说："看你也是个实在人，不难为你，你拿六十块钱，我找熟人处理一下，好给人家老板交差。这要是叫你自己去找人修，没有几百块钱下不来……"

张明辉稍加思索就又开始在自己口袋里找那仅有的六十多

块钱——就像刚才在中州桥夜市上，因为佐罗的缘故而在自己口袋里找钱一样。

张明辉找到钱，正要往外掏，忽见在中年男子背后，小商店的老板胖老张正身靠自家商店的门框朝这边摇头呢，那是在示意张明辉不要掏钱。然而这次没有女儿耽搁张明辉掏钱了，钱全部掏出后，张明辉把零钱留下，凑足六十块钱塞给了中年男子。

中年男子接到钱后愣了几秒钟——他没想到张明辉掏钱这么快，更没想到张明辉只有六十块钱——然后把钱拿到距嘴唇五厘米处，快速做了个要亲吻钱的动作，随即把六十块钱装进刚才放雪白手帕的裤兜里，边往口袋里放钱边说："钱真是个好东西……小兄弟，好样的！能担得起事，是条汉子……"

中年男子话音未落早已打开车门进了白色小轿车，车门随即关闭，车门玻璃自动升起闭合，片刻后小轿车便扬长而去，张明辉这时才发现白色小轿车竟然一直没有熄火。

71

"这个煤黑子！又溅我一身水，以为开个白车人家就不知道你是挖煤的了……呸！"小商店老板胖老张朝着白色小轿车开走的方向悬空踹了一脚，抖掉溅在裤子上的泥水，接着，一口带痰的唾沫，几乎以白色小轿车开走的速度平空啐去。

"挖煤的？"张明辉看着小商店老板胖老张从讲话到踹脚，再到啐痰，整个动作一气呵成，仿佛已经做过千遍万遍，不由得随口问道。

"我说小老弟呀！你常来我店里买东西，也姓张，说起来是一家子，并且我还知道你是卖书的，我向来尊敬有知识的人。刚才我示意你不要掏钱，你怎么不听我的话呢？这个挖煤的老板姓梅，梅大老板有好几个煤矿，据说对工人挺黑的，具体怎么个黑法咱也不清楚，光看他来我这个小店里买东西就知道，这个主绝对不是个省油的灯。梅大老板来我这里买东西是从来不拿现钱的，总是赊账，几个月、半年，甚至一年结一次账，每次结账又总是少给几十、几百，甚至上千元……像我这样的小本生意，哪里经得起他这样！"小商店老板胖老张一边说着话，一边从口袋里掏出一方皱巴巴的，看不清什么颜色的旧手帕在脸上擦，由于是背对着自家小商店的灯光，所以张明辉没看清对方是在擦眼泪还是在擦口水，或者兼而有之也未可知。

"梅大老板？刚才他不是说自己只是给老板开车的……"张明辉疑惑地问。

"老弟啊，你真是个实在人！人家说啥你就信啥，这个主不仅赖而且滑，还会看人下菜碟儿。前些天，大概也就是这个时间段，煤黑子的白色轿车刚停到现在开走前停的位置，三个小伙子乘一辆三轮车进村，忽见白色轿车挡路，骑车的小伙子急拐车把、踩刹车，最后三轮车与小轿车相并而停，还好！那天没有下雨，三轮车也没有侧滑，离白色轿车还有半尺多远，可是煤黑子下了车非说三个小伙子骑三轮车撞了他的小轿车，还指着轿车车门把手旁边一个部位说，'这里的掉漆就是三轮车造成的。'

"三个小伙子当然不认可了，因为他们的三轮车根本就没有碰到小轿车，其中两个小伙子不耐烦了，袖子一挽说，'怎么！想找事?!'

"年龄稍大那个小伙子摆摆手制止了同伴，然后对煤黑子说，'朋友！开个进口车也得讲理呀！你明知我们没有碰到你的车，况且我们骑着三轮车是靠右正常行驶，朋友你迎面开着汽车怎么突然一打方向靠左停车？要不是我们反应快，后果不堪设想。朋友，你如果觉得我说的话不在理，那咱可以打110让警察同志来评理！'

"刚好这时煤黑子的手机响了，他绕到小轿车后面接了一通电话，然后回来说，'我现在有急事，回头再找你们好好说道道这事儿，我知道你们在哪里住，你们等着！'

"煤黑子说完开着大奔扬长而去，三个小伙子面面相觑，估计在想，怎么还有这样的人！

"今天你骑着三轮车回来路过我的小商店时，煤黑子又赊账拿了包烟，当时我催他结以前的账，他说'今天有事，回头再说'，说完拿了烟就往外跑，也不看你骑着三轮车正路过这里，要不是你急刹车就把他人撞了。后来三轮车侧滑时你车上的纸箱子先斜靠在白色小轿车前轮旁边的叶子板上，这样一来三轮车就停止了侧滑，最后你下车把纸箱子扶正，我注意到你的三轮车与他的小轿车之间还有十几厘米的距离，也就是说两车并没有接触，况且你纸箱子靠的位置并不是小轿车掉漆的位置，掉漆的位置是车门把手旁边，这漆明显不是现在掉的，要真是你把他的进口车碰掉漆，你掏六十块钱他会放过你吗?!

"他车门把手旁边的掉漆我看也不是前些天那三个小伙子造成的，这漆说不定是他送孩子上学，自己孩子不小心碰掉的！

"唉！你刚才掏钱掏得太快了，算了！便宜这个王八蛋了!"胖老张说完话又朝小轿车开走的方向狠狠吐了一口痰。

"这个姓梅的老板总短欠张老兄的货款，张老兄没到村干部那里反映反映情况？"张明辉一边整理着自己三轮车上的书箱一边说。

"眼下市里搞规划，瀛洲村可能要拆迁，村干部们都在忙拆迁的事，没人过问我这小事儿……"胖老张又用旧手帕擦了擦脸说。

"辖区派出所在咱们瀛洲村设有警务室，你可以去找片警来处理一下。"张明辉整理好书箱，双手扶住车把，在骑上三轮车前说。

"片警来过了，把我们两人都叫到警务室里，进行了详细询问，并做了笔录，最后只是督促煤黑子尽快清账还钱，煤黑子也口头答应'马上还清'，但就是一直不付诸行动。这毕竟是小额经济纠纷，一般不予立案，要想强制执行，只有向法院起诉，可将来诉讼费下来，还有中间折腾的费用以及浪费的时间……算了！算了！我这仨瓜俩枣也经不起折腾，等瀛洲村拆迁了我换个地方开店得了……老弟今天生意咋样？哦……就卖了六十多块钱，还被这个王八蛋卷走了……唉！干什么都不容易！时间不早了，老弟！快回去吧！家里人该挂念了！"胖老张手扶着张明辉三轮车上的书箱说。

张明辉骑着三轮车回到在瀛洲村里临时租住的院子，院子不小，有多半个篮球场大，全是水泥地坪。院子里散乱地停放着不少三轮车，都是租住户做小买卖用的，院子最里面有个两层小楼，是在河堤上临河而建的，环境还不错。只是张明辉一家三口租住的房间是在二楼的最南端，到夏天一定会很热的，但也没有办法，因为张明辉在租房子时曾跑过好几家，全都是院子小（或者根本没有院子）不能放三轮车的。现在张明辉最终选定并租住的院子不仅面积大、地面平，而且院子里还保留着一棵看上去很有些年份的皂角树，所以韩秀云第一次看到这个院子的环境时就说："这里环境真好，像世外桃源，上班也近。将来如果集资房分下来了，可以先租出去，暂时就在这里住……"

张明辉第一次看到这个院子时也感到很亲切，假若这个院子的水泥地坪变成土地坪，两层小楼也变换成砖瓦土坯结构的农家小屋，最后，老皂角树再稍微变粗一点点，在老皂角树下支起一个长三米、宽一米、高半米的石条桌，另外，院子一侧一砖到顶的青砖围墙也置换成又高又厚且爬满酸枣枝的土寨墙，那么张明辉会觉得自己回到了孩提时代的外婆家。

张明辉外婆家当作围墙的土寨墙是民国时期的遗存，在旧时代是村子里防御匪患用的，当然高大厚实得像座小山。后来，张明辉的外公依靠土寨墙盖了一个砖瓦土坯结构的小屋，又从小屋里向土寨墙里开挖延伸，最后变成了半窑洞半房屋的建筑。由于冬暖夏凉，张明辉的外公就把母亲（张明辉的老外婆）从原来居住的旧房搬到新居，而自己则和张明辉的外婆仍居住在原来的旧屋里，另一间旧屋里住着张明辉的二姨（张明辉的母亲是老大）。

在张明辉看来，二姨比《红楼梦》中的林黛玉还要漂亮，但却比林黛玉更加体弱多病。林黛玉虽然羸弱，尚能到处行走，而二姨却是常年卧病在床，日常生活完全由勤劳的张明辉的外婆料理。由于卧病在床，去医院打针不方便，张明辉的外婆逐渐学会了静脉注射，在家里用医用注射器一次次给张明辉的二姨打针用药。时间长了，张明辉的二姨说在家里打针真好，一点也不疼，比医院的护士打得还好。

每当郝淑君带着张明辉、张丽辉、张光辉三个孩子回娘家时，总能给郝家院子增添不少热闹。这时候，郝淑君堂兄、堂弟的孩子们会三五成群地来找张明辉弟妹三个一起玩耍，七八个孩子聚在一起，情绪非常高涨。如果是在皂角树收获皂角的季节，孩子们会用修枝剪剪下皂角串，会上树的就直接爬上皂角树帮张明辉的外婆摘皂角，摘完皂角，张明辉的外婆会挨个儿给孩子们用皂角水洗头。皂角水是天然的洗发液，当地的人们都说这个村子里的姑娘皮肤好、小伙头发黑是长期使用皂角水的缘故。

孩子聚在一起时，还会一起爬上寨墙摘酸枣，从寨墙上摘酸枣下来。大家会把摘到的酸枣都放在长石桌上，比一比，看谁的收获多。这时候，张明辉的外婆会忙着给大家烙油馍，热气腾腾且油光润泽的油馍在鏊子上烙熟后，她就用馍筐盛了热油馍端过来，放在长石桌上孩子们刚摘来的酸枣旁边，孩子们看见了想马上伸手取食。张明辉的母亲总是能及时制止，并要求孩子们先洗了手再拿着吃。

在孩子们洗手的当口儿，张明辉的老外婆（郝淑君的奶奶）会从自己住的半房屋半窑洞的上房里出来。老人家满头银发，一手拄着杖，一手提着塑料袋颤巍巍地来到长石桌旁，依然颤巍巍地把塑料袋放在长石桌上，然后对孙女郝淑君说："淑君，这里面的鸡蛋糕是我给孩子们留的，叫孩子们吃吧！"

郝淑君就说："奶奶，这鸡蛋糕是专门给您买的，您自己留着吃吧！"

老外婆说："我那床头柜里还多着呢！这给孩子们吃吧！"

郝淑君回头对张明辉他们说："快谢谢老外婆！谢谢老奶！"

于是一群孩子七嘴八舌地说："谢谢老外婆！谢谢老奶！"

……

72

张明辉骑着三轮车进了院子，忽然感觉头有点儿疼，并且有点儿晕，急忙放下三轮车三步并作两步快速跑回了屋里。

　　回到屋里，关上房门，张明辉感觉头更加疼，也更加晕了。看到妻子和女儿都已熟睡，熬的小米粥还有半锅，在饭桌上放着，可张明辉一点胃口也没有——平时张明辉在外面吃了干粮，回到家是要喝一大碗小米粥的——只想着赶紧躺下休息。张明辉快速洗漱完毕，迅速关灯和衣而眠。

　　躺了一会儿，虽然头依然又晕又痛，但张明辉感觉思路渐渐清晰……

　　今天出这一趟书摊儿虽然没什么经济收入，但在精神财富上还是有所收获的，像驼背的佐罗以及所谓的梅大老板这些人，他们一生奔波就只认得钱，到头来又有什么意思？

　　张明辉的脑海里忽然有一个声音（红方声音）说：假若社会上的人都变成"只认得钱"，那该怎么办？

　　刚才进院时，应该是头晕的缘故，以至于他把老皂角树上空月光透射的白云看成奇妙的异象，从而回想起孩提时代，二姨做手工、出谜语的情景。二姨出的谜语大部分是具有浓厚文化色彩的谜语，也有一小部分是关于日常生活用品的谜语，其中有一条现在还记忆犹新，谜面是："豆大，豆大，比一间屋子还大！"

　　当时七八个孩子中张姓的孩子回答的谜底是："电灯。"

　　郝姓的孩子回答的是："油灯。"

　　二姨的评判是："都对。明辉你们三个平时用的是电灯，咱们这里的孩子现在用的还是油灯。"

　　说到油灯，又使人回想起外婆常使用的油灯，外婆的油灯放在一个玻璃木框的罩子里，这样可以防风。当全家人都熄灯休息的时候，唯独外婆提着那盏特制的油灯满院子忙来忙去，孩子们看到外婆的油灯都感到很温暖、很踏实、很平和……

　　蓝方声音不耐烦地打断说：你啰啰嗦嗦说了一大篇，都不是傻子，知道你那个意思。现在社会上是有一些不良风气，但你要相信一句话，正义终究是要战胜邪恶的！

红方声音说：但愿如你所说。

张明辉的脑海里红方、蓝方两种声音终于停止辩论，"小宇宙"渐渐进入梦乡……

73

张明辉醒来后头痛欲裂，又感觉身下的大床以及身边的妻子、女儿都在时而前后或左右游动，时而上下或倾斜着浮动……

张明辉立刻想起《战争与和平》中安德列的父亲，他在临终前的一段时间里也常有类似的感觉，张明辉心想：自己现在也是离死亡不远了吗？

想到这一层，张明辉的内心深处有一丝辛酸，但更多的是不甘心、不服输——安德列的父亲是年事已高，然后寿终正寝，而自己现在才刚刚三十三岁，并且张明辉自认为到现在为止，自己还没有真正干成任何事情，怎能就此甘心，让人生画上句号？

略缓了会，张明辉渐渐有了清醒的意识。自己这一段时间只考虑着为买房子多赚钱，几乎没有休息，怕是远超身体承受负荷了！眼下要做的事是抓紧时间到医院看医生。

拿定主意，张明辉轻轻晃醒妻子说："秀云，不要惊动孩子，咱俩现在去医院，我头痛头晕得厉害！"

韩秀云揉了揉眼睛说："严重吗？天明再去医院行不？"

张明辉摇了摇头说："这次恐怕不行。"

韩秀云无奈，只好起身穿上衣服说："走。"

　　准备动身锁门的时候，张明辉不忘叮嘱道："拉住门，只把暗锁锁了，外面明锁不要锁，如果我们回来晚了，外面明锁锁着，孩子去上学开不了门。"

　　二人走到院子中间的老皂角树那里，张明辉感觉天旋地转，几乎要晕倒，急忙扶住老皂角树的树干，稍微缓了缓，然后对站在一旁冷眼旁观的妻子说："我可能不行了……不过不要紧，集资房款我已经全部交清，单等领钥匙了。我现在手里没什么现金，但有一车书，将来你利用业余时间，和孩子一块儿去桥头把书处理了，可以换一笔钱……"

　　张明辉看见月光透过老皂角树照在妻子的脸上，这张脸既熟悉又陌生，灰蒙蒙的样子如同往常，没有任何表情，眼中也没有一丝担忧，只是木讷地说："我不要钱，只要将来孩子有地方住就行……"

　　这一次，张明辉的内心深处实实在在地感受到了心酸的滋味——在这面临生离死别的时候，竟然也得不到面前这个女人的眼泪，张明辉感觉自己做人好失败。他忽然又想起璨玉以前写的作文《我的爸爸妈妈》，作文中写道："妈妈粗心，爸爸啰唆，我夹在中间好为难！"

　　但愿妻子真的像女儿说的那样，仅是粗心而已，而自己的身体也许撑不了多久……

　　在这种情况下，张明辉实在不想往坏处去推测自己的妻子，于是继续交代妻子说："我那一车书虽然也值不了多少钱，但那是我多年的心血，你要是实在不想出去摆摊儿，就和孩子把这一车书推到王红霞家。你去过她家，她家是搞图书批发的，你把这一车书全部低于批发价返销给王红霞，我经营的书我清楚，全是九成新，有的几乎是十成新，她一定会接受的，总比你卖给收废品的要划算……"

还没交代完，就被韩秀云打断："别说了，烦不烦？你不是要去医院吗？还不快走！"

张明辉说："我现在走不成了，你到外面叫个出租车……"

韩秀云说："这半夜三更的，去哪里找出租啊！"

张明辉感觉有痰堵在嗓子眼里，实在难受，好一通咳嗽后，稍微舒服了点，于是缓了口气说："出村的小道与主干道交会处，这时候应该有出租车……"

停了片刻，韩秀云忽然头也不回地向院门口快速走去，一边走一边说："年轻轻的就这样，到老了也不知道会是什么样。"

约莫有收一次摊儿或摆一次摊儿的工夫，张明辉看见妻子打开院门进了院子，院门外停着一辆未熄火的小轿车，车顶的灯箱显示"出租"标志。看到这一切，张明辉的内心深处生出一丝暖意，心想：到底是夫妻，在关键时候还是可以依靠的。

张明辉和妻子上了出租车，司机说："村里的路真难走啊！怪不得那几辆车都不进村，我是不知道路况，假如知道的话，我也不会进来……你们去哪里？"

张明辉考虑，目前这个时间去看病的话，只能去市中心医院，于是说："去市中心医院。"

张明辉和妻子在市中心医院门口下了出租车，进医院后发现只有急诊室亮着灯，于是两人匆匆来到急诊室。急诊室里没有其他病人，张明辉觉得急诊大夫很面熟，他仔细想了想，终于认出这位大夫是以前自己的妻子和女儿煤气中毒时，实施抢救的那位杨大夫。

张明辉感到很亲切，连忙上前打招呼说："杨大夫您好！谢谢您以前救了我的妻子和女儿……杨大夫抢救的病人多，可能已经忘了，以前我妻子、女儿煤气中毒送来急诊室，就是杨大夫您抢救过来的……"

杨大夫以医生特有的目光仔细打量了一下张明辉，然后胸有成竹地说："那一次你们送病人来了不少人嘛！有个老太太一头鬌发，那是不是你的母亲？"

张明辉感到很惊喜，几乎忘了现在自己是病人，连忙说："杨大夫记忆力真好！那是我的母亲。"

杨大夫望了一下张明辉和韩秀云，然后问："那么今天你们送什么病人过来？"

张明辉说："今天是我自己不舒服。"

杨大夫看了一眼张明辉说："我这里是急诊室啊！我看你是自己走进来的，没什么大问题吧？不过既然来了，刚好我这会儿也不太忙，那就把你的情况说说看！"

张明辉把自己的状况详细给杨大夫说了，杨大夫先拿出体温计让张明辉夹好，然后依次测量了血压、脉搏、呼吸，最后说："血压方面，收缩压一百二十，舒张压八十，正常；脉搏八十次每分钟，正常；呼吸二十次每分钟，正常；瞳孔的见光收缩反应就不用测了，你是自己走进来的，肯定有反应，现在你把体温计给我……三十八度，略微有点儿高，根据仪器测量，再参考你说的情况，我诊断你是疲劳过度外加轻微感冒，没什么大事儿，休息休息就好了……"

张明辉说："那杨大夫给我开点儿药吧！"

杨大夫说："我这里只有急救药，感冒药你要到门诊那里找大夫开了方子，然后到药房取药，这个时候也不知道门诊有没有大夫值班。不过你只是轻微感冒，你说的那些临床症状主要是疲劳过度造成的，我建议你先回去熬点儿姜汤喝了，好好休息休息，如果还是不舒服，明天再到门诊上开药……"

张明辉和妻子告别杨大夫走出医院大门，来时坐的那辆出租车还在医院大门口停着，司机主动说："你们是探望病人还是自己看病？这么快！"

韩秀云坐上车，一边把一张十元钞票递给司机一边说："什么也不是，说是来看病的吧，却什么药也不用开！今晚白花二十块钱车费……孩子买辅导材料那六十块钱还没交呢！你就会瞎折腾！"

张明辉说："我刚才在家时身体很难受，谁知道只是感冒加疲劳！"

韩秀云说："你倒有理了！"

司机摆摆手说："二位先别吵，我岁数比你们大，让我来说两句吧！这居家过日子嘛，就跟我们开车是一样的，要心平气和。我们开车，交管部门禁止我们酒驾，我的几个同行朋友们在开车中体会到，不仅要禁止酒驾，而且还要禁止'情驾'。怎么讲呢？就是说要禁止情绪化驾车，因为我们在情绪极度高涨或情绪极度低落时驾车将有更大的危险！所以说，咱们居家过日子，也要适当借鉴一下我们的经验，在驾驶'家庭'这个特殊车辆时，也要尽量避免'情驾'啰！"

司机说完，张明辉喜出望外，完全忘了自己是病人，激动地说："老兄说得真好！真是听君一席话，胜读十年书！"

司机说："这位大兄弟是读书人吧！文质彬彬的……"

张明辉说："准确地说，我现在是为读书人服务的。"

司机说："怎么讲？"

张明辉说："卖书。"

司机说："卖书好啊！我就喜欢读书……返程这十块钱我不收了，我也该收车了。就学一次雷锋，捎你们一程吧……将来我去你那书摊儿上买书，你可要给我便宜点儿……"

张明辉说："那是自然！老兄，今天先谢谢了！"

……

74

光阴荏苒，转瞬又到腊月。自从过了元旦节，中州桥夜市越来越不像个夜市。每当大小摊贩都各自摆好自己的摊点，人流渐旺，生意渐开时，桥上所有路灯会突然关闭，中州桥上一片漆黑，之后人群便一哄而散，摊主们只能不情愿地收了刚摆好不久的摊点。

后来，有的摊主带了应急照明灯，只要路灯一灭，就马上打开自备的应急灯。张明辉觉得也只能如此，于是连忙打听在哪儿能买到应急灯。第二天，他就把应急灯买了回来。

晚上，张明辉出摊儿就带着新买的应急灯，心想：总算把照明问题解决了！

当路灯再次熄灭，张明辉就和大家一样打开了自备应急灯。然而，应急灯毕竟是应急灯，光线实在是太暗了，完全不能和路灯相比。

张明辉在这暗弱的光线下坚持了几个晚上，发现摆摊儿的人一晚比一晚少。到了第五个晚上，虽然是周末，张明辉环视了一下周围，发现偌大个中州桥，算上自己，只有五个摊点还在坚持摆摊。这也太少了，看来自己正干的这个"事业"要继续不下去了。

正在茫然之间，大胡子老马和王红霞围了过来。大胡子老马先开口说："眼镜，桥上夜市不行了，以后随我去市区周边的乡镇赶会吧！我每次去赶集、赶会生意都不错。我有附近各乡镇的集会时间表，一个月下来几乎天天出摊，偶尔有空闲时间，咱们可以进货、整理货……怎么样？"

张明辉认真考虑后，说："唉，我的情况跟你不一样，你们家两口子是专业卖书的，而我家那口子还上着班，我一个人实在是没有力量像你们那样折腾。"

大胡子老马就问："那今后有什么打算？"

张明辉说："还能有什么打算！不过是从现在起不再进新书，等新书卖完了，然后'重上井冈山'，接着卖旧书。"

王红霞也接话道："我是不打算再卖书了，这几天我正跟我那口子商量，想开个专卖店卖各种包包……"

大胡子老马连忙说："这是正事……那你们家那么多书怎么办？"

王红霞说："过几天你到我们家去，商量个价，书全部给你。"

大胡子老马和王红霞走了以后，张明辉感觉心情实在郁闷，就想收摊儿。这时，母亲的声音从暗处传来："辉儿，光线这么暗，能卖成书？！"

张明辉抬头一看，见是父亲和母亲一块儿出来散步，连忙说："爸，妈！你们来了！"

张明辉的父亲向来严格，今天却和蔼地说："早点儿收摊吧！明天咱去看房子！"

张明辉惊讶地问："看房子？"

张明辉的母亲解释："集资房建好完工了，你单位里来人送新房钥匙，找不到你现在临时租住的地方，就把新房钥匙送到我们那里了。"

尽管拿到新房钥匙是早晚的事，可是忽然听到母亲这样说，张明辉还是喜不自禁，心情完全可用"欣喜若狂"这四个字来形容。

张明辉记不清自己是怎么告别父母的，也记不清自己是如何在一种梦幻般的感觉中迅速收摊儿回家的。

"今天怎么收摊儿这么早?"妻子问。

"你猜我有什么好消息要告诉你?"张明辉答非所问,内心的喜悦溢于言表。

"不就是新房分下来了吗?这也没什么,我单位里有同事手里拿着好几套房子的钥匙呢。"妻子平静地回答。

"咱们自己的房子分到手了!听到这个好消息你也高兴不起来?"张明辉感到意外。

"我也不知为什么,反正就是高兴不起来。想当年做姑娘时,家里分到新房,我和弟弟妹妹们高兴得不得了,全家老少像过年一样……现在不知为什么,就是高兴不起来……"妻子情绪低落地说。

"你高兴不起来,我把孩子喊醒,让孩子高兴高兴怎么样?"张明辉余兴未减地说。

"算了,算了!孩子明天还要上学呢!别把孩子吵醒了!"妻子心烦意乱地说。

"明天我跟咱爸咱妈一块儿去看房子,你去不去?"张明辉又问道。

"明天我还要上班呢!也去不了呀,再说了,也没什么好看的,你们去吧。"妻子说完倒头便睡。

隔天,张明辉依旧早早收摊回家。妻子见了问道:"今天怎么又收摊儿这么早?以前从来没见你这样啊!"

"现在桥上生意不行了,说不准将来我还得'重上井冈山',继续在白天卖旧书。不过这是以后的事,目前我的工作重点,从明天开始要暂时转移到装修咱们的新房上了……"张明辉解释。

"装修房子?我单位有个同事装修了一下房子,最后算了算花了三万多，相当于咱家房子的价钱了，你手里有那么多钱吗?"妻子问。

"咱不那样装修，今天我跟咱爸咱妈去看房子，咱爸问我还要不要装修，我说就把地板砖铺一下，再把北阳台封一下做厨房，其他就不搞了。咱妈问我阳台是平着封呢，还是往外出一点封，我说平着封省钱，咱妈说要是平着封就得再垒砌一个多层灶台，至少也得是两层的，要不将来锅碗瓢盆都没处放……

"咱爸最后说刚买了房子，南阳台暂时不封也可以，但新房的大门口一定要加装防盗门。我就说咱也没什么值钱东西，新房原装有木门，不再加装防盗门不行吗? 咱爸说防盗门一定要加装，还说'你忘了你们原来住编辑部的旧仓库时，大门就是木门，贼把木门撬开，把屋里翻得乱七八糟，虽然没有偷走多少东西——是偷走一百多块钱，对吧?! ——但搞得人心惶惶……'。"张明辉情绪激昂、事无巨细地一一跟妻子说道。

"想整你就整吧，无所谓的事儿。要我说，有力量就把南阳台也封了，地板砖不铺都行，铺了地板砖还得每天拖地，多麻烦啊!"妻子应道。

"吃饭还麻烦呢! 新房不铺地板砖的话，那还叫新房吗? 地板砖一定要铺! 南阳台以后再说。"张明辉坚决地说。

"想铺你就铺吧! 随便! 把那么多钱都铺到地上……装修的人你都找好了?"妻子问。

"防盗门就装咱爸妈家里那种的，咱爸原来留有厂家电话，已经通知厂家，明天就来人给咱新房装上防盗门。咱爸说必须先装上防盗门，然后再铺地板砖，只有这样，将来门口的地板砖才能铺严实，不会在防盗门附近留下空隙。铺地板砖和封阳台的人也找好了，今晚我在桥上摆摊儿卖书时，有位摊主说他有一个亲戚，现正在市里搞家庭装修，铺地板砖、封阳台、啥活都干，还说如果家里的活全让他干的话，垒砌灶台这些小活就可以免费了……"张明辉兴高采烈地说个不停。

一个星期后的一个晚上，张明辉在新房招呼装修工人忙到凌晨一点钟，总算完成所有装修计划的施工。骑自行车回到瀛洲村里临时租住的房子时，张明辉看了看表，已是凌晨两点钟。妻子听到开门声，起来看见张明辉才回家，就问："今天怎么回来这么晚？"

张明辉疲惫不堪却异常兴奋，他向妻子解释道："今天新房的装修全部完工了！明天就可以开始打扫卫生，三天后咱就可以搬进新房了！"

妻子躺回床上说："不用那么急吧！人都说腊月不搬家，咱过罢年，到明年春天，暖和了再搬不行吗？"

张明辉洗漱完毕，把洗脸毛巾搭回脸盆架上说："什么'腊月不搬家'，咱不计较那个，况且新房已经整好了，咱还何必在这出租屋里过年呢？收拾收拾，三天后咱们搬家！"

三天后的晚上，张明辉又在凌晨两点钟才回到了瀛洲村里的出租屋，妻子揉揉眼睛，问道："今天怎么又回来这么晚？"

张明辉依然疲惫而兴奋，说："今天，咱们的新房已经全部收拾好了！随时可以入住了！"

看着丈夫兴奋的状态，韩秀云觉得好笑，却忍着笑说："不就是收拾个房子，我怎么听着有种彪炳千古的意味呢。"

张明辉眨眨沉重的眼皮，一本正经地说："你还别说，对一个小小百姓来说，能收拾好一套房子，已经是了不得的事情了！"

妻子不以为然："真有你的，有三分颜色就要开染坊……看样子搬家的车你也找好了！不要找太大的车，这儿的路连出租车都不好转弯，不好掉头！"

张明辉信心满满地说："放心吧！车不大，绝对能进来。"

妻子好奇地问："啥车？"

张明辉说："三轮车。"

妻子诧异极了："三轮车?! 怎么？你准备用你那三轮车一趟一趟搬这个家?!"

张明辉说："哪里呀！我本打算找八辆三轮车，人家问我有多少家具物件需要搬，我大致跟人家谈了一下，人家就说用不了八辆，四辆三轮车足够了，我自己的三轮车只用装上我那书就行了。我又跟人家协商说四辆三轮车恐怕不够，因为家里的东西看着确实不少，人家就又说，'放心吧老弟！你没拉过家具，不清楚三轮车装满的话，到底能装多少东西！如果需要的话，别说八辆，就是十辆三轮车我们也能给你凑齐！但确实四辆三轮车足够了。'"

妻子问："你到哪里找三轮车啊？十辆八辆的，那么容易？"

张明辉说："就在这瀛洲村里。"

妻子又问："瀛洲村里？咱在这瀛洲村里住这么长时间了，我怎么没见过这么多三轮车?!"

张明辉说："车师傅、李铁军他们住的院子里三轮车还少？"

妻子还是一头雾水："车师傅？李铁军？"

张明辉解释："就是以前我卖旧书时经常接触的，车骑将军和铁拐李……一次我去进旧书，你一定要带着孩子跟着我一块儿去。咱们一家三口只走到他们住的大杂院前面的小杂院门口，你看小杂院破旧，就不再往前走，硬拉着孩子回去了，所以你没到过大杂院……"

妻子咯咯地一阵长笑，正如诗人在诗中描绘的"如欢快的小鹿嬉戏森林"，之后说："真是人有人路，蛇有蛇路，啥人有啥方法！从城西到城东距离也不算太远，明天你就带领着你那些朋友去搬家吧！我还要上班，可是帮不到你，先说好……"

张明辉见妻子说笑着慢慢进入梦乡，心想：真是睡烂十张席不知妻脾气，原来这才是妻子的本性，妻子原本是会笑的，只因自己无能，才使妻子在生活中渐渐失去了笑声……

75

张明辉一整夜几乎没有合眼，在天快明时仍在筹划搬家路线，心想：总归是睡不着了，干脆起床吧！

张明辉悄悄起床，开始慢慢收拾。听到收拾的声音，妻子也起床开始准备早饭。

吃罢早饭，刚刚打发女儿璞玉出门上学，就听到有声音在院中高喊："眼镜！眼镜！还没起床吗?!"

张明辉连忙走出屋门，见车骑将军和铁拐李他们已全到院中，正要打招呼，车骑将军先开口说："太阳都快照住——"

铁拐李赶紧截断话头说："老车！说话文明点儿，这儿可不是咱那大杂院，想说啥就说啥……"

车骑将军挠了挠头说："差一点儿忘了，眼镜现在搬到新家就等于进入上流社会了，将来也不知道还认不认识咱们这些乡下人……"

张明辉连忙说："看车师傅说的，什么时候咱们都是好朋友！况且现在桥上夜市不行了，我打算搬家后继续在白天卖旧书，这就要继续和各位朋友打交道了！"

听到这话，大伙儿全都情绪高涨，铁拐李代表大伙儿说："欢迎！欢迎！热烈欢迎……老车你放心，眼镜是个实在人，将来就是不卖旧书了，也不会变成你想的那样……眼镜！什么时候说什么话，现在时兴'五子登科'，这房子你已经到手了，再努把力，把最后'一子'车子弄到手就好了……"

铁拐李指挥张明辉和韩秀云先把组合柜里的细软物件取出，全部放在大床上，然后把组合柜里的其他生活用品也一并取出——组合柜要清空所有物件。

张明辉和妻子在大床下面铺了一条干净凉席，然后把组合柜里的剩余物品逐一取出，全都放在凉席上。

铁拐李见组合柜已空，马上招呼大家上手，开始拆卸组合柜的连接钉。铁拐李一边干着活，一边对张明辉说："眼镜，你这组合柜不是第一次搬运吧？都变形成啥了！"

张明辉说："当然不是，算上这一次，应该是第三次搬运了。当初刚买组合柜时有朋友开玩笑说'现在的组合柜质量都不行，你应该在新组合柜前面照张相，要不将来一搬家、一挪动，组合柜就毁了'，不过，每次搬运我都小心谨慎，这一次搬家，大家如果当心的话，应该还是可以安全到达目的地的。"

铁拐李用搭在脖子上的毛巾擦了擦额头上的汗珠说："放心吧眼镜，给你搬家，我们肯定会当心的，保证不会出问题。不过，话又说回来了，你这家具确实该换新的了，趁着搬新家，换一套新的家具该多好！"

张明辉说："暂时还换不了，光买这一套房子就东凑西借欠了不少账。只有等将来还了筹借房款欠的账，接下来，如果家里没有其他事情，才能考虑更换新家具的事儿……"

组合柜的连接钉全部拆卸完毕后，铁拐李提议：搬家的五辆三轮车，除张明辉的书车外，其他三轮车要先推出院子，然后再装家具，如果在院子里就把四辆三轮车装满家具，那么由于大门不够宽，重车就出不去院子了。

张明辉稍加思考后说："可以先把两辆三轮车推出院子，留下两辆三轮车在院子里做周转，从屋门口到院门口转运家具，这样可以节省人力。"

大家按张明辉的意见办，半个小时左右，屋内所有的家具及生活用品全都装上了大门外的四辆三轮车。院子里，张明辉的书车也装尽所有图书及日常营业设施。

一切就绪，铁拐李回到院子里问张明辉："可以出发了吗？"

张明辉看了一眼背着包推着自行车准备去上班的妻子，然后说："出发吧！"

铁拐李从院子里走到大门口，然后高声说："各位兄弟！咱们都把自己的车子往后退一退，让眼镜的车子走在前面，我们都不知道路，要按照主家车子走的路线走！"

大门外狭窄的街道上"一字长蛇"排着五辆三轮车，张明辉的书车是头一辆，紧跟书车的是车骑将军的三轮车，铁拐李的三轮车排在最后。

张明辉看了一眼自己的书车，又回头望了一下其他车子，见一切收拾停当，就准备上书车出发，这时，前方有熟悉的声音传来："小张，都准备好了吗？"

张明辉抬头，见是自己岳父大人身着深蓝色中山装、手拿黑色公文皮包，急匆匆步行赶来，连忙迎上前去说："爸，您这么忙，怎么还过来了？"

韩子良用手轻轻拍了拍公文包上落的灰尘，然后说："单位的汽车接我去开会，路过瀛洲村，我想起今天是你们搬家的日子，就在村口下了车。这里到单位已经不远，我就让单位汽车先走了，自己步行过来，想看看你们准备得怎么样了……"

张明辉连忙说："爸，没多少东西，您看这不是已经全部装上车了吗？您不用操心！"

做岳父的说："这么说现在已经可以动身了？"

韩秀云回头看了一眼行李，说："稍等一下。明辉，你怎么把那套茶具放在被子上？不会把被子弄湿吗？"

张明辉非常肯定地说："不会。我已经把茶具清洗干净，并且擦干了，外面还套了两个干净塑料袋，绝对不会把被子弄湿。"

韩秀云面色不悦地问："那你为什么不把茶具放在你那书上？偏要放在被子上？！"

张明辉心平气和地解释："新书有棱角，没有被子柔软，放在被子上不会在行进途中因颠簸而损坏茶具。"

韩秀云没好气地说："就放在书上，坏了不让你赔，茶具是我爸给咱的！"

韩子良连忙调解道："不要吵！不要吵！今天是高兴的日子，不要因为一点小事儿闹不愉快……云子！我看清楚了，不会把被子弄湿的，就放在那里吧！不用动了。"

韩秀云一脸不高兴，半撒娇半生气地对父亲说："你就会向着他！"说完推着自行车就要去上班，韩子良说："云子，你今天还去上班？！不跟着过去招呼招呼？"

韩秀云摇了摇头说："有啥可招呼的？没啥贵重东西，随他去折腾吧！"

韩子良坚持说："今天搬家嘛！别去上班了，我到单位后就给你的带班领导说一声，请个假……"

韩秀云仍然摇了摇头，说："爸，请假要扣一天的工资呢。为了买房家里已经背上了欠款了，不能再被扣工资了。"说完，准备推着自行车走，韩子良就说："你一定要去上班的话，那就用自行车带着我，单位里正等着我开会呢！"

韩秀云说："爸！您也真是，有汽车不坐，非要坐自行车去开会，到单位不怕同事笑话您？"

　　韩子良说:"那有什么可笑话的,公车要公用,我来看你们是办私事儿,就是不能坐公家的汽车。"

　　韩秀云说:"行了爸,那赶紧走吧,一会儿迟到了。"

　　张明辉目送妻子用自行车带着岳父大人渐渐远去,心想:这次搬家妻子不跟着也罢——有她跟着还耽误事呢!

　　铁拐李从最后一辆三轮车那里走到前面来问张明辉:"可以动身了吗?"

　　张明辉一边上书车一边说:"上车!上车!"

　　张明辉一行五辆三轮车骑行在瀛洲村里,快到村子的南口有一段泥泞的道路,他们经过千辛万苦总算把五辆三轮车都推了过去,车队到达瀛洲村南口——要出村了。

　　这里像村子的北口一样,也有一条长长的斜坡,甚至比北口的斜坡还要长、还要陡。张明辉之所以选择更难走的南口,而不走经常走的北口,是因为瀛洲村的北边是城市的主干道,每日车水马龙,拥挤不堪。车队即使走在主干道侧的辅道上,也肯定行进缓慢,运气不好的话再碰上交警,那就更麻烦了。走南口虽然在村子里行驶得困难一些,但一出村南口便是一条新修的环城大道,这里道路宽敞,车辆行人相对稀少。总之,走南口是车队的最佳路线。

　　车队在村南口的长斜坡下面停住,然后五个人一块儿齐推一辆车,分五次,使整个车队全部跨越"雪山"出了村南口。

　　车骑将军骑着装满组合柜主要大件的三轮车,紧跟着张明辉的书车上了环城大道。看着眼前新画了分道线的双向六车道大马路,他忽然心情激动,口中说了个"甯"字,就提前左转,远离正驶向马路辅道的张明辉的书车,想独自在机动车道上狂奔。

　　就在这时,一辆由西向东正高速行驶的大货车开了过来。

大货车司机发现前面小路口有一列三轮车车队正横穿马路,本打算减速行驶,让三轮车队过完,然后自己再通过。可他发现第二辆三轮车往左急转弯与自己同向,以为这辆三轮车想避让自己,让自己的大货车先过,于是就没有减速,驾驶着大货车原速开了过去。

驾驶着书车走在最前面的张明辉以为车骑将军在说横穿马路的"穿"字,所以就没有回头,而走在最后面的铁拐李则早已看清将要发生的危险,眼看已来不及用语言来制止车骑将军的鲁莽行动,好在铁拐李的三轮车载物稍轻,就猛蹬几下脚踏板,从最后面斜着赶到车骑将军三轮车的前面,用自己的前轮斜挡在对方前轮之前。车骑将军还以为铁拐李在多事,就稍向右,想躲过铁拐李的阻挡。然而,铁拐李的前轮和前把手还是绊住了车骑将军的车——车骑将军这匹将要脱缰的野马终于在脱缰之前被拦停。

与此同时,大货车几乎是贴着车骑将军三轮车上的组合柜,风驰电掣般地开了过去,大货车所带起的巨大风力掀得组合柜连同三轮车,以及车骑将军本人都大幅度地晃动了好一阵子才停下来。

好险!这是除张明辉背对着没看到以外,其他人心里的同一个想法,如果车骑将军的三轮车再稍向右偏离几厘米,那后果将不堪设想……

车骑将军的三轮车已经停止摇晃好几分钟了,而骑手本人仍然两手紧握车把手,脸色煞白,两眼紧盯着远去的大货车,一动也不动。

铁拐李看着车骑将军愣怔的样子,说:"你还想不想'窜'?还愣着干什么?赶快跟上主家的车子走辅道!"

上辅道后,车骑将军老老实实地跟着张明辉的书车走,再也不敢越雷池一步。

车队沿环城大道的辅道东行十几公里，到达城市立交桥。在立交桥下开始左转向北走，过了立交桥，又穿过另外一个城中村——蓬莱村。蓬莱村的北边是一所大学，从大学门前经过，与大学一墙之隔的小区便是张明辉单位新建的集资楼。

76

张明辉一行在单位新建的集资楼小区大门口停住。张明辉从书车上下来，见值班的师傅是熟人——总公司门卫值班长李红旗——就上前打招呼说："李哥，您不是在总公司那边吗？怎么在这里见到您？"

李红旗从小区值班室走出来说："哦，是小张啊！你也搬过来了！好好好！你这一段时间没上班，还不知道，总公司办公大楼已经卖了。现在总公司搬到郊区一个小楼里办公，人员减少了，领导也换了。新领导看我不顺眼，刚好咱这新集资楼建成了，就把我调过来了，还是值班长，工资不少拿，回家又近。"

新集资楼小区里有三排居民楼，每排十个单元，楼间距宽阔，小区里建有车棚。另外，居民的休息及娱乐设施也一应俱全。看到这一切，车骑将军再一次感叹："眼镜真是进入上流社会了！"

车队在二号楼八单元楼门口停住，车骑将军抬头朝楼上望着问："在几楼？"

张明辉下了书车说："七楼，七零一。"

车骑将军跳下"战车"说："最高层啊！眼镜你找我们搬家算找对了，要是搬家公司的话，上七楼是要加钱的……"

张明辉连忙问:"对了,今天我请朋友们给我搬家应该付多少钱?"

车骑将军还未来得及回答,不知什么时候铁拐李已从最后的三轮车那里走了过来,听到张明辉问,就抢先接过话头说:"付啥钱呢?!说钱就见外了!眼镜,大家都是老熟人,我们又是干粗活的,不讲究,中午只要随便管我们一顿饭就行了……"

车骑将军抢着说:"但也不能太随便了……"

张明辉连忙说:"放心吧!中午我请大家好好吃一顿!"

三轮车上的所有家具及其他生活物品全部按张明辉指定的顺序,依次抬上七楼,进了七零一房,并按张明辉指定的位置,依次放好。一切完成,锁门下楼,把张明辉的书车往车棚里一推,终于算是大功告成。张明辉高兴地问大家:"朋友们,中午想吃什么?"

铁拐李说:"我见这小区附近有个烩面馆,一人一碗烩面,吃完大家还要各忙各的,没那么多讲究。"

张明辉说:"这太随便了吧!要不这样,过去先让店家上几个凉菜、几瓶啤酒,大家吃着喝着,最后再让他们上烩面。"

车骑将军说:"我赞成!只要有啤酒喝就行,别的都是次要的。"

大家走到小区门岗时,李红旗站在值班室门口对张明辉说:"人家搬家用四个轮子,没想到小张用三个轮子就把家给搬来了。"

张明辉半开玩笑地说:"李哥您好好看一下,我用的可是十五个轮子!"

李红旗开怀大笑:"哈哈哈!管他几个轮子,只要把家搬来就好!"

大家来到烩面馆,张明辉让店家先上凉菜,牛肉、皮冻、面筋和黄瓜四个凉菜上齐后，又要了四瓶啤酒，然后嘱咐店家赶快做烩面。安排完毕后张明辉感觉菜有点儿少，就又去街口大张超市门前那个温州人开的烧鸡店里买香酥脱骨鸡，店老板操着温州腔北方音问张明辉："要大一点的，还是小一点的?"

张明辉见烧鸡油光亮泽且热气腾腾，应该是刚出炉，就说："要最大的。"——通常情况下，在外婆过生日时张明辉才会这么说。

店老板拿最大的烧鸡在电子秤上称了称说："四十三块三，收四十三。"

张明辉拿着热气腾腾的烧鸡回到烩面馆，大家几乎齐声说："香酥脱骨鸡！眼镜真是太破费了！"

张明辉说："亏了谁，也不能亏了咱干活人。"

车骑将军高声说："这话说得好！将来眼镜当官了，我们都拥护！"

众人在一片嬉笑中吃罢中午饭，张明辉步行送朋友们蹬车"返航"。路过大学门口时，市政工程处的道路养护工正在进行局部施工，所以路面不平整且灰尘满地。此时大家的三轮车全是空车，蹬车驶过大学门口时，三轮车齐齐发出震天鸣响。张明辉望着他们绝尘而去，背影渐渐融入蓬莱村中，不由得浮想联翩，久久不能平静。

不管怎么说，自己目前算是小有成绩，从今往后妻子肯定会好好和自己过日子，她应该不会有以前那种"厌世嫉俗"的心态了……

77

然而事情完全不像张明辉所想象的那样。乔迁新居后他的个人生活几乎没有改变，有所不同的是住处到工作地点的距离变远了，妻子也比以前更加像"我是一片云"了。以前在瀛洲村租房住的时候，张明辉每每回到家里总能喝到一碗热粥，现在乔迁新居了，张明辉回到家里不仅喝不到热粥，而且常常连一片"云影"也看不到，包括"云影"后面的小尾巴——妻子经常不在家，把女儿也带得无影无踪。

张明辉乔迁新居后的很长一段时间就是在这样的状态下生活，但日子还得过下去。眼看着女儿璞玉快要放暑假了，女儿的假期每近一天，张明辉的心理压力就减轻一分。他觉得女儿放了假，妻子总该会带着女儿一块儿到自己书摊儿上看看，即使帮不上大忙，但自己的心情总归是舒坦的。

终于盼到女儿放了暑假，然而，张明辉依然是盼了个空。这么一来，张明辉不知不觉地就到了崩溃的边缘。

这一天是星期一，俗话说，星期一，生意稀。快到中午的时候，张明辉发现不再有人到书摊儿上看书了，自己的头也有点儿晕，于是就打算干脆收摊儿回家算了！妻子在家的话，吃碗现成饭，若是妻子不在家，那就自己胡乱做点儿什么，总比天天中午在街上吃饭强！

张明辉收摊儿回到小区，先把书车存放在车棚里，然后上楼回家。走在楼梯上的时候，张明辉感觉眼前的楼梯会偶尔跳动一下——就像某部科幻影片中的钢琴键盘，会在无人弹奏的情况下，自己突然跳动一下——回旋而上的楼梯扶手也会不时变为虚晃的光点……

张明辉清楚地意识到：这是自己的头晕症状在加重。

张明辉不敢惊慌，稳住脚步，坚持到了自家门口，先敲了敲门，见没有反应，便强忍头晕掏钥匙开了家门，果然家里空无一人。

张明辉独自在家里坐了一会儿，感觉头晕症状稍有缓解，就急忙起身洗菜，煮挂面。总得在下一次头晕症状发作前，先把饭做好，吃下去——尽管自己现在没有一点儿食欲。饭迅速做好，他拿碗盛了放在茶几上。

张明辉用筷子夹起一些面条，只吃了一小口，然后连筷子带面条重又放回碗里——"胃老板"心情不好，概不接待。

可是头晕症状已开始加重，张明辉操起筷子试了几次，依然吃不下饭，并且胃也开始隐隐作痛。

这可怎么办？看来是必须上医院了。家里也没人，不然就请门岗值班师傅送自己上医院吧。

张明辉推开饭碗，重又锁了家门，脚踩楼梯，如临深渊，如履薄冰。好不容易从七楼下到一楼，来到门岗上，见只有一个女职工在值班。

怎好意思让一个女士送自己上医院?!

见状，张明辉用门岗上的电话拨了父母家的电话号码。可谁知连拨三次，都无人接听。

好心的女值班员拦住一辆出租车，并对张明辉建议：如果身体状况允许的话，最好先回家里让亲人得知，然后再上医院。

张明辉向女值班员点了点头，感觉自己已然热泪盈眶。一个陌生人都对自己如此关心，可自己的家人……

张明辉上了出租车，司机问目的地，张明辉说了父母的住址。很快，出租车就到了张明辉母亲所在学校的教职员工住宅楼小区大门口，张明辉正要下车，门岗值班的老郭师傅说："你爸妈都不在家，中午一块儿去吃'高价饭'了，就是不知道在哪个饭店。"

张明辉说："那我就不回去了。麻烦您了郭师傅！"

老郭师傅说："不麻烦！你有什么话要我转告你爸妈吗？"

张明辉说："也没什么，我就是突然感觉头晕得厉害……"

老郭师傅说："这样啊，那你现在去哪里?!"

张明辉说："我先去我媳妇娘家那边，看那边家里有没有人。"

很快，出租车又开到张明辉岳父岳母所住的小区大门口，张明辉见门岗上没有值班人员，就让出租车直接开进院子。到了楼门口，张明辉付了车费，下了出租车。

又是七楼，张明辉又开始艰难地攀登。

敲开岳父岳母的家门，只有岳母一人在家。张明辉向岳母说明缘由，岳母说："那我陪你上医院吧！"

张明辉想了想说："妈，你能不能联系到秀云和孩子？"

岳母说："这一时半会儿的应是联系不上了。身体重要，还是我陪你上医院吧！稍后再通知他们。"

张明辉说："妈，我刚上七楼，想喘口气，歇歇再说。"

岳母说："那你先坐沙发上歇着，我去给你倒杯水。"

张明辉正和岳母说着话，忽听门外有人敲门……

张明辉的岳母开了房门，见是张明辉父母风尘仆仆地赶来，连忙说："你们是怎么知道他在这里的？快请屋里坐！"

张明辉的母亲解释说："学校一个同事的孩子今天结婚，中午我和辉他爸都去了。回来听门岗老郭师傅说了情况，就赶紧坐出租车过来了。"

张明辉的父亲见张明辉站在屋里没事，总算放心，两腿一软就跌坐在沙发上开始喘粗气。

张明辉见两鬓斑白的老父亲前额不停地往下淌汗珠子，感觉内心很愧疚，心想：只因自己无能，才使全家都不得安宁。

歇了一会儿，张明辉的父亲说："麻烦你了亲家母，我们这就送他上医院。"

出大门时，张明辉的岳母说："要不我也去吧？"

张明辉的母亲说："不用了！他身体弱，可能是累着了。不会有啥大事儿，我们两个去就行了。"

张明辉的岳母说："这云子也不知道带着孩子上哪儿去了！一有云子消息，我会马上叫她回去的……"

张明辉和父母一同上了出租车，来到市中心医院，接诊的正好还是张明辉熟悉的杨大夫。杨大夫经过一系列检查，最后的诊断仍然是：长期、连续的体力和精神双重疲劳，休息休息就好了，不需要用药。

张明辉又随父母上了出租车，回到父母所住的小区。张明辉感觉腹中有了饥饿感，母亲立马去下了碗面条，张明辉吃得挺香的。张明辉的母亲看着儿子的吃相笑了，笑得眼中有了泪花。

张明辉的母亲担忧地说："辉儿，大夫都说了，休息休息吧！孩子现在放着暑假，秀云带着孩子出去玩了，你也给自己放个假，歇一歇，这两个月就别出去卖书了。既然秀云和孩子不常在家里，那这两个月你就暂时住在爸妈这里，好好调理身体，将来孩子开了学，你再回去卖书。"

张明辉吃着面条，先是想到了家里的欠款，坚决地摇了摇头，后来想到了最后家里的冷清与孤寂，又无奈地点了点头。

两个月后，当张明辉带着对未来生活的美好憧憬，信心满满地用钥匙打开自己的家门时，妻子的头一句话竟是："你来我家干什么?!"

猛地一下，张明辉以为自己走错了家门，可转念一想，自己是用钥匙开的门啊！低头看见女儿璞玉也在屋里，就又想，可能妻子在开玩笑，可妻子的神态不像是在开玩笑，另外，妻子也不是爱开玩笑的性格啊……

"爸爸，妈妈！再见！"当女儿璞玉欢天喜地背着书包上学以后，家里寂静又重归寂静。

"明辉，咱们离婚吧。"妻子平静地说。

"你说什么？谁离婚了?"张明辉一边收拾准备出摊儿的行装，一边问妻子。

"我说，咱们两个离婚吧?"妻子走近张明辉说。

"你说什么……你为什么这么说?!"张明辉直起腰，用手摸着妻子的额头，以为妻子在发烧说胡话。

"你不用摸，我没发烧，我很清醒……你到底是同意还是不同意?"妻子拿开张明辉的手说。

"我现在急着出摊儿呢！回头再跟你说……"张明辉摇了摇头，心想：妻子是想用闹离婚来达到什么目的吗？

虽然是这么想，但当张明辉到达地点并且把书摊儿摆上以后，原本到家前那股兴冲冲的心情上却蒙了一层若隐若现的阴影。

晚上，张明辉收摊儿回到小区，上楼用钥匙打开家门，意外地发现满屋都是炒菜的香味。厨房那边传来排气扇均匀柔和的工作声，以及菜铲碰击菜锅的声响。饭桌上一热二凉三个菜已到位，张明辉连叫三声"璞玉"，女儿没有应声，推开女儿房门一看，原来女儿不在家。如果女儿在家应声，那将是一组多么美妙的幸福家庭的和声，在这一点上，应该说"幸福的家庭都是相似的"。

与妻子共进晚餐时,张明辉问妻子:"璞玉在哪儿?"

"璞玉在她外婆家呢!我陪你吃晚饭,吃吧!多吃一点,吃好了,我有事儿跟你商量……"妻子殷勤地给张明辉布菜,给张明辉添饭时,竟然夸张地举案齐眉,这俨然是"最后的晚餐"。

吃过晚饭,妻子解下围裙,放下挽起的衣袖,张明辉这才注意到,妻子穿着新的红条绒上衣,领口露出洁白的内衬。

张明辉忽然想起以前卖新书的时候,有一次去外地批发新书,妻子一定要跟着一块儿去。批发完新书,路过服装市场,妻子一定要买一件红条绒上衣。当时张明辉还感觉有些诧异,因为妻子勤俭节约,非过年过节,一般不添新衣服,如果逢年过节添新衣服,也是喜欢买一些青色,或是浅绿色等冷色调的服装,几乎不穿大红大紫的衣服。当然,刚结婚那几年是例外的。当时张明辉看着妻子买下了那件红条绒上衣,可是后来一直未见妻子穿过,所以,张明辉几乎忘记了这件红条绒上衣。

现在,张明辉看着妻子穿着这件衣服,感到既熟悉又陌生,有一种说不清、道不明的感觉涌上心头。妻子请张明辉在沙发上坐好,自己也搬了个小凳子坐下,然后说:"明辉,我知道你是个好人,不管怎么生气发火,却从来没碰过我一根手指头。假如你经常打我,我心里倒会好受一些,我会对别人说,'因为他经常打我,所以要离婚',可现在的情况实在是叫人难过。"

张明辉说:"那就别离了,咱俩在一起生活这么长时间,难道说十年的夫妻之间就没有一点儿感情?"

妻子说:"我承认,有感情。但感情不能当饭吃,这样的日子我实在是不想再过了……"

墙上有一台挂历,仍然是未开封的状态,封面上印着几个字"天天好日子"。这台挂历是今年元旦张明辉的父母给的，自从搬到新家，这台挂历一直没翻开过。张明辉看了一眼墙上的挂历说："你怎么总是这一副失魂落魄的样子！你就不会振作起精神来，全家人拧成一股绳，努力把日子过上去吗？现在咱家已经有了新房，只要你提起精神来，就没有克服不了的困难！"

妻子把小凳子往茶几跟前挪了挪，然后坐正了说："希望你尊重我个人的意见，给我自由，放我走吧……"

张明辉抬起头，再一次看着墙上的挂历说："这么说你已经找好人家了……我知道，这不关我的事，只是随便问问……"

妻子低下头说："我离开你并不是想去找人家，我只是觉得现在的生活压力太大了，想一个人生活……"

张明辉把目光从挂历上挪开，然后对着空气说："你怎么可能一个人生活?! 咱们还有女儿璞玉，难道你连女儿也不要了吗?!"

妻子仍然低着头说："如果你不愿意带女儿，女儿由我来带。"

张明辉用殷切的目光看着妻子说："咱们最好和女儿一块儿生活……"

妻子冷不丁站起来就往女儿房门口走，头也不回地说："那是不可能的……我虽然人走了，但心还在这个家里……"

妻子到女儿房中关灯，脱衣睡了。

78

张明辉感觉心里空落落的，也突然意识到自己已经很久没有跟妻子好好沟通了。于是平复了心情后，也去了女儿的房间，坐在妻子旁边说:"你既然心在这个家里,人为什么要走呢?"

妻子翻身,背对着张明辉说:"你快回去睡吧!我已经决定了,从明天起我就搬回娘家住,我给你一个星期的考虑时间,到时候如果不能协议离婚,那我就采取其他办法……"

张明辉听到妻子铁了心要离婚,内心各种情绪一齐涌了上来。他委屈又不解地问妻子:"为什么我们没有房子的时候都能一路风雨同舟挺了过来,现在眼看着日子要越来越好了,怎么就过不下去了呢?"

谁知妻子听罢这话,猛地起身反问:"越来越好?家里买房借的钱还清了吗?女儿下学期的学费凑齐了吗?你的书摊儿还有生意吗?家里本来都已经这么困难了,你还不知道分辨是非,总是被人骗钱!"

张明辉更委屈了:"我什么时候被人骗钱了?"

妻子气不打一处来:"上次我和璞玉去书摊儿接你,那个佐罗不是在找借口找你借钱吗?要不是我和璞玉及时赶到,你就被骗了……还有那次,明明不是你把那老板的车蹭坏的,别人都提醒你了,你还是把女儿的资料费给了出去,后来还是我从她外婆那里借钱交的费……"

张明辉听着妻子说的一件件、一桩桩的事,没想到这些情绪已经压在妻子心里这么久了。他觉得,妻子好像没有错,这一件件、一桩桩的事是切实发生过的事情。可是自己错了吗?自己每天都在为了生活而奋斗,虽然目前遇到了一些困难,但一定都能克服的呀。事情究竟是怎么样走到这一步的呢?张明辉沉思着,从女儿的房间走了出来。随手关好房门,他看见客厅饭桌上还剩一盘未动过筷子的凉菜。吃晚饭时,张明辉也注意到有这盘凉菜,但当时张明辉只顾说话,没有吃这个菜,也没有看清这是什么菜,现在单独一盘剩在桌子上,张明辉看清了，原来是一盘切开的梨。

张明辉在饭桌旁的一张椅子上坐下，望着眼前这盘梨想：都说梨不可分着吃，今晚我倒要尝一尝，这分开的梨，吃着到底是什么滋味。

他用水果刀插住一块梨，放进嘴里，还未曾咀嚼，不知怎的，梨竟然自个儿顺喉下肚了……张明辉没吃到什么滋味，只感觉食道凉凉的，虚无缥缈……

一个星期后的一天早上，张明辉吃罢早饭，正在收拾出摊儿的行装，妻子忽然从娘家回来，进门就问张明辉："上星期我跟你商量的事，你考虑得怎么样了？"

"我还没考虑好呢，以后再说吧！"张明辉说着话，拿着出摊儿的行装要下楼。

"你总是这样，优柔寡断、推三阻四的，要不咱们到居委会，或是其他什么地方，让人家说说，看咱两这事儿该咋办……"妻子拽住张明辉的行装说。

"好好好！你先松开手，这拉拉拽拽的，算是怎么回事……这样吧，你下个星期回来，我一定给你答复……"张明辉是个爱面子的人，最怕到居委会以及其他诸如此类的地方去被人评头论足，所以，妻子稍微一松手，张明辉就急忙拿着行装下楼了。

第二个星期后的一天早上，张明辉刚刚吃罢早饭，正在刷锅洗碗，妻子已从娘家回来，人坐在沙发上，只等张明辉收拾完了好谈事。

张明辉把厨房收拾停当，用毛巾擦着湿手来到客厅，妻子开口说："明辉，咱先坐下谈事儿，谈完事你再出摊儿好吧？"

张明辉把毛巾送到盥洗室，搭在脸盆架上，回身来到客厅，顺手拉了一张椅子坐下说："谈吧。"

　　妻子再一次委婉地开口说："明辉，说实话，咱们这样生活下去，你觉得幸福吗？与其这样下去，倒不如咱们到区民政局协议了算了……"

　　张明辉没有听明白，也许是不愿听明白，只是慢条斯理地随着妻子说："什么协议了算了……"

　　妻子说："到区民政局办协议离婚嘛！你愿意咱们的事将来闹到法庭，搞得沸沸扬扬吗？我看咱们还是不伤和气，去协议了算了，你说呢？"

　　张明辉思忖良久，终觉得"强扭的瓜不甜"，于是开口说："既然你那么愿意'协议'，那就去'协议'吧……"

　　妻子连忙说："那就这样定了……我知道，只要你答应的事，是不会反悔的。既然这样，那咱就一个星期……半个月吧！半个月后咱带着证件去办理，好吗？"

　　张明辉点了点头。

　　半个月后，也就是在"最后的晚餐"一个月后，张明辉和妻子去区民政局办理协议离婚。

　　张明辉和妻子约好下午去办理，上午，张明辉没有出摊儿，而是在家整理书籍。吃罢中午饭，张明辉准备了一个很大的行囊，这个行囊是以前刚参加工作时母亲买的，张明辉平时很少用，只记得刚参加工作时用过一次，后来从外地往本市调动工作时用过一次，还有单位里组织去泰山、孔府旅游又用过一次，再后来就一直闲置着没用。

　　张明辉正在擦拭行囊上的灰尘，妻子从娘家回来看见就说："你今天要出去旅行吗？咱可是说好今天下午去办手续的……"

　　张明辉直起腰，把行囊往后背上一背，然后说："我这样去办手续，可以吗？"

　　妻子一头雾水地说："也没什么不可以……"

张明辉又说："现在可以走了吗？"

妻子犹豫了一下说："当然可以。"

张明辉和妻子坐公交车在区政府大院门口下了车。

张明辉无意中看了一下表，是下午四时零五分，然后和妻子进大院，一起走到办公大楼门口，张明辉问执勤的保安说："麻烦问一下，区民政局在几楼办公？"

执勤的保安说："就在一楼左拐最里面，门口的方向与你现在的面向一样。"

执勤保安回答得准确而流利，好像经常回答这个问题。

张明辉和妻子走进办公室，发现这是一间很窄小的办公室，窗玻璃似乎长期未擦，所以室内光线很暗。另外，办公桌椅以及挨着门口的长沙发也是旧的，分辨不出原来是什么颜色，这和办公大楼华丽的外装修很不协调。张明辉刚走进办公室时感到有些压抑，随即又想：也许别的办公室不是这个样子，况且自己是来办手续的，又不是长期在这里生活……

"来了！先坐吧！"临窗的办公桌后面坐着一个四十多岁的女工作人员，挺热情的。

"不坐了，先办手续吧！"张明辉见沙发上坐着一个三十岁左右的青年妇女，不知道是工作人员，还是来办事的，所以这么说。

"没事儿，没事儿！这是咱这里的工作人员小李……小李，快请二位坐，去找一次性杯子，先给二位倒两杯热茶……"办公桌后面的中年妇女说。

小李走出办公室，回来的时候手里拿着一个热气腾腾的大茶缸说："一次性杯子用完了，这个茶缸是以前没发完的奖品，从来没人用过，我又刷了刷，刚倒上热开水，谁要喝吗？"

办公桌后面的中年妇女说："你看你这小李，就这一茶缸开水，你让谁喝呀！再去找一个茶缸嘛！"

小李连忙把茶缸放在办公桌上，可能是烫到了手，用另一只手搓了搓说："王主任，只有这一个奖品茶缸，找不到第二个，您看怎么办？"

王主任站起身，离开座位走了几步说："算了，算了，二位要喝开水吗？要不……女士优先？"

韩秀云说："我们不渴，还是先办手续吧！"

王主任重新坐回自己的座位说："也好，二位要办什么手续？"

韩秀云说："办协议离婚，我们已经分居两年了……"

王主任回头问张明辉说："是这样吗？"

尽管张明辉知道妻子韩秀云说的不是实情，因为从"最后的晚餐"到现在，实际分居时间只有一个月，但从"精神分居时间"来算，早已经在两年以上了。因为妻子早已经和自己"貌不合，神更离"了。于是，张明辉稍加考虑就回答："不错，是这样。"

王主任随即拉开抽屉——事情来得突然，张明辉没有思想准备，恍惚间，张明辉感觉王主任拉开的不是抽屉，而是把张明辉的灵魂拉出了壳——拿出两本《中华人民共和国离婚证》，翻开两本证件的扉页，随手拿起办公用碳素笔，一边准备书写，一边说："既然这样，那就办了……差一点忘了，应该先填两个表格才能办理。另外，你们也要再慎重考虑考虑，毕竟两个人能走到一起是很不容易的……"

79

韩秀云接住王主任递过来的两张表格，说："我们已经考虑好了。"

张明辉拿过表格，和妻子韩秀云按照王主任的要求填了，然后，那两张表格又回到王主任的手中。只见表格上写道：

近年来双方因感情不和，生活中经常吵架，已分居两年，感情确已破裂，现双方协议离婚。

育有一女孩，名叫张璞玉，今年九岁半，由男方抚养，女方应付给孩子的抚养费。由夫妻婚后共同购买的男方单位集资房，夫妻各分一半，女方所得一半款抵孩子抚养费（九岁半至十八岁止），女方不再另付。

女方在离婚后搬出，此房由男方及孩子居住。

婚前财产各归各有，婚后财产：女方衣服、化妆品、文具等，归女方所有；室内其余财产全归男方。

注：原购房欠款壹万陆仟元，离婚后由男方一人承担。

张明辉和韩秀云签名并按指印后，王主任说："这两份《离婚协议书》完全相同，你们每人一份，自己保存好。现在你们把两本《中华人民共和国结婚证》交上来，我就可以把两本《中华人民共和国离婚证》签发给你们，每人一本。"

张明辉从行囊里掏出两本鲜红灿烂，完好如初的缎面烫金

《中华人民共和国结婚证》（结婚十年以来，这两本证件一直由张明辉保存着），办公室的王主任和小李看到保存如此完好的证件，不由得齐声惊叹："噫，真好！"

张明辉更是觉得好，目不转睛地注视着两本灿烂的证件，最后还是恋恋不舍地交到王主任的手中。王主任接过两本保存如新的证件，本打算随手放进身边一个盛旧证件的竹筐里，犹豫了一下，还是拉开办公桌一个空闲的抽屉，轻轻放了进去。

王主任重新拿起办公用碳素笔，在两本绿皮的，已经翻开扉页的新证件上快速书写起来。

两分钟后，两本绿皮的，新的证件就发到了张明辉和韩秀云的手中。接过证件，韩秀云长舒了一口气，随即，身子颤了颤。

"你没事吧？"办公室的小李走过来搀住韩秀云说。

"我没事。"韩秀云说。

"你先走吧！"小李一边搀着韩秀云，一边回头对张明辉说。

"你们不要管！我们自己走！"张明辉以为人家要扣下自己的妻子（两分钟前的），颇有点儿紧张地说。

"你要跟他一块儿走吗？"小李不放心地对韩秀云说。

"一块儿走就一块儿走。"韩秀云说。

"那你们慢一点……"小李叮嘱道。

张明辉和妻子（三分钟前的）一前一后走出办公室，小李不放心地跟在后面。当大家来到办公大楼门口的执勤保安那里时，小李像是自言自语又像是对大家说："这两位跟别人不一样，一块儿来，还一块儿走……既然这样，为什么要离呢？"

张明辉说："我也搞不明白。"

小李说："原来是这样。我还以为是……韩女士，你们多像是一家人啊！两个人能走到一起也是多么的不容易啊！要不这样，咱再回去，跟王主任说明白，把证件再换回来，你看咋样？"

张明辉见妻子（五分钟前的）似乎有那么几秒钟的犹豫不决，在这几秒钟内，张明辉是多么希望她能够回心转意。然而，几秒钟后的答案是："就这吧！不换了。"

小李说："那好吧！不过实在是有点可惜，既然这样，那你们自己走好，我要回办公室了……"

张明辉代妻子（六分钟前的）向小李点了点头，看着小李走回办公室，然后和妻子（七分钟前的）不约而同地一起向区政府大院门口走去。虽然进出大院的也有其他一些人，但张明辉感觉区政府大院实在是静，静得只能听到两个人的脚步声……

两个人走到大院门口，张明辉又无意中看了一下表，是下午四时三十分，从进大院到出大院只用了二十五分钟。张明辉回头望了一下高大而华丽的区政府办公大楼，像是自言自语，也像是对同行的人说："真没想到，十年的婚姻，在二十五分钟内就画了一个句号……"

韩秀云说："现在政府办事效率高了嘛！"

张明辉说："是啊……"

韩秀云说："你去哪儿？我可是要走了……"

张明辉说："我去西边进书，咱们还可以再同行一段路程。"

韩秀云说："再同行一段就再同行一段……"

两个人一起沿中州路的人行道向西步行，张明辉首先打破沉默说："我有个卖书的同行，他说他以前也和妻子离过婚，后来，不知道怎么回事，他妻子又回去和他复了婚……我想，你是不是也会在未来的某个时刻，重新再回来……"

韩秀云说："以后的事谁说得谁呢？我们还是先各自反思一下自己吧。毕竟走到了这一步，我们都有各自的问题。"

张明辉说："我总觉得咱们之间还有什么东西没断，可能就是世人所说的缘分吧。"

韩秀云说："或许吧……"

两个人边走边谈，不觉已到中州桥，这里是张明辉以前在夜市卖新书的地方。张明辉正要开口说点儿什么，韩秀云却抢先开口说："我现在要拐弯，不能再同行了……"

张明辉端详了韩秀云良久，感觉她的眼神比一个月前明亮多了，张明辉从心底里替她高兴，总有一天，云子的眼神会恢复到刚做新娘时的模样。

想到这里，张明辉面带微笑地说："云子，你现在的状态比以前好多了……希望你以后能一直开心快乐……"

韩秀云点了点头，往前走了两步，又回头说："你背的包时间长了，抽空儿洗一洗再背。"

……

张明辉望着韩秀云渐渐消失在中州桥边的晚霞里，忽然想起她在做新娘前，也就是和自己处对象时，也是个文学爱好者，读的中外名著并不比自己少，只不过结婚后，自己便渐渐淡忘了……

张明辉记得当年和韩秀云热烈地讨论过徐志摩的诗，其中有一首徐志摩的《再别康桥》，现在完整地浮现在张明辉的脑海里：

轻轻的我走了，
正如我轻轻的来；
我轻轻的招手，
作别西天的云彩。

那河畔的金柳，
是夕阳中的新娘；
波光里的艳影，
在我的心头荡漾。

软泥上的青荇，
油油的在水底招摇；
在康河的柔波里，
我甘心做一条水草！

那榆荫下的一潭，
不是清泉，是天上虹；
揉碎在浮藻间，
沉淀着彩虹似的梦。

寻梦？撑一支长篙，
向青草更青处漫溯；
满载一船星辉，
在星辉斑斓里放歌。

但我不能放歌，
悄悄是别离的笙箫；
夏虫也为我沉默，
沉默是今晚的康桥！

悄悄的我走了，
正如我悄悄的来；

我挥一挥衣袖，

不带走一片云彩。

80

张明辉离婚后，由于难以兼顾挣钱和照顾女儿，便将女儿送去与自己已退休的父母同住，从此张明辉开始了独自一人的生活。

张明辉离婚一个月后，忽然又接到原工作单位的紧急通知，通知的大意仍然是：凡是停薪留职在外打工的人员，必须在一周时间内回原工作单位报到，逾期不回者，按自动离职处理。

张明辉原以为不过是到单位续个假期就完事，哪知原单位对每个报到的人员实行"劝退政策"，也就是劝其答应买断工龄。接待的工作人员对每个报到的人员说同样的话："还是趁现在单位还行，早点儿买断算了，要不等将来单位垮了，那是一分钱也得不到，到那时再后悔，也就来不及了……"

"明知不是事儿，事急则相从"，张明辉无奈，只好随着同行的报到人员一块儿办了"买断"手续（若干年后，张明辉获悉，当时回原单位报到的人员中有几个"刺儿头"，硬是不办"买断"手续，结果后来上面又有新精神，不允许再办"买断"手续，那几个"刺儿头"就又晃晃悠悠地回去上班了），又把档案资料和所有相关手续全部转到本市的人力资源社会保障部门。办完手续出来，张明辉和几个人感叹说："咱们怎么为了那三千多块钱，竟然把自己给卖了！从此和原单位再也没有任何关系了……"

天气越来越寒冷，张明辉的书摊儿生意就越来越惨淡，张明辉的心境也愈来愈糟，再加上离婚和失业的双重打击，张明辉病了。

母亲心疼儿子，要张明辉这个冬天歇了生意，回去和自己同住，好好恢复一下身体，等来年开春再说。

在这个冬天里，张明辉的单亲家庭和父母的原始大家庭合二为一。

第二年开春，张明辉的身体完全恢复了，准备干一番事业，但不打算继续摆书摊儿。因为重操旧业又要勾起对往事的痛苦回忆。于是，在一番考察之后，张明辉把目光投向了浪花纯净水公司。

张明辉先用"卖身"（张明辉自己在心里戏称）的三千七百多块钱买了一辆摩托车——张明辉想用这摩托车在纯净水公司送大桶的桶装水，尽管会比卖书累一点儿，但生活总要改变一下。

张明辉先是学会了驾驶摩托车并考取了执照，后又花五十块钱，在电气焊杂修铺做了一个送水的铁筐子。当张明辉用新买的摩托车带着油漆一新的铁筐子，来到浪花纯净水公司的时候，却发现公司里给送水员配有铁筐子，比张明辉的更小巧，更精致。张明辉干脆就用两个铁筐子一起送水，这样送起水来，就比其他送水工用一个铁筐子更平稳，更方便。但张明辉后来发现，渐渐地，市里所有的送水工都配上了一次成型的双铁筐子的送水工具。

在浪花纯净水公司干了一段时间，张明辉发现这个公司的派工员经常派工不公，就又到市里另外一家纯净水公司干了一段时间。后来纯净水公司因经营不善而倒闭，张明辉就用自己的摩托车在市里跑了一段时间"摩的"。再后来，市里对各种车辆的检查正抓得紧，张明辉就干脆放弃跑"摩的"，然后骑着自己的摩托车在市里四处寻找工作的机会。

最后，张明辉找到巨龙纯水有限公司，在公司的生产车间当了一名生产工。三年后，张明辉被公司老总卢朝阳提拔为车间副主任。在公司上班四年后，又被公司老总提拔为主抓对外销售业务的业务经理。

在公司上班五年后，也就是在市中心医院日夜照顾父亲长达五个多月后，张明辉重回公司上班，又以业务经理的身份，被公司老总派往公司的最大业务场所——中州 CBD 首席购物公园。

81

巨龙纯水有限公司在中州 CBD 首席购物公园设立了一个"巨龙纯水服务中心"，由于巨龙公司原业务员任一帆的辞职、跳槽，致使服务中心的业务客户流失严重。张明辉带领公司现在的业务员王俊峰积极应对，很快稳定住了市场，已经流失的客户开始一个接一个地重新回来，并且还有不少新客户不断加入，成为巨龙公司新的业务伙伴。

巨龙公司老总卢朝阳见购物公园这一块儿的市场已经稳定，就把业务员王俊峰暂时调到别处去了。另外，服务中心的服务组长大个儿也因家里有事请了长假，而公司里也暂时派不来别的人员去顶替大个儿的工作，张明辉只好一边搞市场业务，一边替大个儿带领小胖和二黑给服务中心的所有客户送水，每天忙得不可开交。

这样一来，张明辉就和购物公园经营管理公司的工作人员有了频繁接触，特别是和他们的行政部接触最为频繁。

在中州 CBD 首席购物公园经营管理公司的行政部里，除了部长王弼是一位四十多岁的男性外，其余的工作人员全是年轻姑娘。高挑的年轻姑娘梅佳静专门负责给张明辉开具、汇总、批转有关纯净水业务的收条以及其他事务。如果梅佳静不在办公室，与梅佳静紧挨办公桌办公的柳美琴会临时代办。

在工作中接触多了，张明辉渐渐感觉到梅佳静频频向自己示爱，并且攻势很强，使张明辉只有招架之功，没有还手之力。张明辉就在心中感叹：现在的年轻女性对待爱情问题怎么会如此地大胆，如此地不管不顾？不管对方是否已成家，或者是否有过婚史，现在处在什么状态等，也不管周围同事议论与否，只要自己愿意，就一味地进攻……

梅佳静在其邻桌柳美琴的协助下，对张明辉施展了小女孩儿所能想到的千条计策、万般"花招"，然而，张明辉却始终以礼进退，不受她们的摆布。

梅佳静见无计可施，只好亲自出马，在一个彩霞满天的傍晚，等在一个僻静的，并且是张明辉每天傍晚时分，推着满平板车空桶收工回来时的必经之处。

张明辉推着满满一车空桶上了员工通道，打算从员工通道返回服务中心。张明辉拐了个弯却发现，远远地有一个高挑的女孩儿穿着员工服，站在通道的下一个拐弯处。

张明辉定睛一看，那女孩儿不是别人，正是天天都要打交道的梅佳静。躲是躲不过了，只有硬着头皮走过去，看她还有什么"花招"……

从内心讲，张明辉对梅佳静并不反感，甚至还有一点儿喜欢。他之所以拒绝，是因为考虑到两人的情况悬殊，自己有过婚史，现在也不算高收入阶层，而对方还是花季少女，年龄比自己女儿璞玉大不了多少。两人这样的情况，即使相处下去，也不会有结果。况且目前前妻那边有复婚的意向，俗话说，衣服是新的好，人是旧的好，如果能和前妻顺利复婚，和好如初，那又何必再去重新经历一次前途未知的人生考验。

张明辉推着车走到梅佳静面前，想打招呼又觉得无话可说，因为工作刚才已经办完了，现在也已经下班好长时间了。张明辉本不是个习惯没话找话的人，所以，看见梅佳静站在路边，微笑着点了一下头，算是打招呼，推着车未停，继续往前走。可张明辉刚走半步，就听到梅佳静"嗯"了一声。

张明辉从梅佳静这一声里听出一个花季少女长久以来的殷切期望。张明辉虽然脚步未停，但连忙再一次向梅佳静微笑着点了一下头，这一次微笑包含了一丝苦涩的味道……

张明辉又向前走了一步，听见梅佳静第二次"嗯"了一声，张明辉在这第二次"嗯"声里听出了坚决"命令"自己立刻停下脚步的意思。但张明辉不能停下脚步，他有自己的苦衷，只能微微转头，第三次向梅佳静微笑着点了一下头，这一次微笑里所包含的苦涩味道更加浓重……

张明辉又向前走了两步，听见梅佳静第三次"嗯"了一声，张明辉在这第三次"嗯"声里听到的"命令"意味更加强烈，大有"最后通牒"的意思。但张明辉的双脚好像不受控制，继续保持着原来的行进速度，不停地向前迈着脚步，张明辉这一次不敢再回头，只是默默地向前顺道而行……

张明辉推着车在通道上走了一段路程，又到了一个拐弯处，此时，张明辉不回头也知道，现在自己已不在梅佳静的视线之内，于是，张明辉迅速加快脚步，向着前面一个大型超市验货口的高坡冲去。

由于心情紧张，张明辉忘记上去高坡就该下坡了，结果在下坡的时候，满车的空桶顺坡滚下，吓得几个验货员急忙抱头，以为发生了地震。

82

这之后，梅佳静请了病假一直未归。张明辉与众多故交又一一在购物公园重逢，这让他开心极了。在这一段时间里，张明辉每天工作的时候总会遇见赵伟杰（曾在张明辉的婚礼上担任过"随行摄影师"）、大胡子老马、铁拐李这三个人，在购物公园这个小天地里，能够天天见到过去不同时期的故交和朋友，张明辉感觉就像进入了世外桃源，每天乐在其中。他陶醉的心境正如东晋诗人陶渊明在《饮酒·其五》中所描绘的那样：

结庐在人境，而无车马喧。
问君何能尔？心远地自偏。
采菊东篱下，悠然见南山。
山气日夕佳，飞鸟相与还。
此中有真意，欲辨已忘言。

正当张明辉在"世外桃源"里因陶醉而"忘言"的时候，张明辉的母亲又一次打来电话提醒张明辉说：
"辉儿，我看报纸上说'灵活就业人员补缴养老保险费出现扎堆现象，我市相关部门出台应对措施——服务窗口增加，双休日也可办理'。报纸上介绍说'一段时间以来，新区会展中心总会有市民排起长队，他们都是赶在规定时间前，补缴历年欠缴养老保险费的灵活就业人员……'
"辉儿，现在补办养老、医疗保险有了规定时间，我早就给

233

你说过，你现在不能再拖了，赶快去补办一下！过了规定时间，想补办也不可能了……"

遵照母命，张明辉开始着手补办养老、医疗保险，这个事儿也是张明辉的一块心病，是个早晚必须办理的事情。以前之所以一拖再拖，起初是因为经济问题，当时张明辉还摆着书摊儿，每天面临的是如何为集资房分期筹款，当然没有余力去考虑养老、医疗保险的事情。后来离了婚，那是既无经济能力，也无心情去考虑这个问题。再后来，随着工作的变化，特别是担任巨龙公司的业务经理以来，张明辉的个人"经济"稍有"基础"，到目前为止，已经有余力去考虑诸如养老、医疗保险等这些事情了。

眼下，张明辉对这个事情仍然一拖再拖，主要的原因就不是经济问题了，而是心情，即思想问题。现在张明辉在"世外桃源"里暂无烦恼，怎会让这些"俗事"扰乱了心绪。况且，就张明辉所知，这个事情什么时候办都可以，又没有时间限制。忽然间听母亲说"市里相关部门出台了规定时间"，张明辉只得在当天就安排好手里的工作，准备第二天去办这个不得不办的事情。

第二天上午八点差五分，张明辉就骑着摩托车到了市人力资源和社会保障部门的大楼前。张明辉在大楼前停车熄了火，一边锁车，一边想：现在还不到八点，应该不会耽误办事。

抬头却见大楼前已经人山人海，张明辉走近大楼发现大门被一条长长的铁链子锁着，人们用手推大门可以露出宽宽的门缝，但宽度不足以让一个成年人进去。张明辉见前面一个胖小伙子试了几次都挤不进去，胖小伙子说："这要是以前上学的时候，我轻轻松松就进去了，记得有一次早上到学校，老师找不到教室门钥匙，班长也把教室门钥匙落在家里了，我就一个人先从门缝里进了教室……"

众人都笑，其中一个五十多岁，胡子花白的老者说："小伙子，你一个人先进去干吗？谁给你讲课？"

胖小伙子支支吾吾地说："……我本打算先进去温习功课来着，可进门缝时嫌书包碍事，就把它放外面窗台上了，我坐到位子上才想起书包还在外面，喊他们帮忙递书包，他们却只是笑，没一个人帮忙……"

众人听了，笑得更欢。

过了片刻，张明辉发现一张小桌子被移到门缝口，接着一个小姑娘坐在小桌子后面对门缝外的众人说："我们现在不在这里办公了，暂时搬到新区会展中心那边办公，请大家相互转告……"

门缝外的众人嚷嚷说："在这里好好的，又搬来搬去的，害得我们还要跑到新区那么远的地方……"

门缝里的小姑娘解释说："咱们这条街不是要拆迁改建吗？很快就要拆迁到咱们的大楼了，这事儿在报纸上早就登过了，况且现在咱们大楼以东的房子已经全部拆完了……"

一个胡子花白的老者说："咱们老百姓只知道吃饱了肚子不饥，哪注意这些……大家都别等了，去新区吧！"

老者话音未落，集聚在大门前的人群一哄而散，随即又有新的人群不断往大门前聚集。张明辉靠近门缝说："我说大妹子！得赶紧先在门上贴个通知，别让这么多人都把时间浪费在这里……"

门缝里的小姑娘说："门上的通知掉了吗？没关系，等一会儿咱们巡逻的保安会再贴一张通知上去。有时候就是通知没掉，着急的人们也不看通知，就一直在门前等候，所以领导安排我坐在这里，好给大家做解释工作……"

张明辉说："你把通知从门缝里递出来，我帮你贴在门上。"

门缝里的小姑娘不好意思地说："我这里没有通知，通知在巡逻的保安手里……"

张明辉无语，心想：这就不是自己能管的事了，还是赶快去办自己的事吧！

83

张明辉骑着摩托车沿九鼎路向城南新区的方向驶去。他平时工作忙，很少去新区。虽然故乡就在新区的西南方向，紧挨着新区（据说将来也要划归新区），但由于张明辉的爷爷、奶奶以及外公都已作古，外婆现在已被接到市里，和张明辉的母亲同住。因此，张明辉也就每年的农历二月十五，按乡间习俗回故乡上坟时，路过新区一次。今年农历二月十五，张明辉没有回故乡上坟，因为当时父亲病重，张明辉一直在医院照顾父亲，五个多月后父亲病故，骨灰暂时存放在殡仪馆，家里打算第二年把张明辉父亲的骨灰送回故乡安葬，然后再开始正常上坟。

张明辉每年路过新区，新区都有沧桑巨变，现在已经有一年多没有来新区，不知新区又有多大变化。这次不是路过，是专程到新区办事，一定要好好欣赏欣赏新区那日新月异的、如诗如画的美景。

张明辉骑着摩托车靠近九鼎大桥，过了九鼎大桥就是新区。张明辉忽然发现紧挨九鼎大桥又建起一座新桥，在新桥上面有一高一低两个桥塔，在 A 字形的高桥塔的一字状横梁上镶嵌着红色立体汉字，张明辉看清那是"凌波大桥"四个汉字。前一段时间张明辉在报纸上看过介绍，原来这就是刚刚建成通车的本市首座双塔双索面斜拉式大桥。

正如报纸上描绘的那样——远看如一只振翅高飞的天鹅，两个桥塔一高一低，从造型上看，高塔像一个信号发射塔，条条钢索如无数射向四方的射线；低塔顶端有一个球体，钢索从球体向外四射，则像正在发射信号的人造卫星。

而大桥两边的护栏，其造型模仿 DNA 的双螺旋结构。

同时以双塔、护栏象征通信、航天和生命科学这当今科技的三大热点领域。

由于该桥地处本市高新技术企业的聚集区，所以被赋予"科技之桥"的主题，大量运用现代科技的元素，充满了时代气息，寓意本市必将以雄厚的科技和工业力量走在全国的前列。

该桥既是一座担负通行重任的大桥，还是一座景观桥，桥名"凌波大桥"取自曹植《洛神赋》中的句子：

凌波微步，罗袜生尘

张明辉骑着摩托车驶上了凌波大桥的引桥，这时有一艘仿古游船正从凌波大桥的正桥下穿过。恍惚间，张明辉感觉仿佛历史上三国时期的诗人曹植乘古船，沿着历史的长河，"凌波"而来，正在穿过眼前这座"未来之桥"，这使得张明辉忽然想起今年春节时，巨龙公司发的，现在还完好贴在自家门框上的春联：

有志金龙越古今；
无边春色来天地。

张明辉骑着摩托车驶上了凌波大桥的正桥，带着欣喜的心情穿过高高的桥塔，身边不断有高档小轿车驶过。看着这些价值不菲的汽车，张明辉不由得想起自己还在孩提时代的时候，由母亲领着第一次从故乡来到当时父亲所在的小县城。当时，刚满五岁的张明辉只要看到汽车就欣喜万分，刚到小县城的几个月，五岁的张明辉几乎天天站在父亲所在单位的大门口看汽车。尽管当时小县城里汽车很少，站在那里几个小时才能看到一辆汽车，运气不好的话，有时半天也看不到一辆汽车，但张明辉很有耐心，上午看不到的话，就中午吃了饭下午继续看。母亲怕他晒伤，就叮嘱张明辉上午站在大门东侧看，下午站在大门西侧看。吃罢晚饭，张明辉站在大门口，望着漆黑的南山，发现山腰间时常有星星似的亮光，一闪一闪地从漆黑的南山背景上划过，另外还夹杂着碎石碰撞金属的声响。五岁的张明辉对看到和听到的这一切感到很新奇，就要母亲讲个究竟，母亲告诉他，那是正在山腰间采矿的有轨电车……

张明辉骑着摩托车，望着桥塔顶端的球体，钢索从球体向外四射，像正在发射信号的人造卫星。张明辉心想：自己当年五岁时看到的"星星之火"，现在已成"燎原"之势。

张明辉骑着摩托车穿过低桥塔，再加一把油门，就可以穿过眼前那高耸入云般的 A 字形高桥塔。这时，张明辉背后的天空上出现了飞机引擎的鸣响。孩提时代的张明辉在故乡是很少听到飞机引擎声音的，因为那时市北郊还没有飞机场，偶尔听到的飞机声音不过是省城飞机场有个别飞机航线路过故乡。当时张明辉和小伙伴们只要听到飞机声音，第一反应是好像听到了战争影片中的敌机声音，当哪个小伙伴第一个在天空中看到飞机，其他小伙伴就争相顺着他手指示的方向，急切地在天空中寻找飞机的踪迹，当小伙伴们都看到了天空中的飞机，会兴奋得就像看到大哥哥和大姐姐们所讲述的来自太空的飞碟一样。

当张明辉骑着摩托车接近高桥塔时，银灰色的飞机已出现在高桥塔的塔尖上空，飞机在那里偏转机翼，画了个圆弧，开始西飞，偏转机翼时反射出的耀眼光芒与塔尖的反射光交相辉映。

现在市北郊的飞机场早已建成通航，张明辉每天看到飞机就像看到城市公交车一样习以为常。尽管如此，真正贴近张明辉生活的，在张明辉的观念中，被认为具有新生事物性质的，还是前几年才在新区建成并投入使用的高速铁路。近几年来，张明辉的母亲每年都要到省城的小儿子家里住上一段时间，所以，张明辉每年都要把母亲送到坐落在新区的高铁站，张明辉的母亲在那里乘高铁去省城。

张明辉骑着摩托车穿过高桥塔，行驶到正桥的南端，在快接近引桥时，忽然听到凌波大桥的西南方向传来一声龙吟般的长鸣，接着，一条银灰色的"长龙"风驰电掣般冲上高架桥，刹那间就消失在西南方向的白云里。

张明辉回过神来，知道那是刚刚出站的高铁，张明辉挂空挡，让摩托车凭惯性滑行到正桥与引桥连接处。当摩托车滑行到紧靠路边时，张明辉踩下刹车，然后坐在怠速运转的摩托车上，遥望着西南方向的白云，心想：刚刚看到的那一幕多么像孩提时代的时候，大哥哥和大姐姐们所讲述的冲向太空的宇宙飞船啊……

张明辉望着那白云忽然又想：那白云下面正是自己故乡的所在地。

那白云下面有外婆家的老皂角树，当年二姨曾在老皂角树下给孩子们出谜语、讲故事……

每年的农历二月十五，上完坟后，自己会在那白云下面和十一个堂兄弟们欢聚一堂（每年在不同的堂兄弟家里聚齐），本家兄弟们一边喝酒，一边畅谈，天南海北，古今中外，从小事到大事，从家事到国事，无不谈及。

每当本家兄弟们在一起畅谈时，自己总要感叹——说起来自己在外奋斗打拼几十年，不过奋斗了个七十平米的两居室，哪比得上乡里兄弟们三层小洋楼住着，小汽车开着。

这时候，在县里公安系统工作的四弟会开口说："从小到大我最佩服的就是二哥明辉，我小时候听二哥讲故事，都快听迷了……二哥现在的情况自有历史的原因，暂且不提，倒是八弟光辉在咱们家族中有出息得很——中科院博士、名牌大学教授、出过国、留过洋！"

"多情应笑我"，今天自己是怎么了?! 怎么也"偷闲学少年"，模仿古人"望云思亲"起来了……

张明辉坐在怠速运转的摩托车上慌忙四顾，见凌波大桥上车来人往，大家各自忙各自的，没人注意刚才自己那少年般的轻狂，张明辉不由得，也是自嘲地微微一笑，接着挂挡加油门，沿引桥冲下，进入新区。

84

张明辉骑着摩托车在宽敞的新区大道上行驶没多久，发现西南方向有六七处奇特的建筑，建筑之间分布着广场、绿地和人工湖等景观，那人工湖的面积要比自己平时上班所在的购物公园里的人工湖大几倍。张明辉以前在报纸上看过介绍，确定眼前看到的就是由著名建筑设计研究院设计，坐落于新区中部，地处新区景观轴线上，占地一千五百多亩的生态型体育公园——在体育公园西南部，市里规划建成了张明辉现在正要去办事的新区会展中心。

要去新区会展中心必须先穿过新区体育公园。张明辉骑着摩托车进入新区体育公园，首先看到的建筑是新区体育场，它位于凌波湖西侧，是体育公园内六个大型体育场馆之一，正如报纸上描绘的那样——帆船造型，风格独特。

地上五层，顶部为钢结构罩棚，四周有四根高达八十九米的白色巨大立柱直指苍穹，就像是帆船的桅杆，再加上桅杆周围环绕着几十道悬拉索，共同稳稳地托起了体育场，寓意为新区的发展正在扬帆起步，将会鹏程万里。

张明辉骑着摩托车，走马观花似的欣赏着眼前的美景，心想：原来这里也是"门泊东吴万里船"，但自己看了以后却没有激发起"万里之行，发轫于此"的豪情。回想自己这几十年的生活，孩提时代随母亲从故乡来到父亲当时所在的小县城，自己高中毕业后，为工作辗转外地数年，工作调回本市不久，又遇失业、离婚变故。几经周折，生活渐渐好转，自以为已进入"世外桃源"，从此再无痛苦，猛然间却不得不到距故乡一步之遥的新区解决当年的"失业后遗症"。

望着那四根八十九米的白色立柱和体育场前那高高的白色旗杆，它们多么像《西游记》中如来佛的五根手指头……孙悟空在如来佛的手掌心翻筋斗云，翻呀翻，自以为到达天边，看到了擎天柱，结果看到的不过是如来佛的五根手指头……

张明辉骑着摩托车刚进广场，就被广场保安的手势制止了行驶，然后按保安指定的位置停好、锁好摩托车，才去询问市公共就业服务中心怎么走。广场保安指着牌子后面的雄伟建筑说："看见前面那几根又高又粗的白柱子没有，那里是过道，穿过过道是里面的大广场，大广场上有台阶可以步行上二楼，如果台阶旁边的代步电梯开着，你就上电梯，上去二楼就到了。"

张明辉走到白柱子那里，见里面是大理石材质的长阔高深的门廊，张明辉很不习惯地走进去，感觉好像是中国古代神话里所描绘的下界凡人忽然因故被召进上界天庭一样，心想：像自己这些"下界凡人"是不能够，也没有时间在这里长时间停留的，不过是匆匆办完事，就赶着去忙自己该忙的事了……

张明辉穿过天庭般的门廊，来到这座宏大建筑另一面更大的广场上，果然看见有长长的台阶直通二楼。张明辉走上长台阶感觉这长台阶无论是长度，还是样式，都有点像若干年前自己和新婚妻子去北京旅游时，自己单独一个人登上天安门城楼时那个长台阶……

张明辉记得当年购买上天安门城楼的票时，新婚妻子听说买两张票需要一百元钱，就说什么也不让张明辉买两张票，只让张明辉买一张票自己上去。当时张明辉对妻子说："旅游一次不容易，不要省这几个钱。"

但妻子坚决不同意，张明辉无奈，只好买了一张票。张明辉上天安门城楼时，在长长的台阶上，他发现自己前后左右恰巧没有一个人——竟然是自己单独一个人登上了天安门城楼……

今天，张明辉走上本市新区会展中心的长台阶，他发现自己前后左右仍然恰巧没有一个人。

张明辉走完会展中心的长台阶，感觉就像走过了几十年的路。

85

张明辉上到会展中心二楼，见二楼走廊上有几个人在来回走动，就打听去市公共就业服务中心怎么走，对方告诉张明辉，走廊上那几个门，无论推开哪个门都可以进去。

张明辉就近推开一个门，哇！看到的景象让张明辉大开眼界。

大厅里宽敞明亮，张明辉感觉这大厅可以停下几架大型客机。这么大的大厅，张明辉只是早年新婚旅游时，在北京参观的人民大会堂里见过。

大厅里人员众多，张明辉感觉这大厅里的每个人都有各自不同的故事。

人们在大厅的各个办事窗口排成一条条"长龙"，在条条"长龙"之间又有不少人在来回走动，张明辉感觉有点头晕：这么多窗口！这么多人！从哪里开始办理呢?!

张明辉正在彷徨之间，忽听身边的一条"长龙"里发出熟悉的声音："张兄……明辉兄……"

张明辉顺着声音望过去，见是自己原单位的工友皇甫厚、欧阳涛，二人正在长龙似的队列里向这边招手呢!

张明辉大喜过望，连忙跑过去拉住二人的手说："原来是你们俩！就差尤勇智没来嘛！尤勇智一来的话，咱们当年游孔庙、登泰山的四人小组就齐了!"

皇甫厚说："没见尤勇智来，一个多小时前，和你一块儿在购物公园上班的赵伟杰来了一趟。我们三个在一块儿说了一会儿话，后来他接了个电话，说是家里有事，就把他那资料全交给我们俩，自己先走了!"

欧阳涛说："听说尤勇智现在情况很不好，前几年自己搞了个摩托车维修部，不仅没挣到钱，还赔了不少，正谈的对象也吹了，现在变得神神经经，每天穿一套破西装，戴一个旧礼帽，嘻嘻哈哈地站在学校门前跟学生们打闹……

"刚才赵伟杰说张兄你的心理承受能力还挺可以，婚都离了，还没一点儿事，一切正常。"

皇甫厚说:"张兄的逆商高嘛!"

张明辉苦笑着说:"我不是逆商高,我不过是'男儿有泪不轻弹'……"

皇甫厚说:"张兄如果有事的话,也可以把资料交给我们俩,不用大家都在这里排队。"

张明辉问:"都需要哪些资料?"

皇甫厚说:"要想补缴历年欠缴的养老、医疗保险费,需先办理就业失业登记证、职工基本养老保险个人账户手册、职工基本医疗保险证。"

张明辉听后一愣,说:"这些证我都还没有办,我只有咱原单位的工作证和身份证,还有本市户口本。"

皇甫厚说:"那你得先回市区核对档案,咱们的档案现在还没有搬到这里来,还在市区凯旋门路的老市委院——现在是教育局院——大门东边那个临街小楼上临时存放着。你到小楼的三楼核对一下档案,开了核档证明,然后再回到这里来,就可以办理刚才我说的那三个证。最后才能补缴养老、医疗保险费。"

张明辉说:"见到原单位的人真好!看来我今天办不成了,我得先回市区核对档案,明天再过来办证、缴费,你们先办吧!我现在就回市区核对档案去。"

告别皇甫厚、欧阳涛二人,张明辉赶到市区存放档案的小楼时,时间已经超过中午十二点了,张明辉就给母亲打电话说,事情没办完,中午不回家了,下午继续办。

张明辉在街上的小食店买了午饭,匆匆吃过午饭,就连忙来到放档案的小楼下等候。等到下午两点半上班,张明辉就和小楼的工作人员一同上了三楼。刚刚上班,来办事的群众只有张明辉一人,张明辉耐心等待工作人员们做完上班前的准备工作，然后拿出随身证件，说明情况后，随即有一名女工作人员领着张明辉去档案室核对档案。

工作人员拿钥匙开了档案室的门，档案室很大，但光线有点暗，室内是一排排高大的灰色金属档案柜。不知怎的，张明辉感觉这些档案柜有点儿像现在还存放着父亲骨灰盒的那个大屋里的一排排金属柜子……

工作人员看了一下手中的档案序号本，然后走到一排档案柜前，伸手拉开了一个抽屉——这个小抽屉被拉开的过程，使张明辉联想起以前在冷库里存放着父亲遗体的大抽屉被拉开的过程……

张明辉终于看到了自己的档案。多年前，张明辉的工作从外地调回本市的时候，曾经见过自己的档案，那时张明辉感觉自己的档案是一个鲜活的生命。

现在，时隔多年，张明辉又看到了自己的档案，但现在的感觉好像是不久前在冷库的大抽屉里，看到了父亲的遗体。

工作人员打开档案袋，开始仔细核对，张明辉感觉鼻子酸酸的，有泪珠在眼眶里肆意涌动。张明辉采取"高压政策"，终于遏制住了泪珠，使其没有溢出眼眶。

……

张明辉核对了档案，把核档证明也开了出来，走下小楼就想，如果现在就去新区会展中心那边办证、缴费的话，大厅里肯定每个窗口前都排着长长的队，即使排到下班，也不一定能轮到自己办事，不如明天早早去新区会展中心那边排队。

主意拿定，下午的时间便空了出来。但张明辉感觉"向晚意不适"，既不想马上回家向母亲汇报情况，也不想去购物公园纯水服务中心那里，对小胖和二黑的工作进行多余的指导，在这之前，张明辉已经提前安排好了这几天的工作。他突然想到很久没有回自己那个小家了，刚好这里距自己那个小家挺近，一直向东走一段路程就能到蓬莱村（城中村），穿过蓬莱村，再走过大学门口就到了自己那个小家所在的小区。

张明辉在"驱车登古原"路上的感觉果然是：夕阳无限好，只是近黄昏。

张明辉骑着摩托车穿过了蓬莱村，可能是天气渐凉的原因，摩托车的仪表盘开始发出呜呜的鸣响，就像哀鸣的老骥。

刚才在小楼核对档案时的感觉就像放电影一样，不断地在张明辉的脑海里闪现，其间还夹杂着其他画面……

张明辉骑着摩托车到达大学门口时，忽然起了一阵风，有几粒沙子进了张明辉的双眼，张明辉的双眼立刻泪如泉涌，沙子被泪水全部带出，张明辉的情绪也终于有了发泄出口。

张明辉骑着摩托车到达自家小区门岗时，门卫值班长李红旗打招呼说："明辉，你回来了！哎，明辉，人家骑摩托车都是轻松、凉快，你骑摩托车怎么像干活一样，顺脸流汗……"

张明辉头戴头盔，骑着摩托车点了一下头，算是回应，然后连忙加油门，越过门岗，进了小区车棚。

86

整整一个星期的时间，张明辉骑着摩托车从市区到新区，再从新区到市区，来回地跑，有时一天能跑三趟或四趟。功夫不负有心人，张明辉最终办理了三证，并且补缴了历年欠缴的养老、医疗保险费，又到银行办理了代收社保费用的手续。这样一来，一直悬在张明辉心中的一块石头总算落了地。

这天下午快下班的时候，按照惯例，张明辉又去行政部开当日的收条。这一段时间，行政部理事梅佳静请病假没有上班，开收条的工作暂由其同事柳美琴代劳，如果柳美琴也临时有事不在办公室的话，办公室的其他员工也会客串这个事儿。每逢这时候，办公室的"娘子军"们就会悄悄议论：唉！现在这办公室里只有小梅和小柳这俩小姑娘没结婚了……这俩小姑娘在业务上真是好手，特别是小梅……购物公园刚开业时，咱这办公室里只有部长王弼和小梅两个人，业务上只要一有事，老总李隆盛就会亲自来找小梅……这等于说现在咱们这么多人干的是当时小梅一个人的活……这个巨龙纯水有限公司来的张经理在人家那业务上也是好手，在一个大型业务会上，咱们的老总李隆盛曾当着他们老总卢朝阳的面说这个张经理是"常胜将军赵子龙"……这个"赵子龙"和咱们的小梅在业务上真是天生的一对……快别说了，人家听见了……听见又怎么了？这又不是什么坏话……

每逢这时候，张明辉就会想：业务上能在一块儿合作，生活上却不一定能在一块儿合作。人们常说的"强强联合"，谈的是工作和业务方面的事，而不是家庭生活方面的事……虽说韩秀云以前曾经"云无心以出岫"，但眼下总归是"鸟倦飞而知还"……俗话说，衣服是新的好，人是旧的好……

张明辉快到办公区大门口时，远远看到办公区的玻璃大门内，有一身材高挑，身穿奶白色绒面呢外套、浅黄衬衫的女士，以张明辉熟悉的步伐向玻璃大门走来。

张明辉刚要伸手拉开玻璃大门，玻璃大门已被白衣女士以张明辉熟悉的姿势向里拉开。张明辉定睛一看，白衣女士竟然是多日未见的行政部理事梅佳静。

梅佳静笑着说："今天刚上班，工装还没来得及洗呢！怎么，不认识了？这会儿行政部没人，还是我先回去帮你开吧！"

　　张明辉随梅佳静进了行政部，果然发现行政部里没有别人。梅佳静先请张明辉坐下，然后用一次性杯子接了一杯热的纯净水，郑重地放在张明辉面前。之后，她自己也坐在桌边，却不动手开收条，也不说话，只是两眼一眨也不眨地，久久地看着张明辉的脸。如果是在学生时代，张明辉会脸红并借故逃开的，现在虽然还扛得住，但一直这样下去不好，于是，张明辉开口闲聊道："你这次请假这么长时间，我还以为你换工作了呢！"

　　"是吗？如果我真的换了工作，你将来还会不会记得曾经有一个姓梅的小姑娘，每天在这个时候给你开收条……"梅佳静立刻打开话匣子，好像有说不完的话，说话的语气就像见到了久别重逢的挚友，提出的问题一个接一个，使张明辉不知道该回答哪一个，只能选择沉默。

　　梅佳静又盯着张明辉看了会，片刻后似是叹了口气，拿起笔开始帮张明辉开收条。

　　……

　　张明辉终于拿到了梅佳静开的收条，站起身，礼貌地点了点头，然后走出行政部。

　　时间一天一天地过去，张明辉渐渐发现梅佳静这次休长假后上班，就像换了一个人，不再像以前那样"最后通牒"似的一味地进攻。每当在购物公园里遇见张明辉，梅佳静总是脸上带着无限依恋而又无限惋惜的神情，远远地看着张明辉。如果有机会和张明辉单独在一起，就会说一些酸酸的，使张明辉无法回应的话，仅此而已。

　　转眼春节来临，这一天是大年三十，按照购物公园经营管理公司的安排，各商户都要在下午统一提前打烊，好回家过除夕。张明辉由于在业务上耽搁了一下，所以仍然是往常的时间去行政部开收条。张明辉进了办公区大门，见营运部大厅空无一人，只有走廊灯亮着，这才想起年三十提前下班这回事，抬头见行政部还亮着灯，心想：万幸！行政部应该还有人值班。

张明辉连忙赶去行政部，刚到行政部门口就听到梅佳静的声音传出来："张大经理终于大驾光临，这么忙啊！快请里面坐。"

张明辉进了行政部，见行政部里只有梅佳静一人在值班，并且已不再穿工装，而是几个月前休长假刚上班时的"白衣女士"打扮，张明辉感觉很不习惯，他更习惯看梅佳静穿着工装的模样。

中华儿女多奇志，不爱红装爱武装，在张明辉的眼里，身着工装的梅佳静是一个干练的职场精英。张明辉曾在心中想象：如果有一天自己开公司，一定要把这样的精英多集中一些到身边来。

梅佳静仍是先请张明辉坐下，然后用一次性杯子接了一杯热的纯净水，郑重地放在张明辉面前。之后，她坐在桌边，久久地看着张明辉的脸……

梅佳静看了一会儿，忽然两眼眨了眨，带动长长的睫毛上下抖动，就像两只翩跹欲飞的蝴蝶。张明辉这才发现梅佳静做了睫毛，并且发型也和平时不一样。梅佳静笑着问："你是不是觉得我挺烦人的？"

张明辉连忙说："哪里的话！没有……"

梅佳静又笑着说："多少还是有一点儿，对吧！你不用再烦我了，过罢春节我就要结婚了。"

尽管这个结果是早已预料的，但当这个结果真正来临时，张明辉除了松了一口气以外，还感到了一丝怅然若失……

张明辉强打精神说："真的吗？祝贺你！什么时候……"

梅佳静的脸上忽然失去笑容，变得严肃起来，扭头面向窗外说："就是今年元宵节和情人节，两节重合的那一天。"

张明辉在心中忽然就做出了决定，然后也严肃地面向窗外说："那我也顺便告诉你，在那一天，我也要和原配复婚了。"

"什么？"梅佳静本来就大的眼睛，现在睁得更大了，"你是说你现在是单身？！那你告诉我，你离婚多长时间了？"

"五年。"张明辉说。

"什么！"梅佳静大睁着灵动的眼睛，更加惊讶了，"我怎么从来没听说过！"

"我们公司也没人知道，在购物公园里，也就工程部新来的电工赵伟杰一人知道。他是我原国营单位的工友，我早已跟他交代过了，他是不会到处乱说的。"张明辉说。

"难道说你们以前都是在国营单位做保密工作的？真可惜我知道得太晚了！如果早些日子知道这个情况，我是绝对不会放过你的……"梅佳静无可奈何地说。

梅佳静用预先裁好的一小块白纸开了当日的收条，然后习惯地签上自己的名字。签名像两只翩然欲飞的蝴蝶，生动得正像梅佳静新做的睫毛。

张明辉拿出这月之前的收条，再加上新开的这一张，也就是这个月的全部收条，要梅佳静汇总成一张总收条，梅佳静拿出计算器，把所有收条上的数目加在一起，张明辉看到计算器上显示的数字是"127"。

梅佳静把所有收条都锁在抽屉里，然后又拿了一张白纸，开始写这个月的总收条，张明辉看见梅佳静在写总桶数时，写了个"177"的数字。总收条很快写完，梅佳静正准备签名时，张明辉说："先不要签名，总桶数写得不对吧？"

梅佳静："怎么不对？不就是'要两个妻'（177）嘛！"

张明辉说："不是'要两个妻'好吧！应该是'要爱妻'

（127）。"

梅佳静长叹了一声，然后说："既然你一定要爱妻，那就按你的意思吧！"

梅佳静拿起没有签名的总收条，稍微犹豫了一下，然后放进碎纸机。碎纸机随即发出细小却让张明辉难以忍受的声音，眨眼之间，刚放进碎纸机的那张白纸就粉身碎骨了……

梅佳静拉开抽屉，取出一张周边有装饰图案的，写便笺用的精美短纸，在精美短纸上认真写好总收条，然后签名，名字签得比平时更圆润，更饱满，更栩栩如生。

张明辉从梅佳静手里接过这精美的作品，看着紧挨装饰图案那既像英文又像中文的秀丽签名陷入了深思。

"怎么，写得还不对吗？"梅佳静神态黯然地说。

"对！对！对！你写得太好了，像女王的签名！"张明辉连忙看了一下总桶数，然后说。

张明辉拿着手里的收条正要离开行政部，梅佳静忽然神态明朗起来，并且在张明辉之前，先行站在了门口那里，然后说："怎么？大过年的，没点儿表示，就这么走了……你不是说我像女王吗？那你就应该向'女王陛下'行了吻手礼再走。"

张明辉看着梅佳静那一副美人堵门的架势，寻思着该如何过眼前这一关，想了想说："吻手礼只在西方流行，在东方，特别是在咱们中国，没人行这个礼……"

梅佳静露出一副无语又神态黯然的表情。

张明辉心里过意不去，心想，那就不妨把她的手当成朋友的手握一下，行个握手礼也未尝不可……

张明辉在心里过了关，于是开口说："那咱就行个同志式的握手礼，你看怎样？"

梅佳静脸上带着"也只有如此"的表情，十分勉强地点了点头。

于是，两人进行了"同志式的握手礼"，张明辉正在心里暗自庆幸，事情终于有了了结，这一关可以过去了，却发现梅佳静泪光闪烁，神情恍惚。他稍微犹豫了一下，连忙夺门而去。

87

张明辉出了行政部，离开办公区，来到纯净水服务中心门口，然后骑上自己的摩托车，顺着员工通道向购物公园外驶去，心想：终于可以回家过除夕了，外婆、母亲、女儿，还有从省城回家过年的弟弟、弟妹和侄女，大家正等着自己回家一块儿吃年夜饭呢！

张明辉这么想着，已出了购物公园。在购物公园边缘，也就是两条城市主干道的交会处，张明辉骑着摩托车遇上了红灯。他只好停车，让摩托车在路边怠速运转，等绿灯放行后，再顺中州路西行回家……

张明辉在等红灯的时候，回头望了一下夜幕下的购物公园，整个购物公园就像一艘航行在霓虹灯海洋里的航空母舰，非常雄伟壮观，张明辉心想：在这航空母舰里，每时每刻都有无数迷人而传奇的故事正在发生、进行着。

自己和梅佳静的故事在这除夕的晚上总算告一段落，既然这个故事在此时此地已经"无可奈何花落去"，那就只有等元宵节那一天，让更早的故事"似曾相识燕归来"。

88

正月初六，张明辉第一天上班，先在购物公园的纯净水服务中心安排了送水员小胖、二黑的工作。两个送水员推着送水车出去后，张明辉想看一下年前的业务记录，就开了一下纯净水服务中心的照明灯，发现灯不亮，就赶紧去工程部找赵伟杰。因为刚上班的时候容易找到人，如果去得晚，工程部的人都到外面忙去了，那就找不到人了。

张明辉乘电梯到了二楼停车场，工程部就在二楼停车场的一个角落里，刚上班，二楼停车场还很安静，没有车辆出入。张明辉快到工程部的时候，听见赵伟杰的声音从工程部的窗口传出来："明辉啊，他以前是学校里的老师，后来我们在一个厂里上班，明辉写的文章曾经在我们公司的广播里播放过……"

张明辉又听见铁拐李的声音从工程部的窗口传出来："眼镜嘛，以前卖书的时候，是我见到的最有学问的人。当时我们只要收到书，都是先让眼镜过目，眼镜挑选剩下的书才给别的卖书人……"

在岁首年末之际，在新年旧岁更替之时，在这特殊的环境里，听到自己不同时期的朋友在谈论自己不同时期的经历，张明辉有一种恍若隔世的感觉……

张明辉推开工程部的门，发现工程部里只有赵伟杰一人正在招呼铁拐李回收工程部里的旧物品，二人扭头看见张明辉进来，都笑了。

赵伟杰说："真是说曹操，曹操就到，正说你呢，你就来了……你来得真是时候！再晚一会儿，我就也锁门出去干活了！"

铁拐李说："你们谈吧！既然这里没别的东西了，我就先到别处去了。"

赵伟杰对拉着回收车往外走的铁拐李说："你先去别处也行……里边还有点儿东西，也不知道部长让不让处理，等部长回复了，我们再跟你联系……"

铁拐李走了以后，赵伟杰对张明辉说："明辉兄，先坐吧！领导有事，打个电话就行了，还亲自过来……"

张明辉拍了一下赵伟杰的肩膀，然后说："你跟以前一样，一点儿没变……也没什么大事，就是我那边灯不亮，可能是灯泡坏了，你要是忙的话，给我个灯泡，我自己去换……"

赵伟杰说："你们纯水中心那边的情况我知道，线路老化了，所以灯泡容易坏。我这次过去，先给你换线路，然后再给你换灯泡，以后灯泡就不会频繁地坏了……"

张明辉和赵伟杰抬着梯子，带着新电线和灯泡等物品来到纯净水服务中心。张明辉扶住梯子，赵伟杰上了梯子，从腰间的电工包里取出工具，没几下，就把原来的旧线路全部拆除了。张明辉把一盘新电线的电线头递给赵伟杰，赵伟杰开始走新线，张明辉忽然说："伟杰，我想让你在元宵节再做一次随行摄影师……"

赵伟杰在梯子上一边走着新线，一边说："好，没问题！是不是明辉兄又要结婚了？"

张明辉说："跟孩子她妈复婚。"

赵伟杰走完新线，一边下梯子，一边说："那太好了！这样一来，我就可以再喝一次你和嫂子的喜酒了……"

赵伟杰装好照明灯，扛着梯子走了。张明辉打开照明灯，就着灯光查看年前的业务记录，发现念奴娇美容院在年前的业务还有一些遗留问题。于是,张明辉离开纯水服务中心去念奴娇那边,想把这个店在年前的业务办完。

张明辉来到购物公园的西南入口处,念奴娇美容院就在入口处那座大楼的三楼。张明辉正要进电梯上三楼,忽然有个熟悉的声音打招呼说:"眼镜,新年好!"

张明辉回头一看,见离电梯口二十米左右的地方,有一男子,满脸鬈曲而灰白的络腮胡子,戴着一副墨镜,站在一个很长的新书摊位的大宗案前,正招手朝这边打招呼呢!

张明辉从对方站立的姿势上一眼就认出,这是自己当年卖新书时的同行大胡子老马,只不过以前不戴墨镜,现在戴上了墨镜,另外,原来黑油油的络腮胡子,现在变得灰白了,真是岁月不饶人啊!

张明辉回身向大胡子老马的摊位走去,大胡子老马忽然摘掉墨镜,随即又戴上,然后笑着说:"眼镜,刚才楼上窗玻璃反光,我还以为看错了,等你一回头我才看清,真是眼镜你!"

张明辉走过去握住大胡子老马的手说:"大胡子老马,春节生意好吧?"

大胡子老马说:"还可以吧!比平时好一点。"

张明辉问:"那以后就长期在购物公园这一块儿摆书摊儿了?"

大胡子老马答:"过了元宵节还去别处摆,这里摊位费太高了。"

张明辉说:"大胡子老马,你也搞个书店,这样到处跑来跑去,多辛苦啊!"

大胡子老马说:"搞个书店费用更高,算了!我今年五十一岁,虚岁都五十二了,我从二十岁开始摆摊儿卖书,干了三十一年了，再干个三五年，也就算了，回老家盖几间房子，颐养天年……"

张明辉说："大胡子老马，你这辈子算是全部献给文化传播事业了！我不如你……好！你先忙着，让我参观一下你的书摊儿，看看和当年有什么不一样……"

大胡子老马摘掉墨镜，随即又戴上，然后笑着说："敬请行家光临指导！"

张明辉顺着书案刚走两步，忽见梅佳静和柳美琴出现在书案的另一头。两人穿着购物公园经营管理公司的制服，拿着记事簿，梅佳静走在前面，柳美琴跟在后面，也顺着书案，迎面朝张明辉走过来。

柳美琴跟在后面不时翻看着书案上的各类书籍，梅佳静走在前面却凝视着张明辉。

张明辉见这般光景，连忙点了一下头，算是打招呼。

梅佳静不再凝视张明辉，转而用同样的眼神凝视着前方入口处，继续顺着书案往前走，走到大胡子老马旁边停下来，但目光仍然凝视着前方入口处。

柳美琴走过去向大胡子老马说了几句话，交代了"摆摊须知"等事项，然后回头对梅佳静说："咱们该去检查念奴娇美容院了。小梅，你今天怎么了？"

柳美琴说完话，转身向念奴娇美容院的电梯口走去，梅佳静又回眸凝视了一下张明辉，随后慢腾腾地，也向电梯口走去。看着梅佳静完全丧失了平日里风风火火的办事风格，张明辉感觉心里不是滋味儿。

大胡子老马走过来对张明辉说："眼镜，我看出来了，那小妮子对你有意思，你不趁机联系联系？哈哈哈……我知道，眼镜是正人君子，不会去办那样的事……"

张明辉仍然想着自己的心事：看来自己该离开购物公园了……不管怎么说，现在购物公园纯净水服务中心的业务已经正常了……对！回头就抽时间回公司，已经可以向卢总汇报工作了。

张明辉本打算和大胡子老马打个招呼就去念奴娇美容院办理年前的遗留业务，现在梅佳静她们先进去了，张明辉就改了主意，等她们办完事走了以后，自己再上去，免得再闹出什么故事来……

张明辉一边等待，一边随意在大胡子老马的书案上翻着书，书案上放着大胡子老马的"随身听"，正在播放流行歌曲《红尘情歌》，音量不大也不小，刚好够张明辉听清歌词：

你知道我曾爱着你
你知道我还想着你
离别时说好的不哭泣
为什么眼泪迷离
分手时含泪看着我
到现在你是否记得我
爱情的故事分分合合
痛苦的人不止我一个
轰轰烈烈的曾经相爱过
卿卿我我变成了传说
浪漫红尘中有你也有我
让我唱一首爱你的歌

分手时含泪看着我

……

大声说我爱你

把你放在心里

在心里永远有个你

这首歌我要送给你

……

张明辉在等待的时间里，一边翻看着书，一边欣赏着《红尘情歌》，整个人沉浸在一种奇妙的境界中……

"嘀——嘀——"两声熟悉的汽车喇叭声把张明辉重新拉回现实。张明辉抬头一看，见前方入口处，自己公司的老总，身材颀长、长相英俊的卢朝阳正扶着他那一辆黑色小轿车的车门向这边招手呢。

张明辉连忙跟大胡子老马道别，然后就离开书案，去见自己老板。

卢朝阳远远看见张明辉走过来，就开口笑着说："张经理新年好！"

张明辉边走边回答："卢总新年好！"

及至张明辉走到跟前，卢朝阳像是对身边的业务员王俊峰说，也像是对张明辉说，更像是自言自语："老张这一段时间在购物公园这边辛苦了！本应该让张经理回公司带薪休假，可小王在升龙广场那边又打不开局面，还得张经理亲自过去掌控全局。老张啊！还得请你去升龙广场那边再辛苦一段时间，等升龙那边的业务也恢复正常了，咱们公司的效益就提升了。到时候咱们可以增加员工工资、增加员工人数，再干起工作来，就不会像现在这样辛苦了……"

张明辉说："那好吧！只要对公司的效益有好处，我自己辛苦一些没啥！"

卢朝阳说：　"那太感谢你了！有老张在，咱们公司有前途……小王，你开车，咱们现在就去升龙广场那边，先让张经理熟悉一下情况。"

三人上了车，关好车门，黑色轿车迅速向升龙广场那边疾驰而去……